산의 소리는 마음의 소리

산의 소리는 마음의 소리
박병준 지음

초판 인쇄 | 2006년 12월 05일
초판 발행 | 2006년 12월 10일

지은이 | 박병준
펴낸이 | 신현운
펴는곳 | **연인M&B**
디자인 | 이희정
기   획 | 여인화
등   록 | 2000년 3월 7일 제2-3037호
주   소 | 143-874 서울특별시 광진구 자양동 680-25호 (2층)
전   화 | (02)455-3987, 3437-5975 팩스 | (02)3437-5975
홈주소 | www.연인mnb.com / www.yeoninmb.co.kr
이메일 | yeonin7@chol.com

값 20,000원

ISBN 89-89154-72-3 03810

글 · 사진 _ 박병준

산의 소리는 마음의 소리

로키의 숨결을 느끼며 산의 소리를 들으며…

연인 M&B

1975년에 아내와 어린 남매를 데리고 낯선 땅으로 건너와 새로운 곳에서 삶의 뿌리를 내리기 위해 열심히 일했습니다. 그러다가 느지막에 산을 만나 1997년, 밴쿠버에서 처음으로 한인 산행 단체를 만들었습니다. 그로부터 지금까지 산벗들과 정을 나누며 산에 오르는 즐거움을 누리고 있습니다.

처음에는 밴쿠버 근역을 헤매다가 로키를 만나고, 세계의 지붕인 히말라야에 가서 안나푸르나를 가까이 보는 기회도 있었습니다.

특히 창조주의 위대한 걸작, 로키를 오르내리며 찍은 사진과 모자라는 재주로 쓴 글들이 조선일보 '山' 지에 연재되기도 했습니다. 연재가 거듭되면서 글에서 다 표현하지 못하는 것을 사진이 보충하고, 사진이 보여주지 못하는 것을 글이 채워준다는 것을 세월이 한참 지나고 나서야 알게 되었다는 걸 고백합니다.

산 속에서 그 숨결을 들으며 산의 소리를 제대로 전하고자 애썼으나 얼마나 표현이 되었는지 궁금합니다. 그러나 산의 소리라기보다는 오히려 내 내면의 소리를 찾아 헤맸던 서투른 기록이라 함이 나을 듯합니다.

로키 산행기를 주로 하고, 안나푸르나 트레킹기를 곁들여 한 권의 책으로 엮어 보았습니다.

이 글을 통해 독자들이 로키와 캐나다의 산길을 들여다보는 데 조금이라도 도움이 된다면 칠순에 책을 내는 이로서 더없는 영광이 되겠습니다.

2006년 12월
늘산 박병준

그 산에 가려거든 이 책을 들고 가시라

산은 산으로서 끝이 나지 않고, 강은 강으로서 그 흐름을 다하는 것이 아니다. 우리가 사는 우주 공간에 바쁜 것이 하늘과 땅이고 계절의 발걸음 또한 빠르기 그지없다. 자연의 오묘한 섭리가 그러하니, 산을 찾는 이들의 바쁜 마음도 어쩌면 이러한 이치에서 벗어나지 않을 것으로 본다.

늘산 박병준 씨는 참으로 그러한 사람이다. 그에게서는 산바람이 일고 강바람이 분다. 누가 애초부터 전문 산악인이 되리라고 다짐하며 살아왔겠는가. 그 험준한 산을 오르내리는 일에 자기의 삶을 다 바치려 하겠는가. 그럴 사람은 없다. 하지만 산에 다니다 보면, 산에 이끌리어 살다 보면 산에서 벗어날 수 없는 삶을 살아가게 된다. 우리가 말하는 산꾼이 그런 사람이라면 늘산 박병준 씨는 산꾼이다. 산꾼 중에서도 로키의 깊은 산 속을 드나드는 산꾼이다.

밴쿠버는 해양도시이면서도 대륙의 등뼈에 해당하는 로키산 줄기가 지나고 있는 곳이다. 우리나라의 오대산이나 태백산 같은 준봉들이 첩첩이 솟아 있는 곳, 백두산보다도 535m나 더 높은 베이커산이 거실의 창문을 통하여 눈앞에 다가서는 곳, 여기에서 밴쿠버 한인들의 산행은 비롯되었다.

산의 의연함에 반하고 자연의 섭리에 매료된 늘산은 '밴쿠버한인산우회'를 창립했다. 1997년 3월 첫 번째 토요일이 처음 모인 날이다. 한때는 등록회원이 2백 명을 넘어선 적도 있을 만큼 산행 열기가 뜨거웠다. 그때로부터 오늘에 이르기까지 10년간 한 번도 거르는 일 없이 열정적으로 산행은 지속되고 있다.

그 산행클럽 회장직을 초대에서부터 3대에 이르도록 맡아 오다가 지금은 모임의 원로로 머물러 있다. 그뿐이 아니고 '수요산우회'와 '월요산우회'를 잇달아 만들어 산을 찾는 이들의 편의를 도모하고 있다. 봄과 여름산, 가을과 겨울산을 오르면서 이민생활의 애환을 녹이며, 아름다운 자연에 정붙여 더 이상 낯선 땅이 되지 않도록 이끌어 주는 분이다.

요즈음은 깊은 산의 산막(Hut)을 찾아 헬기 등산도 하고 있어 산을 누리는 호사(豪奢)랄까, 전문 산악인의 스릴을 만끽하고 있음을 본다. 오르고 올라도 다 오를 수 없는 로키의 산경을 혼자만 보고 있을 수가 없어 그는 사진기를 둘러 메었고 글로 써나갔다. 혼잣발로 뛰어 눈에 찍힌 영상을 그의 가슴으로 써내려 간 글. 오직 늘산만이 할 수 있는 일이다.

십 년이면 강산만 변하는 것이 아니라 산꾼도 변한다는 것을 알게 한 사람.

산오름을 통하여 얻은 감동과 깨달음을 산행기로 정리하여, 본국 조선일보사에서 간행하는 '山'지에 2002년 7월부터 연재하여 왔다. 많은 산악인들이 즐겨 읽고 선망했을 것으로 본다. 그 산 속의 글들을 한 권의 책으로 엮어내게 된 것이 〈산의 소리는 마음의 소리〉이다. 산을 찾는 산사람들에게 높고 깊은 깨우침을 줄 것이며, 로키의 비경을 탐내는 이들에게는 로키의 생생한 목소리를 들려줄 것이다. 또한 그곳에 가지 못하는 이들도 이 글을 통해 로키의 잔등을 오르내리는 즐거움을 맛보리라 믿는다.

책이 책으로서 살아남는 데에는 그만한 이유가 있다. 글쓴이의 예리한 통찰력, 남다른 정성, 끊임없는 탐구가 그것이다. 모든 일이 다 그렇듯 연륜이 쌓이지 아니하고는 힘이 있고 뜻이 깊을 수가 없다. 산정에서 산정으로 걸어오르고 땀으로 적셔온 산길 십여 년에 로키의 비경들은 더 이상 숨지 못하고 이 책에 고스란히 담겨 버렸다.

그러니 보기 드문 양서로 오래도록 남아 있을 수밖에 없지 않은가.

2006년 12월 1일
청효 유병옥

| 차례 Contents |

• 산행 수필집을 내면서 · 박병준
• 추천사 · 유병옥

1. 로키, 그 비경에서

빙하와 호수가 만든 대자연의 서사시   12

구름 되어 저 봉우리 오르리   16

캐나다 로키 최고봉이 빚은 계곡미   23

산의 소리는 내 마음의 소리   31

창조주가 숨겨놓은 심산유곡의 절경   40

높은 산은 늦게 잠이 든다   52

백의의 천사 기리는 이딧 카벨   62

산은 호수를 품고 호수는 하늘을 우러르고   69

로키의 웅장함과 아기자기함 맛보는 험로   78

인자(仁者) 되고 지자(智者) 되기 위해 산에 들어선다   86

선경 자아내는 산중 호수를 찾아   95

산정이 하늘을 가리는 로키의 고갯마루   104

꿈 같은 추억 남길 산중 오두막집   112

산은 우리에게 길을 내어줄 뿐   124

2. 아름다운 서부 캐나다

메아리를 모르는 바다 134

곰도 사람도 자연의 일부로 만나다 148

미지의 세계에 목숨을 거는 산꾼 158

내 마음 속의 풍경화 170

캐나다 서부 해안의 오지 명산 와딩턴 179

영겁 속에 잠시 존재하는 나는 누구인가 194

세계 최대 스키 리조트 휘슬러 204

금단의 로키 그리며 오르는 밴쿠버 뒷산 213

누구도 거역할 수 없는 자연의 힘 223

알몸 드러내기 수줍어하는 처녀산 베이커 230

3. 멀고 먼 안나푸르나

세계의 지붕을 가다 240

네팔의 종교와 불교사원 243

안나푸르나의 초입에서 246

우편배달부도 오지 않을 듯한 산간오지 힐리 250

고산증과 싸우며 이른 고라파니 253

첫 햇살 받은 안나푸르나를 안다 256

드디어 해냈다! 259

삼다(三多) 삼무(三無)의 나라 262

모자 벗고 웃으며 인사하는 풍습의 유래 265

코끼리 타고 만나는 코뿔소 268

히말라야의 속살을 보고픈 기대를 안고 271

4. 늘산의 그늘

산에 바쳐진 삶 · Allison 278

산을 닮은 사나이 · 김해영 283

• 로키 산행 정보 전화 286

공원 관리사무소
Information Centers
Travel Alberta & Tourism B.C
Reservation(예약)
Helicopter Companies
Emergency(긴급전화)
RCMP(경찰)
Park Ranger or Warden Office

1. 로키, 그 비경에서

빙하와 호수가 만든 대자연의 서사시
구름 되어 저 봉우리 오르리
캐나다 로키 최고봉이 빚은 계곡미
산의 소리는 내 마음의 소리
창조주가 숨겨놓은 심산유곡의 절경
높은 산은 늦게 잠이 든다
백의의 천사 기리는 이딧 카벨
산은 호수를 품고 호수는 하늘을 우러르고
로키의 웅장함과 아기자기함 맛보는 험로
인자(仁者) 되고 지자(智者) 되기 위해 산에 들어선다
선경 자아내는 산중 호수를 찾아
산정이 하늘을 가리는 로키의 고갯마루
꿈 같은 추억 남길 산중 오두막집
산은 우리에게 길을 내어줄 뿐

빙하와 호수가 만든 대자연의 서사시

—로키 산길을 간다

아그네스 호수를 지나 빅 비하이브로 가는 트레커들.
트레일 양옆에 침봉들이 줄지어 솟아 있다.

산은 매일 새롭게 태어난다. 아득히 멀리서 달려온 빛들이 허공에 여백을 열면 거기에 새로운 산정을 수놓고 우리 앞에 다가선다. 그리고 새들의 노랫소리에 잠을 깨고 찬란한 새 아침을 맞는다. 산은 꾸미지 않아도 아름답고 새 옷으로 갈아입지 않아도 언제나 신선하다. 산은 그들만의 언어로 우리를 부르고, 그 큰 가슴으로 산사람들을 안아준다. 그러므로 같은 산이라 할지라도 산 맛이 다르고, 그들의 속삭임 또한 같지 않다. 그래서 우리는 다시 그 품 속을 찾아 산에 오른다.

1975년 캐나다로 건너와 뿌리내리기에 정신없다가 예순에 산을 보았고, '밴쿠버한인산우회'라는 모임을 만들어 벗들과 산행해 왔다. 매주 토요일, 하루 산행이 더없이 행복하니 거봉을 오르는 기록이 나와 인연이 있을 리 없고, 괜한 객기를 부릴 나이도 아닌 것을 내 스스로 잘 안다.

그러던 중 로키를 만났다. 거기에는 가슴을 울리는 웅장함이 있고,

시야를 넓혀주는 장려함이 있다. 뿐만 아니라 그 속에서 인생관을 바꾸어 주는 큰 은사도 받는다. 정상을 오르지 않아도 좋다. 시간을 잴 필요도 없다. 그저 큰 산에 안겨 그들의 음성을 듣고 가슴이 울렁거리는 정기를 받고 오면 된다.

북미주의 등뼈 로키산맥

로키산맥은 태평양 연안을 끼고 내려가는 북미주의 등뼈와 같은 산맥이다. 알라스카의 매킨리에서 시작되는 영봉들이 수없이 이어져 캐나다로 내려왔고, 또 미국으로 뻗어 달려간다. 그래서 요세미티가 생기고 그랜드 캐년이 자리한다. 그리고 더 내려가 해발 2,400m의 거대한 도시, 2천만 인구를 안고 있는 멕시코시티를 지나 남미로 이어진다.

나는 그저 캐나다 로키의 대서사시를 슬쩍 읊고 지나갈 것이다. 그 진면목을 보는 것은 산에 들어가는 꾼들의 몫일 터이므로.

서부 캐나다의 로키는 북쪽의 자스퍼 국립공원으로부터 시작된다. 그 서쪽으로 로키에서 제일 높은 랍슨(Mt. Robson · 3,954m)을 안고 있는 랍슨 주립공원이 붙어 있다. 자스퍼는 '옥'이라는 뜻이다. 개발을 억제하고 자연 그대로를 보존하고자 하는 마음을 가진 국립공원이다. 여기에 이딧 카벨(Mt. Edith Cavell · 3,363m)로 다가가는 짧은 트레일(Trail, 등산로 또는 트레킹로)이 있는가 하면, 며칠씩 걸려 관통하는 긴 트레일도 있다. 영화〈닥터 지바고〉를 촬영한 콜롬비아 아이스필드에도 트레일이 있는데, 날씨가 좋으면 빙산 꼭대기에서 빙벽 등반하는 사람들이 보인다.

그 자스퍼와 맞닿아 남쪽으로 자리한 것이 밴프 국립공원이다. 이 공원 안에 세계 10대 절경 중의 하나인 루이스 호수가 있다. 밴프 국립공원 안에만 지도에 표시된 트레일을 다 합친다면 1,500km나 된다.

캐나다 로키를 말할 때 흔히들 알버타주의 밴프와 자스퍼를 일컫는데, 밴프 국립공원에서 서쪽, B.C주(브리티시 컬럼비아주) 쪽의 요호 국립공원을 간과

벼랑길을 말을 타고 오르는 트레커들.

하는 것은 실수 중 큰 실수라 할 것이다. '멋있다', '경이롭다' 는 뜻을 가진 요호에도 좋은 트레일이 여럿 있다. 뿐만 아니라 로키의 비경 중 하나인 오하라 호수가 이 공원에 속해 있다. 언젠가 요호 계곡과 오하라 호수에서 산행했던 분들이 지척에 있는 루이스 호수를 보지 않고 귀가했다. 오하라 호수의 감동이 루이스 호수에서 희석될 것 같은 생각이 들었다는 것이다.

요호 국립공원과 연결되어 B.C주 쪽으로 내려와 있는 것이 쿠트니(Kootenay) 국립공원이다. 이 공원 안에는 유명한 라디움 핫스프링(온천)이 있고, 그 주변 경치 또한 일품이다. 루이스와 밴프 중간, 캐슬산(Mt. Castle) 앞에서 갈라지는 93번 하이웨이 양쪽으로 좋은 트레일들이 있으나 아직 우리에게 미답으로 남아 있다.

밴프 국립공원에서 뻗어 내려온 산맥이 미국 국경 근처에서 한 번 더 요동친 것이 워러톤 호수(Waterton Lake) 국립공원이다. 여기에도 아름다운 트레일이 있다. 대개의 한국에서 온 방문객들은 워러톤을 모른 채 돌아간다. 로키를 안내하는 여행사조차 워러톤이 어디에 있는지 모르니 안타까운 일이다.

산을 알고 멋을 아는 고국의 산꾼들이 많이 건너와 세계적인 절경, 로키의 산속에서 즐거움을 만끽하는 기회가 있으시기를 바란다.

구름 되어 저 봉우리 오르리

—밴프 국립공원 최고의 트레일(The Plain of Six Glaciers)

여섯 개의 빙하를 한눈에 보는 곳, The Plain of Six Glaciers에 들어가는 산길은 세계 10대 절경 중에 하나라는 루이스 호수(Lake Louise)에서 시작한다.

주차장에 차를 세우고 숲 사이로 난 길을 잠시 빠져나가면 시야가 열리고 가슴이 후련해지는 호수에 닿는다. 시선이 그 건너편 골짜기에 이르면 빙하를 이고 있는 빅토리아산(Mt. Victoria · 3,459m)이 호수를 병풍처럼 둘러싸고 있는 것을 볼 수 있다.

루이스는 영국 빅토리아 여왕의 넷째 딸이며 캐나다 총독의 아내였던 루이스 캐롤라인 알버타(Louise Caroline Alberta)의 이름에서 따온 것이고, 알버타주의 이름이나 빅토리아산 역시 이들의 이름과 무관치 않다.

루이스 호수는 해발 1,731m에 위치한다. 길이가 2.4km이고 너비는 550m, 깊이 90m로 주위와 조화를 잘 이루고 있다. 호숫가에는 1890년 통나무집으로 시작되어 1983년 515객실로 건축된, 유명한 호텔 샤토 레이크 루이스(The Chateau Lake Louise)가 있다. 비싸기도 하지만 예약도 쉽지 않다. 지난 겨울 로키 기차여행 중 우리 일행이 이 호텔에서 하룻밤을 지냈는데, 내가 알기로 한국인 단체가 이 호텔에 투숙하는 것은 매우 드문 일이다.

호수 입구에서 빅토리아산을 향해 서서 2시 방향을 자세히 살피면 골짜기에 건물 지붕이 겨우 보인다. 그게 오늘 산행의 1차 목적지 아그네스 호숫가 찻집이고, 그 왼쪽에 벌집을 엎어놓은 것 같은 둥실한 돌산이 빅 비하이브(Big Beehive · 2,270m)다.

호수를 왼쪽에 두고 호텔을 등지며 산을 향해 걸으면 바로 갈림길에 이른다. 오른쪽으로 아그네스 호수(Lake Agnes)라 쓰인 사인을 따라 산길이 시작된다. 완만하지만 계속해서 올라가는 산길에서 간간이 나무 사이로 호수가 보이는데, 그 색깔이 시시로 변하는 것이 이채롭다.

호수 색깔이 왜 에메랄드인가 묻는 분들이 더러 있다. 바다 색깔도 이와 같은 곳이 있다. 마야문명을 가진 멕시코의 칸쿤이나 쿠바의 카리브해이다. 석회석 등 광물질이 물에 녹아 있어 그렇다고 하나, 보는 각도에 따라 해 비치는 방향에 따라 시시로 변하는 것이 불가사의하니 누구라 그 정답을 대줄 수 있을 것인가.

어디서 냄새가 풍겨오는데 자세히 살피면 말들이 지나간 흔적이 보인다. 트레일을 걸어 들어가기 힘들지만 그 경치를 보고 싶어하는 분들을 위하여 말이

깊은 눈에 덮인 루이스 호수.

여름을 맞아 야생화로 화려하게 수놓은 루이스 호수.

대신 수고를 하는 것이다. 그러나 보기보다 편하지 않은 것이 말등이다. 한 줄로 죽 늘어서 꺼떡꺼떡 말을 타고 오르는 이들에게 잠시 길을 비켜준다.

산길로 들어 2km 지점에서 조그마한 호수가 우리를 반긴다. 아늑하게 숨어 있는 미러 호수(Lake Mirror)다. 산 그림자가 조용히 들어와 있다. 산(山)염소들이 이 호수에 와서 얼굴을 비쳐보고 갔다는 전설이 담겨 있는 곳이다.

거기서 잠시 숨을 돌리고 오르면 시야가 트이는 산길이 되는데, 주위의 산들이 조금씩 다가오는 걸 보게 된다. 저만치 건너편에 이 근처에서 가장 높은 템플산(Mt.Temple · 3,543m)이 정상을 구름 속에 감춘 채 우뚝 서 있고, 그 중간에 우리가 올랐던 페어뷰산(Mt. Fairview · 2,744m)이 끼어든다. 또 바로 앞에는 빅 비하이브의 엉덩이 부분이 와 있다.

가파른 계단을 오르면 바로 아그네스 호수와 통나무 찻집이 있다. 이 두 호수는 처음에 '구름 속의 호수' 라고 불렸다. 초기에는 호텔에서 필요한 생활용수를 아그네스 호수에서 끌어다 썼다고 하는데, 그때의 나무로 만든 파이프를 산

빅 비하이브 정상(2,270m)에서 내려다본 루이스 호수.

길에서 볼 수 있다. 아그네스는 캐나다 초대 수상의 아내 이름이다.

찻집 난간 의자에 기대어 호수를 바라보면 신선이 된 기분이다. 호수는 그리 크지 않으나 해발 3,000m급 큰 산들에 싸여 운치를 더한다. 케롯케이크 한 조각과 빙하 녹은 물로 끓인 홍차를 마신다. 땀을 식히고 케이크를 맛보는데 주변 경치에 눈을 팔고 있는 사이에 위스키 잭이라는 새가 날아와서 손에 든 케이크를 한 입 물고 얼른 도망간다. 새들이 사람을 겁내지 않고 더불어 산다.

밴쿠버 근처의 골프장에서는 까마귀가 배낭의 지퍼를 열고 샌드위치를 꺼내가기도 하고, 놓아둔 담배를 물고 갔다가 먹지 못하는 것인 줄 알고서 제자리에 도로 갖다놓는 경우도 있다고 한다. 로키에서 야생동물에게 먹이를 주다가는 큰 벌금을 물게 되니 조심할 일이다. 그런데 남의 케이크를 슬쩍해 가는 위스키 잭에게 벌금을 물릴 수는 없을까.

찻집에서 땀을 식히고 호수를 왼쪽으로 끼고 골짜기를 따라 들어가 호수 끝을 돌아서면 지그재그로 오르는 비탈길이 시작된다. 좀 이른 계절이라면 눈을 헤치고 오를 때도 있다. 발아래 청록색으로 변하는 아그네스 호수 물빛을 즐기며 걷노라면 숨가쁜 비탈길 등성이에 닿는다. 거기서 왼쪽으로 300m쯤 가면 빅 비하이브다. 빨간 지붕의 아담한 정자가 하나 있고, 깎아지른 절벽 바로 아래로 루이스 호수가 있다. 호텔도 내려다보인다. 거기서 바위에 걸터앉아 점심을 먹을 수도 있다.

전날 우리는 먼 길을 왔다. 10시간 이상을 달려 루이스 호수 인터내셔널 호스텔(Lake Louise International Hostel)에 여장을 풀었다. 수년째 들르는 이 호스텔이야말로 우리에겐 정든 곳이다. 산꾼들에게 어찌 안락한 호텔이 어울릴 것이며, 점잖게 앉아서 갖다주는 음식을 먹는 게 즐거울 수 있겠는가. 삼겹살 찌개에 소주 한 잔, 피곤한 몸을 눕힐 수 있는 침대 한 칸이면 넉넉한 대장부 여정인 것을……

빙하의 눈물은 폭포 이루면서 노래

　오순도순 점심을 끝내고 정자를 뒤로 한 채 조금 전에 올랐던 등성이로 다시 돌아와 왼쪽 골짜기로 들어선다. 빅토리아산을 향해 가는 편안한 비탈길이다. 하늘은 푸르고 싱싱한 들꽃들이 만발한 언덕배기에 땅굴다람쥐들의 휘파람 소리가 요란하다.

　골짜기 저편에 빙하를 끼고 정상이 구름에 잠겨 있는 애버딘(Mt. Aberdeen · 3,151m)이 나선다. 시심이 동한다. 어느 시인은 이 골짜기의 웅장함에 눌려 시가 쓰이지 않는다고 하였으나 나 같은 천방지축 산꾼의 시조 한 수에 시비 걸 사람이 있을 수는 없을 터.

　구름이 봉을 덮어 눈가림한다마는
　억만년 견딘 빙하 아랑곳 아니 하네
　내 죽어 구름이 되면 저 봉우리 오를까.

실폭이 흐르는 벼랑길을 따르는 트레커들.

빅토리아 빙하, 크레바스가 많아 일반인들에게는 위험한 곳이다.　트레킹을 마치고 루이스 호수로 내려서는 트레커들.

　　호수를 떠난 지 약 13km 지점에 이르면 산 안쪽, 해발 2,134m에 플레인 오브 식스 글레이셔즈 찻집(The Plain of Six Glaciers Tea House)이 하나 더 있는데, 이곳이 오늘의 마지막 하이라이트다. 나무 아래에 배낭을 벗어놓고 물 한 병 들고 홀가분한 기분으로 막바지 산길 1.5km를 들어간다. 6개의 빙하가 한눈에 들어오는 곳이다. 여기에서 한없이 작아지는 나를 본다. 속세의 번뇌가 무엇이며 도대체 무엇이 우리를 한숨 쉬게 하는가.

　　아! 산이 다가온다. 나도 그만 산이 된다.

　　그때 지축을 울리는 천둥소리에 소스라쳐 놀라 땅바닥에 주저앉는다. 절벽에 걸려 있던 빙하 한 조각이 얼음가루를 뿌리며 떨어지는 게 보인다. 1882년 루이스 호수가 발견될 당시에도 이 골짜기에서 마른 하늘에 천둥이 쳤다고 했다.

　　빙하가 녹으며 쏟아지는 작은 폭포가 오늘 산행의 마지막 지점이다. 빙하의 눈물은 폭포를 이루면서 노래를 부르기 시작한다. 바다를 향한 아득한 여정을 그들은 아름다운 노랫소리로 첫 걸음을 내딛는다.

　　돌아오는 산길은 간단하다. 골짜기에서 호수를 향해 양쪽 산을 바라보며 계곡을 계속 내려오기만 하면 된다. 왕복 22km다.

　　여기에서 뒷산을 넘는 코스가 하나 있다. 루이스 호수에서 산기슭을 따라

5~6시간 등정하여 2,922m의 애봇 패스(Abbot Pass)에 있는 산장에서 1박 하고 오하라 호수로 내려오는 코스다. 첩첩산중 멋진 산막에서 하룻밤을 지내는 기분은 어떨까. 산꾼이라면 군침이 도는 코스다.

로키 산행에서 모두들 곰 걱정을 하는데 염려하지 않아도 된다. 곰은 아무 때나 달겨드는 막되먹은 맹수가 아니다. 이권에 눈이 가리면 못하는 짓이 없는 사람과는 다르다. 단 새끼를 가진 어미는 사나워진다. 자식을 보호하려는 어미의 모성을 뉘라 탓하겠는가. 먹이를 먹고 있을 때에도 접근해서는 안 된다. 로키의 공원 관리국에서는 곰의 서식에 관한 정확한 정보를 가지고 있다. 그래서 가끔 곰 출몰 시 산꾼들의 안전을 위해 트레일을 닫기도 한다.

로키에 대한 이 글을 쓰는 순간에도 가슴이 울렁거린다. 금년 여름에는 내 트레일러를 로키의 어느 호숫가에 옮겨다 놓고 한 달쯤 로키와 벗하리라.

내 나이에 이르러 그 품에 안겨 생을 마감한들 무슨 여한이 있겠는가.

캐나다 로키 최고봉이 빚은 계곡미

—Mt. Robson의 Berg Lake와 Emperor Fall

버그 호숫가에 우뚝 솟구친 캐나다 로키 최고봉 맑은

산은 높을수록 사람과 인연을 멀리한다. 산이 구름을 안고 있는가? 구름이 산에 걸려 있는가? 늘 구름으로 정상을 가리고 있는 산이 랍슨(Robson)이다. 해발 3,954m로 캐나다 로키산맥에서 제일 높다. B.C주에 있으며 자스퍼 국립공원과 붙어 있는 랍슨 주립공원의 주봉이다.

그 산 뒤편으로 들어가 22km를 걸어 나오는 코스를 준비하면서 아내는 몹시 들떠 있었다. 우리가 로키에서 산행하는 한계인 20km를 약간 상회하지만, 그 정도는 무리해도 되는 경치가 있을 것이라 생각하고 일단 헬리콥터로 들어가 걸어 나오기로 했다.

7월 초에 11명이 루이스 호수 근처에서 산행했고, 이번에는 같이 가기로 약속한 분들이 이런저런 사정으로 빠져 결국 4명이 8시간 반을 달려 랍슨이 보이는 방갈로 랏지에 여장을 풀고 첫날밤을 지냈다. 이들은 매년 로키에서 산행하지 않으면 일이 손에 잡히지 않는 베테랑들이다.

보너스로 스노버드 패스 트레일 초입 방문

큰 산은 새벽에 옷을 벗는다. 도착하는 날 구름에 가렸던 산정이 새벽에 그 장엄한 자태를 나타냈다. 네팔에서도 그랬다. 힘들어 오른 고라파니에서 새벽에 만난 안나푸르나와의 첫 대면을 잊을 수 없고, 어두운 밤길을 올라 푼힐에서 건너다본 다울라기리도 새벽에만 모습을 보여주지 않았던가.

아침에 일어나니 날씨가 좋을 것 같고 구름이 정상을 지나가고 있어 좋은 사진을 얻으리라는 기대로 가슴이 부풀기 시작했다. 예약된 헬기장을 찾아가서 오전 9시 30분 비행기를 탔다. 아내와 나는 몇 번 헬기를 타본 경험이 있으나 다른 두 분은 처음이라 다소 흥분된 모습이다.

헬기를 타고 15분만에 도착한 랍슨 뒤편.

헬기가 요란하게 프로펠러 소리를 내며 이륙한 후, 산을 끼고 계곡으로 들어섰다. 산 중턱을 날며 바라다본 랍슨은 전연 다른 모습이다. 아득히 아래로 폭포가 보이고 계곡을 흐르는 강줄기와 산길이 희미하게 나 있는데 우리가 걸어갈 길이리라. 랍슨의 북쪽 면이 절벽을 이룬 채 눈으로 단장하고, 큰 빙하가 계곡을 미끄러져 내려가는 게 내려다보인다. 헬기가 약간 멈칫하는 듯하다가 기수를 내리고 평원을 향해서 하강을 시작하니 금방 버그 호수(Berg Lake)가 바라보이는 벌판이다. 산곡에 갇힌 벌판이 어찌 이리도 넓은가 했다.

헬기가 우리를 내려놓고 빈 몸으로 떠난 산역은 그렇게도 조용할 수가 없다. 15분 남짓한 짧은 시간에 전연 새로운 세상으로 들어온 것이다. 고도계를 보니 1,650m쯤 된다. 큰 산은 리어가드산(Rearguard · 2,620m)에 가려 북면의 일부분을 보여주며 큰 빙하 하나를 호수에 내려놓은 채 우리를 기다리고 있었다. 22km를 걸어 나가야 하는 긴 여정이 여기서부터 시작되는 것이다.

그런데 왼쪽 골짜기에 기가 막힌 경치가 있어 우리를 유혹했다. 바로 랍슨에서 내려온 랍슨 빙하. 계획을 세울 때부터 욕심이 나던 스노버드 패스(Snowbird Pass)로 가는 길이 이 빙하 옆을 지나는데 왕복 20km나 되는 길이라 일정에서 제외한 것이다. 그러나 좋은 경치를 보고 그냥 지나가지 못하는 아내가 앞장서서 들어가 보자고 하여 모두들 무작정 그쪽을 향해 들판을 헤쳐 나갔다. 벌판에는 알버타주와 B.C주를 가르는 경계비가 있어 깡충거리며 넘나들기도 했다.

조그만 돌산을 하나 넘으니 산길이 나섰고, 산꽃 핀 들판을 따라 빙하 경치로 들어섰다. 빙하가 미끄러져 내려와 멈추는 곳에 조그마한 호수가 자리하고 있다. 길은 비교적 평탄해 기분 좋게 산길을 따라 빙하가 가까이 보이는 지점까지 들어가게 되어 있다. 망원경으로 살펴보니 산길은 왼쪽 산비탈로 계속 이어져 있으며, 빙하가 고개를 이루는 산정이 패스일 것이다. 지도에는 스노버드 패스 반대편이 절벽을 이루고 있으며 콜맨 빙하(Coleman Glacier)와 리프 빙원(Reef Icefield)이 합쳐진 거대한 설원이 형성되어 있다고 하는데, 그곳에 별난 경치가 있을 게 분명하다.

랍슨 북사면의 빙하가 녹아 스며드는 버그 호수.

스노버드(Snowbird)라는 새는 산닭의 일종으로 여름에는 갈색이지만 눈이 오는 겨울에는 온 털이 하얀 색으로 변하는 예쁜 새다. 로키가 신비하다면 이 산닭의 변하는 옷빛 하나를 더해도 될 것 같다.

나갈 길을 생각하니 더 들어갈 수 없어 빙하의 경치를 카메라에 담고서 서둘러 되돌아 나왔다. 돌아보고 또 돌아보고, 인연이 닿으면 반드시 저 빙하를 지나 패스에 오를 날 있으리라 다짐했다.

더욱 아름다운 경치 숨기고 있는 랍슨

랍슨은 왜 아름다운 빙하를 등 뒤에 숨기고 있는가. 숨은 경치는 왜 더 아름다운가.

이 산은 1909년에 초등됐다. 조지 키니(George Kinney)라는 목사와 콜맨(A.P. Coleman)이라는 등산가가 1907년에 정상을 노렸으나 악천후와 식량 부족으로 뜻을 이루지 못했다. 그 후 1908년과 1909년 계속해서 도전한 끝에 드디어 키니가 정상을 밟는 데 성공했다. 지금도 그의 이름을 따온 호수가 산 아래편에 위치하고 있다. 또한 콜맨은 스노버드 패스 너머의 빙하에 그 이름이 남아 있다.

평원 길을 지난다. 아득한 계곡을 채우고 내려와 호수에 닿아 있는 빙하를 건너다본다. 앞산에 가렸던 정상이 나타나면서 경치는 새로운 면을 보여준다. 구름 한 점 없는 좋은 날씨다. 기록에 의하면 초기 랍슨에 반해 자주 들렀던 오버랜더(Overlander)라는 등산가는 스물아홉 번째 방문에서야 처음으로 구름 벗은 정상을 볼 수 있었다고 했다. 그래서 이 산에 '구름으로 모자를 쓰고 있는 산'이라는 별명을 붙였다. 그런데 우리는 첫 방문에 구름을 벗어 버린 정상을 만날 수 있었으니 얼마나 행운아들인가.

호수는 로키의 다른 호수에 비해 특히 아름답지는 않으나 절벽을 이룬 북쪽 벽이며 호수에 발을 담근 빙하가 있어 산꾼들의 넋을 빼앗기에 넉넉하다. 햇볕이 따가운 산길이지만 빙하에서 불어오는 찬바람이 심신을 새롭게 해 준다.

버그 호수(Berg Lake)라는 이름은 '빙산'이라는 뜻이다. 1908년 랍슨 정상을 노리고 이곳에 들어왔던 콜맨이 붙인 이름이다. 빙하가 호수에 닿아 있는 것으로서는 로키에서 제일 큰 호수다. 또 '그라울러즈(Growlers, 으르렁거리는 호수)'라고도 하는데, 빙하가 호수로 떨어지는 소리가 산천을 울리기 때문이라고 한다. 그것은 호숫가에 있는 마못(Mamot)이나 버그 캠프장에 텐트를 친 산꾼들에게 아주 좋은 구경거리가 될 것이 틀림없다. 그 계곡을 지나면서 혹시나 떨어질지 모르는 빙하를 내 카메라에 담을 수 있을까 하여 카메라를 열어놓고 있었다.

호수는 2.2km를 지난다. 버그 호수는 주위의 4개 빙하에서 흘러내린 빙하수가 고여서 생겼고 따라 내려온 토사로 평원을 이루고 있다. 그 평원에 온갖 야생화가 피어 있고, 흐르는 개울을 건너는 고슴도치도 본다. 호수가 끝나는 지점에 미스트(Mist) 빙하가 있으며 버그 빙하는 저만치 멀어져 있다.

랍슨 북쪽 절벽을 바라보며 개울가에서 점심을 먹었다. 다시 보지 못할지도 모르는 주위의 선경을 카메라에 담고 미지의 산길이 기다리는 계곡 길로 들어

천의 폭포 계곡에서 처음 만나는 황제폭포.

섰다. 계곡을 따라오는 강줄기가 랍슨강(Robson River)일 터. 소리 없이 평화
롭다. 태풍전야의 고요라 할까. 여기서 천의 폭포 계곡이 우리를 기다리고 있
을 줄 어찌 알았으랴.

계곡을 빠져나오면 하늘이 열리는 곳에서 지축을 울리는 큰소리를 듣는다.
산길에서 잠시 벗어나면 큰소리의 주인공을 만난다. 엄청난 물줄기를 쏟아내
는 폭포 하나가 물보라를 일으키며 곡선을 그린다. 황제(Emperor)폭포다. 하
늘이 베푸는 장관이다. 자연이 몸부림치는 교향악이다.

호수에 가까이 다가갔던 두 분은 물세례를 받고 내의까지 젖고 나왔다. 나는
카메라가 젖을세라 멀리 서서 사진을 찍는데, 물안개가 몰려와 렌즈에 금방 물
기가 어린다. 바람이 물기를 밀어낼 때 간신히 몇 컷을 찍을 수 있었다.

이 자리가 거대한 계곡의 시작이고 천의 폭포 출발점이기도 하다. 처음에는
바닥이 안 보이는 세 개의 계곡으로 시작한다. 물보라가 밀려와 질펀한 능선
길을 더듬어 내려가면 양쪽이 아주 깊은 계곡이고 폭포는 능선을 넘어 산쪽 구

렁에서 물줄기를 받아낸다. 간간이 흰 이빨을 드러내며 소리치는 물줄기를 볼
수 있다.

반도 같은 능선을 되돌아나와 내려오는 산길과 만난다. 여기서부터 전연 다
른 경치가 기다리고 있다. 큰 산 속의 장엄한 계곡과 폭포의 연속이다. 산천을
울리는 물소리며 또한 덤으로 내려다보는 무지개도 있다. 랍슨이 늘 구름에 가
려 있는 것은 이 계곡에서 형성되는 물보라가 구름이 되어 올라가 산에 감긴다
는 연구 결과가 있다.

트레일 중간에 캠프사이트 98자리 마련

급경사 내리막길이 시작됐다. 3.7km 구간에 표고차 460m를 내려간다. 그런
데 이 가파른 길에 캠핑 장비를 잔뜩 진 꾼들이 올라오고 있다. 랍슨 뒤로 들어
가서 캠핑하는 등산객이 매년 3,000명이나 되고 취사장 건물이 있는 곳도 세

굽이지는 사이 물보라를 일으키는 화이트폭포.

군데나 된다. 캠프장은 천막을 치기 쉽도록 사각형으로 된 틀 안을 반듯하게 다져놓았고, 폭신한 나무껍질들을 깔아 잠자리가 편하게, 또 물기도 올라오지 못하게 해 놓았다. 그런 텐트자리가 7개 캠프장에 98자리나 된다. 잘 걷는 산꾼이라면 하루에 버그 호수까지 들어갈 수 있다. 캠프장 사용료는 하루에 5달러로, 하이웨이 옆에 있는 공원관리소에 내고 등록하게 되어 있다. 물론 예약을 해야 된다.

이 근처에서 바라보는 산은 엄청난 크기로 다가온다. 계속되는 산곡과 폭포 소리에 취하여 내리막길을 다 내려오면 다리를 하나 만나는데, 거기가 가파른 길이 끝나는 곳이다. 이 근처가 오늘 여정의 반쯤 되는 지점이다. 개울가로 내려가 발을 식히고 10km를 걸어야 할 계곡을 내려다본다. 우리가 만나야 할 경치는 이미 끝나 지루한 산길만이 거기 있었다. 그쯤에서 아래쪽에 보이는 다리가 한 사람씩 건너는 현수교일 것이다.

화이트혼(Whitehorn) 캠프장을 지나고 계곡 길을 따라 내려와 키니(Kinney) 호수에 이르러 아직 7km가 남았다는 말에 질리고 만다. 처음 스노버드 패스 길로 들어선 게 잘못이었던가. 산에서 욕심은 금물이라 했는데. 그 길에서 왕복한 5km를 더한다면 이날 모두 27km를 걸은 셈이다. 깊은 산중은 해가 지면 일찍 어두워진다. 강물은 소리치며 계곡을 달려가는데 우리는 천근 같은 다리를 이끌고 해 저무는 하산을 재촉했다.

산의 소리는 내 마음의 소리
—Assiniboine의 Lake Og Trail

아시니보인을 마주하며 마곡 호수로 다가서는 트레커들.

공중에서 본 아시니보인과 계곡의 경치.

산은 깊은 산중에 홀로 있어도 매무새를 흐트리지 아니하고, 어쩌다 찾아가는 산객일지라도 홀대하는 법이 없다. 언제나 포근하게 산꾼들을 안아준다. 그러나 늘 기다리고 반겨준다 하여 함부로 대해서는 안 되는 게 산이다. 연세 많으신 노인을 대하듯 그 앞에서는 늘 겸손하고 몸가짐을 조심해야 된다. 더구나 로키의 큰 산을 대하는 마음에 욕심이 섞인다면 죽고 사는 갈림길에 이를 수도 있다.

늦게 배운 도둑질에 날 새는 줄 모른다 했던가. 늦게 맞은 산바람에 주머니 새는 사정 누가 알 것인가. 해 좋은 날이면 "날씨 좋다, 날씨 좋다." 하며 은근히 조르는 아내의 객기를 무시할 수 없고, 산으로 향하는 내 마음 또한 누를 길 없다.

산은 산마다 주는 음성이 다르고, 억 년을 변하지 않고 기다려 주는 그 자태에 반하게 된다. 그러나 무거운 짐을 지고 며칠씩 걷는 산길이나 거봉을 오르는 기록을 생각하는 것은 우리에겐 욕심일 뿐이다. 그 욕심을 버리고 그저 배낭에 카메라 챙겨 넣고 점심과 물병 하나면 넉넉한 촌부의 산행이리라.

한 번 들르면 다시 찾지 않곤 못 배겨

아시니보인(Mt. Assiniboine · 3,610m)은 산 속 깊이 숨어 있는데, 매년 캐나다 산(山)경치 달력에 빠지지 않고 등장할 정도로 아름답다. 그래서 오래 전부터 상면하고 싶었던 산이다. 그러나 여기는 우리 형편상 쉽게 갈 수 있는 곳이 아니었다. 몇 년을 벼른 끝에 금년에서야 상면할 기회가 주어졌다.

들어가는 길이 다양하고, 그 산 속에 머무는 방법도 여러 가지며, 산길 또한 각자의 수준에 따라 고를 수 있다. 그러므로 어떤 사정의 산꾼이라도 다 받아주는 너그러운 산이 바로 아시니보인이라 하겠다.

아시니보인은 캐나다 로키에서 다섯 번째로 높으며, 밴프에 있는 3대 스키장 중의 하나인 선샤인 스키장에서 바라다보인다. 다슨(G.M Dawson)이라는 측량사가 1884년에 그 이름을 처음으로 찾았는데, 원주민들의 말로 '달구어진 돌

첫날 산행의 바위길에 단풍이 예쁘다.

마곡 캠프장에 설치된 트레커들의 텐트.

을 물에 넣어 요리한다' 는 뜻이다. 초기에는 그냥 '돌산(Stoney)' 이라 부르기도 했다 한다. 1922년에 이르러 B.C주 주립공원이 됐고, 1990년 세계자연유산으로 지정되어 개발이 억제되어 있는 곳이다.

이 산에 들어가는 산꾼들은 산을 중심으로 여섯 갈래 길에서 접근이 가능하다. 선샤인 스키장에서 들어오는 35km의 산길이 일반적이고, 밴프 옆에 위치한 캔모어(Canmore)에서 남쪽으로 37km를 들어가 있는 샤크(Shark)산에서 시작하는 27km의 계곡길도 있다. 우리 일행 네 사람은 헬기를 타기로 했다.

아시니보인 산 속에 들어가서 머무는 경우를 보자. 주봉이 깔고 앉아 있는 호수가 마곡(Magog)인데, 그 호수변에 캠프장이 있다. 천막을 칠 수 있는 자리가 마련되어 있고, 음식물을 공중에 매달아서 곰의 접근을 방지하는 기둥도 세워놓았으며, 물과 화장실도 갖추어져 있다.

그 다음이 캐빈이다. 네이셋(Naiset) 캐빈은 방 하나에 2층 침대가 두 개씩 있고, 나무로 난방을 하며, 스스로 식사를 해결할 수 있게 되어 있다. 1925년에 지어졌고, 28명이 선착순(First Come, First Service)으로 머물 수 있다. 공원관리인이 사용료를 징수한다. 네이셋이란 본토 인디언 말로 '저녁노을' 이라는 뜻이라 한다.

백패커들은 산중에서 머물 동안 필요한 생활용품을 다 지고 들어오기 힘겨우니 필요한 최소한의 짐만 꾸리고 나머지 짐은 헬기에 맡길 수 있다. 짐은 무게에 따라 요금을 지불하며, 먼저 랏지에 도착해 걸어 들어오는 주인을 기다리게 된다.

아시니보인이 좋은 것은 산중에 랏지가 있다는 점이다. 통나무집에 머물고 정성스럽게 해 주는 식사가 포함되며 산행을 안내받는다. 그리고 오후 4시에 갖는 티타임 또한 빼놓을 수 없는 즐거운 시간이다. 이 랏지는 1928년에 C.P.R. 철도회사가 지었는데, 지금은 B.C주 정부 소유로 개인에게 임대해 운영되고 있다.

산행은 등산객의 수준에 따라 다양하게 선택할 수 있다. 암벽과 빙벽을 겸하는 전문 산꾼이라면 정상까지 1,500m를 오르는 아시니보인을 택하면 된다. 세피라는 이 랏지 주인은 아시니보인을 38회나 올랐다고 하는데, 오전 5시에 떠나 오후 5시면 돌아온다고 했다. 산 중턱에 산악인 대피소(Climber's Hut)가 있어 거기서 하루를 쉬고 오를 수도 있다. 우리 같은 산꾼도 눈이 붙지 않는 8월이면 대피소까지 당일 산행이 가능하다.

그 외에도 산을 중심으로 길고 짧은 다양한 산길이 있고, 랏지에서 일하는 사람들이 돌아가면서 안내해 주니 편하다. 물론 혼자서 산행할 수도 있다. 꼭 산

마곡 호숫가를 걷고 있는 트레커들, 아시니보인과 그 왼쪽의 마곡이 거대한 절벽처럼 솟구쳐 있다.

행을 목표로 하지 않는다 해도 이 랏지에 들르는 사람들이 많다. 지난 20년 동안 매년 빠지지 않고 1주일씩 머물고 가는 사람이 있으며, 들어오는 사람의 75%가 다시 오는 사람들이고, 그 사람들에게 우선권이 주어지니 초행자가 예약하기 쉽지 않은 곳이기도 하다. 실제로 혼자서 헬기에 오르지 못하는 불편한 몸을 가진 분들도 들어와 있었다.

산과 호수 배경 삼은 산막에서의 첫날밤

루이스 호수(Lake Louise)에 있는 호텔에 머문 우리는 아침 일찍 출발해 헬기장으로 이동했다. 캔모어 시내를 통과해 비포장 고갯길을 올라 한참을 달리고 나서 샤크산(Mt. Shark) 헬기장 표시를 보고 들어갔다. 주차장을 찾아가는데 난데없이 큰 무스 한 마리가 길 한가운데 서서 인사를 건넨다.

헬기장에서 바라보는 산세가 이미 우리를 흥분시키기에 넉넉했다. 시간 여유가 있어 숲을 헤치며 송이를 기웃거리기도 했다. 드디어 멀리서 산골짝을 울리는 프로펠러 소리가 들려오고 그 주인공이 나타나더니 사뿐히 공터에 내려앉는다. 이 헬기는 1주일에 3회만 아시니보인을 드나들게 허락되어 있다. 우리 같은 등산객은 그 스케줄에 맞추어 방을 예약하게 된다.

헬기가 사람과 짐을 실어 나른다.

아침에 랏지를 떠나 세속으로 돌아갈 사람들이 본부 건물에 모여 있다.

헬기는 처음 시동 걸 때에 소모되는 부품이 따로 있고, 그 부품은 사용 횟수가 제한되어 있으며, 가격 또한 만만치 않아 이게 시동을 거는 경비로 간주된다. 그래서 승객이 타고 내릴 때에도 엔진을 끄지 않는 모양이다. 바람을 맞으며 허리를 구부린 채 기체에 오른다.

안전벨트를 매고 나면 프로펠러 소리가 빨라지기 시작하고 헬기가 허공에 뜬다. 그때 "Oh, my God, Oh, my God.(하나님 맙소사, 하나님 맙소사.)" 소리를 지르는 여자 때문에 모두들 한바탕 웃음꽃이 피었다. 헬기를 처음 타는 모양이다.

헬기는 큰 산을 비켜서 골짜기를 따라 산 속으로 향하는데, 헬기가 뜨니 산봉들이 자세를 바싹 낮춘다. 10분 남짓 비행에 잘 생긴 산 하나가 시야에 다가왔다. 크지 않은 호수를 앞자락에 안고 있다. 틀림없이 아시니보인일 터, 잠깐 사이에 이틀 길을 주름 잡고 산중에 들어온 것이다. 그렇게 아시니보인과 친해지는 3박 4일 일정이 시작됐다.

랏지는 산과 호수가 바라보이는 언덕에 편안히 자리를 잡았는데, 통나무집이 드문드문 늘어서 있고 모두 창을 통해서 산정을 보는 자리에 있다. 우리 네 사람은 2층 침대가 하나 있는 6인용 캐빈에 들었다. 싱크대가 있으나 더운 물이 나오지 않아 아침마다 세수할 물을 배달해 주었고, 공동화장실이 떨어져 있어서 저녁에는 깡통 요강을 사용하는 재미도 볼 수 있었다.

식사가 준비되면 딸랑딸랑 종을 친다. 모두들 한 지붕 아래 모여 식사를 나누고 즐거운 환담으로 산 속의 인연을 쌓아간다. 식사는 정갈하고 맛있어 산중에서 맞는 식사시간이 그렇게 즐거울 수 없었다. 오후 4시에 티타임이 있어서 간식과 각종 티를 마시며 산을 바라보는 여유로움을 만끽했다.

들어온 첫 날 잠자리에 들었다. 바람이 분다. 문풍지 소리에 잠을 설친다더니 애간장을 끊는 것 같은 밤바람 소리가 잠을 깨운다. 한이 서린 소리다. 문을 열고 나가 보았다. 밖은 빙하를 훑고 달려온 찬바람뿐. 기운 달빛만이 빈 밤하늘에 가득하다. 잠깐 낮잠을 잔 탓인지 잠이 쉬 들지 않아 뒤척인다. 지난 세월 남에게 한 맺힐 일을 한 적은 없었던가. 뒤돌아보는 내 인생사가 주마등처럼 스쳐갔다. 산바람은 그렇게 밤새 내 잠을 흔들었다.

그러나 새벽은 이 산중에도 어김없이 찾아와 우리에게 새 날을 가져다 주었다. 아침식사를 하고 나면 점심을 마련하는 상이 하나 차려진다. 각종 샌드위치를 만드는 재료와 마실 것들이 있어서 각자의 입맛대로 점심을 마련하고 산행준비를 하게 된다.

산행은 아침 9시에 모여 시작하는데, 두 개의 코스 중에서 택일한다. 그날은 서쪽으로 가는 쉬운 코스와 북쪽 오그(Og) 호수로 가는 긴 코스가 있어 우리는 팀을 나누어 산행하기로 했다. 김 사장 내외와 아내가 서쪽으로 엘리자벳(Elizabeth) 호수를 다녀오는 팀에 끼고, 나는 산등성을 지나 오그 호수를 가는 팀에 합류했다. 일본에서 온 팀이 서편으로 갔기 때문에 우리 팀은 안내인을 포함해 모두 여섯 사람으로 단출했다.

산 속에서 통성명을 하고 인사를 나누었다. 다른 사람들은 내 이름을 금방 기억하고 불러주는데 나는 도무지 그들의 이름을 기억할 수가 없다. 이게 캐나다에 와서 살고 있는 한국 사람들의 공통적인 고민이다. 우리는 다른 사람의 이름을 부르고 살아온 민족이 아니다. 누구의 엄마 아빠가 아니면 그냥 아저씨나 어르신네가 아니었던가. 서양인의 뇌에는 다른 사람들 이름을 기억하는 방이 하나 더 있는 게 분명하다.

▲ 바위 산길에 있는 곰의 겨울 방이다. 아직 주인이 입주하지 않아 들여다볼 수 있었다.

일행이 머물렀던 산막, 뒤편에 새로 지은 찜질방이 있어 산을 바라보며 피로를 푼다.

무스 가죽으로 만든 의자가 비바람에 노출되어 손님을 기다린다.

산의 소리 듣는 것은 내 마음의 소리 듣는 것

숲을 지나 산정에 오르니 산이 달려온다. 돌산들이다. 여기가 바로 바위로 이루어진 산길이다. 산정에

첫날 산행의 목적지 오그 호수.

서 돌무더기들이 무너져 내려와 조각을 만들었고, 그 돌산자락에 굴이 있어 곰들의 겨울 방을 들여다보기도 했다. 날씨가 좋았고, 돌 틈에서 어렵게 자란 나무들이 단풍이 들어 있으며, 모기나 무는 것들이 없어서 산행하기에 아주 좋았다.

산을 하나 넘어 비탈을 내려오니 산 밑으로 조그마한 호수가 하나 보인다. 오늘 산행의 목적지 오그 호수다. 이 호수는 땅이 꺼져 내려앉아 생긴 호수로 산비탈 아래서 외로이 길손들을 맞고 있었다. 여기서부터 랏지까지 6km나 되는 지루한 평원이다. 돌산을 헤매고 난 후라 무척 힘겨웠다.

안내자는 랏지에서 온 다른 두 동료와 함께 벼락 맞은 나무를 보러 가고, 우리는 각자 자유롭게 랏지로 돌아가기로 했다. 일행은 흩어지고 혼자서 평원을 가로지른다. 평원 저편으로 산들이 둘러서 있다. 배낭을 벗어놓고 주저앉아 그들의 음성에 귀 기울여 본다, 또 내 마음의 소리도 스스로 듣는 시간이다. 그래서 홀로가 좋다. 산적(山寂)의 즐거움이 산 속에 있다.

창조주가 숨겨놓은 심산유곡의 절경
—Mt. Assiniboine과 Wonder Pass

원더 패스 트레일의 최종 목적지,
오른쪽에 아시니보인과 계곡 건너로 글로리아 산을 바라보는 경치가 일품이다.

산이 편안히 앉아 안개를 밑자락에 깔고 있을 때는 의젓하다. 허리에 구름을 두르고 있는 경우에는 아름답게 보인다. 구름 위에 정상을 살짝 드러낸 산은 얼마나 신비로운가. 높이 솟아 한여름에도 빙하를 이고 있으면 장엄해진다. 구름 한 점 없이 다 벗은 산도 본다. 그런 산이라면 그냥 걸어 들어가 안기고 싶다. 산은 그렇게 나에게 다가온다. 또 같은 미인이라 할지라도 옆모습 다르고 뒷태 다르듯이 보는 방향에 따라 전혀 새로운 모습을 보여주는 게 산이다.

아시니보인에서 두 번째 산행하던 날 원더 패스(Wonder Pass)를 지나 산 동쪽으로 들어갔다. 전날 서편으로 갔던 일본팀들이 합류해 많은 사람들로 무리를 이루었다. 로키에서 산행할 경우 일본팀들을 심심찮게 만난다. 안내자를 앞세우고 일렬로 줄을 서서 질서정연하게 걸어가는 사람들은 틀림없이 일본사람들이다.

일본사람들의 줄서기는 우리보다 앞서 있는 것 같다. 캐나다에 와서

아시니보인 동쪽으로 가기 위해 원더 패스로 오르고 있다. 단풍길 저편으로 보이는 산이 네이셋 포인트다.

살면서 내가 얼마나 캐나디언화하였는지 살펴보는 기준이 하나 있는데, 은행이나 쇼핑센터에서 긴 줄을 서서 기다릴 경우 얼마나 느긋한가를 스스로 생각해 보면 된다.

한국팀과 산행할 때도 있다. 한국사람들은 산에서도 '돌격 앞으로' 다. 누가 먼저 고지를 점령하느냐, 누가 시간을 단축하였느냐 등에 관심이 많고 주위 경관이나 볼거리는 뒷전이다. 산업을 일으키고 잘 살기 위하여 앞만 보고 죽자사자 뛰어온 우리 조국 근대화 운동과 무관치 않은 것 같다.

서양인들은 처음 보는 꽃 한 송이 곤충 하나에도 관심을 갖고 들여다보며, 골짜기 아래 계곡의 곰도 망원경으로 살핀다. 한국사람들에게 진귀한 곰 구경을 시켜주고 싶어 찾아보면 벌써 멀리 앞서 가 있다. 소리를 질러 부를 수도 없다. 곰이 도망가 버리기 때문이다.

고개 넘자 계곡 열리며 산들이 어깨동무

우리 일행은 일본사람들 틈에 끼어 줄을 이루었다. 오늘 산행 안내자는 앤드류로, 랏지 주인의 아들이라고 한다. 식당에서 음식을 나르고 시중을 들던 키큰 중년인데, 천천히 걷는 게 느껴질 정도로 산행을 잘 인도해 갔다.

들판의 꽃들은 가을에 밀려 사라지고, 대신 노란 단풍이 가득한 산길이다. 랏지를 떠나 0.5km에 네이셋(Naiset) 캐빈이 있고, 바로 옆에 국기가 걸려 있는 공원 관리소 건물도 보인다. 캐빈을 지나 또다시 0.5km 걸으면 조그마한 호수를 만나는데 고그(Gog) 호수다. 호수를 배경으로 잘 생긴 바위산이 하나 있다. 네이셋 포인트(Naiset Point)라 했다. 이 산 속에 모여 있는 '오그 (Og)', '마곡(Magog)', '고그(Gog)'라는 호수 이름들은 구약시대의 전설적인 거인의 이름에서 따왔다고 한다.

조그마한 폭포가 있는 계곡을 비켜 완만한 산길을 따라가면 나무가 사라지고 시야가 열리는 평원에 들어선다. 그 평원 비탈이 끝나는 곳, 랏지에서 3km쯤 거리에 원더 패스가 있다. 랏지에서 동쪽으로 보이던 고개가 바로 원더 패스였

원더 패스에서, 계곡을 따라 내려가는 일행들.

식당이 있는 본부 건물에 모여 산행을 시작한다.

원더 패스에는 경계 안내와 세계자연유산지역이라는 팻말이 서 있다.

던 것이다.

원더 패스는 이름 그대로 원더 패스다. 계곡이 열리면서 산들이 어깨동무하고 춤을 춘다. 큰 산들의 잔치다. 벌어진 입이 다물어지지 않는다. 창조주는 어찌하여 심산유곡에 이런 경치를 숨겨놓으신 걸까. 뒤를 돌아보면 북쪽으로 아득한 평원이 멀리 35km 저편 선샤인 스키장 언덕까지 시원하게 열려 있다.

이 고개는 B.C주와 알버타주 경계이자 밴프 국립공원과 아니시보인 주립공원의 갈림 고개이기도 하다. 또 여기에는 아시니보인이 세계자연유산지역이라는 표지판도 서 있다.

고갯마루에서 열린 경치에 취해 커피를 한 잔씩 하고 계곡을 따라 내려간다. 오른쪽으로 절벽을 이룬 타워(The Tower · 2,846m)산에 산양이 있을 것 같은 생각이 들어 부지런히 살피는데 낮잠을 자고 있는지 보이지 않는다. 산양과 산염소는 절벽에서 산다. 천적인 쿠거나 늑대들을 피하기 위함이기도 하지만 바위절벽을 뛰어다니지 않으면 소화가 되지 않는 동물이어서 평지에서는 살 수가 없다. 또 이 지역은 불곰이 사는 지역이라 땅굴다람쥐들을 잡아먹으려 땅을 파헤친 흔적이 여기저기 널려 있다.

정수리에 하얀 눈을 이고 있는 아시니보인

원더 패스에서 1.8km를 내려가면 마블 호수(Marvel Lake)가 내려다보이는 언덕에 이른다. 550m 아래 계곡을 따라 길게 누운 호수다. 이 호수는 밴프 국립공원에서 여섯 번째로 크고, 그 깊이가 67m라 한다. 호수 건너편으로 큰 산들이 진을 치고 있다. 글로리아(Gloria · 2,908m), 이언(Eon · 3,310m), 아이(Aye · 3,243m) 등 3,000m급 산들이 줄을 서 있다. 누가 이 심산에 머무는 산들에게 속세의 이름을 붙여놓았을까. 그냥 산이면 족할 것을……

山, 山, 山이다. 모두가 큰 산들이다.

마블 호수를 왼편으로 내려다보면서 산비탈로 들어섰다. 굽이굽이 돌 때마다 나무 사이로 산들이 달려든다. 거기쯤에서 사건이 발생했다. 사진을 찍느라 후미에 처져 가고 있는데 앞서가던 아내가 산닭이 있다며 빨리 오라고 한다. 그

마블 호수가 내려다보이는 언덕.
글로리아, 이언, 아이 등 해발 3,000m 안팎의 산들이 줄을 서 있다.

산길에서 산닭을 만났다. 이 사진을 찍으려다 장딴지 근육이 뭉치고 말았다.

마블 호수를 끼고 최종 목적지인 싸둥성이를 오른다.
경사지가 형성되어 몹시 힘들었던 구간이다.

래서 후닥닥 뛰어가는데 그만 왼쪽 다리 장딴지가 엉키고 말았다. 딴딴하게 경직돼 버린 것이다.

산닭 사진을 몇 장 찍고 주저앉았다. 야단이다. 산중에서 다리에 고장이 났으니. 산행에서 늘 조그마한 사고들이 나지만 제일 큰 문제는 다리 부상이다. 팔이 부러졌다면 보조목을 대고 붕대로 감고 내려오면 되는데, 다리를 다치면 큰일이다. 얼마나 더 가야 될지 모르지만 걷기가 무척 힘들다. 우선 압박붕대로 감고 아픈 다리를 끌고 올라간다. 그래도 끝장을 보고 싶다.

마지막 등성이를 오르는 산비탈이다. 하얀 눈을 이고 선 아시니보인 정상이 살짝 보이는 지점이니 안 갈 수 없다. 몇 번을 쉬면서 등성이에 올라서니 이거야말로 신천지다. 편안히 흘러내린 비탈계곡 저편으로 글로리아산이 솟아 있고, 그 빙하에서 녹아내린 물로 이루어진 조그마한 호수도 있으니 글로리아 호수다. 오른편으로는 흰 눈을 이고 우뚝 솟은 아시니보인이 전혀 다른 모양으로 단장하고 우리들을 반긴다. 날카로운 등성이를 드러내고 손짓하는 듯하다. 빙벽 타기는 한 번도 해 본 일이 없지만 한 번 붙어 보고 싶은 생각이 문득 든다.

점심을 먹는 둥 마는 둥 하고 서둘러 먼저 떠났다. 쉬면서 걸어야 하니 같이 떠나온다면 뒤에 처질 것이 걱정됐기 때문이다. 혼자만의 산길이다. 산길을 따라 빈 마음을 끌고 간다. 그 비워진 자리를 산(山) 기운으로 가득 채우는 시간이다.

원더 패스에 이르러 쉬고 있는데 일행들이 보이기 시작했다. 가을빛으로 흠뻑 물든 배낭을 하나씩 둘러메고 온다. 일행 중 힘들게 오르는 일본사람 한 분이 있었다. 수건으로 땀을 닦으면서 오르는 걸 내게 보이기 민망했던지 묻지도 않았는데 나이가 77세라 한다. 대단한 노익장이다. 산을 안고 살아온 인생길의 관록이 땀 속에 묻어난다. 산과 호수에 취하고, 바람에 반하고, 땀에 젖은 산중의 하루가 또 그렇게 지나갔다.

아시니보인과 사귀고 떠나는 날, 새벽은 신기하리만치 조용했다. 곤한 잠을 흔들고 달아나던 산바람은 다 어디로 갔나. 계곡에 들어앉아 꿈을 꾸고 있는가. 오늘은 좋은 사진 몇 장을 얻을 것이란 예감이 든다. 산의 다른 모습을 보고 싶다. 또 다른 얼굴을 만나고 싶다.

어두울 때 일어났다. 산은 회색 하늘을 등지고 깊은 잠을 자다가 조용히, 아주 조용히 눈을 뜨고 동녘 하늘을 향해 얼굴을 드러냈다. 산봉이 새 날을 열고 있는 것이다. 또한 그는 화장의 명수다. 이별의 아쉬움이 있었을까, 잠시 붉은 색으로 짙은 화장을 하고 인사를 마치자 이내 깨끗하게 지우고 본래의 얼굴로 바뀌었다. 그가 금방 화장을 고치는 모습을 창을 통해 엿보았다.

육감이라 할까, 이렇게 바람 한 점 없는 아침에는 산이 호수에 들어와 앉아 있을 것 같은 생각이 든다. 카메라 필름 상태를 확인하고 호수를 향해 뛰었다. 이때는 시간이 급하다. 바람이 시샘하기 전에 만나야 하는 것이다. 3km는 족히 되는 거리다. 보인다. 보인다. 아래로부터 서서히 호수에 몸을 잠그더니 호수 가장자리에 이르러서는 온몸을 찬물에 모두 담근 채 파르르 떨고 있다. 산은 바람 잔 날 호수에 들어와서 목욕을 한다.

떠나오는 날이다. 마지막으로 나가는 헬기를 예약해 놓고서 주위를 둘러보았다. 아내는 랏지 주인을 만나기 위해서 남고, 우리는 서편에 숨어 있는 산들을 보러갔다. 산만이 아니고 큰 산 아래에 자리잡은 예쁜 호수도 3개나 있었다. 선버스트(Sunburst), 시룰리언(Cerulean), 엘리자베스(Elizabeth) 등의 호수를 지

마지막 날 오전 자유시간에 김 사장 부부가 아시니보인 서편으로 산행하고 있다.

아시니보인이 마곡 호수에 들어와 있다.

나면 선버스트 계곡(Sunburst Valley)으로 이어지고, 그 산길은 랏지에서 32km
거리에서 라디움 핫스프링으로 가는 하이웨이 93을 만난다.

시간이 넉넉지 않지만 산등성이를 향해 길을 헤쳐갔다. 해발 2,748m의 너브
봉(Nub Peak)에서 뻗어 내려온 등성이에 오르니 새로운 경치가 열렸다. 너브
봉까지 가고 싶으나 욕심을 버리기로 했다. 전날 엉킨 장딴지가 아직 완전히
풀리지 않아 무리하지 않기로 하고 랏지로 돌아왔다.

김삿갓과 단 둘이 막걸리 권하며 오르고파

오후에는 호수 주변을 서성거렸다. 우연히 돌 하나를 주워 손에 올려놓고 사
진을 한 장 찍었다. 아시니보인이 내 손 안에 들어와 있는 기분이다. 이 깊은
산중에 어떻게 좋은 랏지 지을 생각을 하였을까. 그 에너지는 무엇으로 충당하
는가에 관심이 있어서 주변을 둘러보았다. 조리나 난방, 그리고 조명까지 무공

헬기를 기다리며 호수변을 걷고 있다.

해 프로판 가스를 쓰고 있다. 가스를 헬기로 들여와서 쓰기 때문에 아주 큰 가
스통이 여러 개 있었고, 가스관이 각 캐빈으로 연결되어 있다.

　단 통신용 에너지는 발전을 한다. 산 위에서 관을 타고 내려오는 물이 자연
수압을 이루어 수도 역할을 하고 있었는데, 그 상수도의 일부분을 이용해 12볼
트 직류전기를 발전했다. 아주 조그마한 발전기 하나가 유일한 전원이었다.

　오전에 헬기소리가 요란하더니 첫 번째 헬기에서 공원 관리들이 들어왔다.
랏지 운영을 살피는 검사관들이다. 캐나다는 안전에 관한 한 세계 제일이라고
자부하는 나라가 아닌가. 헬기가 뜨고 등산객들이 드나드는 날이라 온 랏지가
활기에 찬다. 나가는 짐에는 빨간 리본을 달아 내가고 세탁된 것들이 대신 들
어왔다.

여기는 등산객들만 드나드는 곳이 아니다. 산행을 하지 않아도 산 속에서 느긋이 즐기고 싶어 들어온 노인들이 있는가 하면, 지팡이에 의지해 걸음을 힘들게 옮겨야 하는 불편한 분들도 들어와 산중에서 쉬며 즐기는 곳이다. 우리만 보고 가기에는 아까운 경치다.

그런데 쉽게 자리를 잡을 수가 없다. 2004년분은 이미 예약이 다 찼고, 2005년 것을 지금 예약하란다. 그렇지만 한국에서 딱 한 사람을 모셔와 단둘이서 산행하고 싶은 사람이 떠오른다. 배낭 대신 괴나리봇짐에 안주 싸고 막걸리 한 초롱 들고 쉬엄쉬엄 원더 패스에 올라 마주 앉아 권커니 잣거니 하며 시 한 수 읊는 걸 보고 싶다. 그는 바로 김삿갓이다.

높은 산은 늦게 잠이 든다
—Sentinel Pass와 Grand Sentinel

높은 산은 일찍 잠에서 깨어난다. 먼동이 트는 새벽, 하늘이 발그레 물들면 제일 먼저 일어난 산새들이 해뜨기를 기다리며 청아한 목소리로 노래를 부른다. 그때 산들은 기지개를 켜는 것이다. 아래편 어린 산들은 아직 안개구름을 덮고 늦잠에 취해 있으나 눈을 이고 있는 정상은 벌써 건너편 산들과 눈인사를 나눈다.

산은 하늘이 밝아 새 날이 되고 해가 바뀌어도 나이를 더하지 않는다. 또 상관하지도 아니한다. 스쳐가는 것은 세월이요, 우리 산꾼들 또한 잠시 들렀다가 지나가는 존재일 뿐이다. 산은 가는 세월에 연연하지 않지만 외모에 무심한 것은 아니다. 철 따라 새 옷으로 갈아입는다. 그래서 다시 보고 싶어 찾아오게 된다.

불곰 위협으로 6명 이상이어야 입산 가능

센티늘 패스(Sentinel Pass)는 루이스 호수에 이웃하는 모레인 호수에서 시작한다. 루이스타운에서 20분 거리에 있다. 루이스 호수로 올라가다가 왼편으로 들어가게 되어 있고, 좁은 꼬부랑길을 따라가면 호수에 닿는다. 바로 앞에 둥

센티늘 패스를 오르면서 보는 텐 피크의 일부분.

근 탑 같은 산정이 다가와 있는데 예쁜 호수가 그 산자락을 깔고 앉아 있다.

이 패스는 로키의 정비된 산길 중 제일 높은 곳(2,611m)이다. 우리 부부가 여러 번 들렀지만 금년에 다시 찾아오게 되었다. 호수를 싸고 있는 텐 피크(Ten Peak)라 부르는 열 개의 산봉우리를 한눈에 보면서 오르고, 루이스 호수 근처에서 제일 높은 템플산(Mt. Temple · 3,543m)과 피너클산(Mt. Pinacle · 3,067m) 자락이 만나는 고개를 넘으면 색다른 경치가 기다리고 있기 때문이다.

겨울에 눈이 많이 왔다면 7월에도 눈밭을 헤매야 될 때가 있고, 늘어선 산정에서 쏟아지는 눈사태도 자주 본다. 금년은 좀 늦은 때문인가, 산은 노란 단풍으로 단장하고 우리를 맞이하였다. 같은 산이라 할지라도 철 따라 기후 따라 운치가 다르고, 해 비치는 방향에 따라서도 경치를 달리하니 올 때마다 가슴이 설렌다.

특히 이 패스에는 그 너머에 있는 그랜드 센티늘(Grand Sentinel) 촛대바위 정

박성모 대장이 앞장서고,
그 뒤를 따라 일렬로 눈을 헤치고 고개로 오른다.

상에 클라이머가 올라 있는 광경을 카메라에 담고 싶은 소망이 이곳을 다시 찾게 되는 이유다. 여러 번 시도하였지만 그게 여의치 않았다. 날씨가 내 마음을 알아주지 않았고 언제 그 촛대바위를 오르는 암벽꾼들이 있는지 시간을 맞추기도 쉽지 않았다.

지난 8월에는 찬스가 한 번 있었다. 루이스 관광안내소에 근무하는 빌이라는 사람이 주말에 오른다 하여 정오 경 정상에 오를 때 빨간 재킷을 입으라고까지 했었는데 어머님이 갑자기 입원하게 되어 좋은 기회를 팽개치고 그냥 내려온 적이 있다.

센티늘 패스의 양쪽 계곡에 불곰(Grizzly Bear)이 살고 있어 트레일을 닫아 버릴 때가 많다. 다행히 금년에는 여섯 사람 이상이 들어가도록 허락하였다. 만약 이를 어길 시는 2,000달러까지 벌금을 물게 된다.

천천히 걸어갈 여섯 사람이 모여야 된다. 독일에서 온 젊은 커플이 합류하였다. 그때 한 무리의 산꾼들이 몰려왔는데, 센티늘 패스로 간다는 일본사람들이다. 가이드와 같이 나타났다. 합류하자고 하였더니 "우리는 천천히 가는 사람들이니 그래도 좋다면 같이 가자."고 한다. 그것은 우리가 바라던 바이니 좋은 기회가 찾아온 것이다.

눈에 덮인 센티늘 패스.

눈 녹은 센티늘 패스.

일본 가이드는 쉴 새 없이 이야기를 하면서 천천히 산길을 오른다. 가이드를 선두로 일렬로 늘어서 잘 훈련된 유치원생들같이 조용히 걸어가는 것이 보기에 아주 좋았다.

모레인 호수 주차장에 차를 세우고 호수를 왼쪽으로 두고 랏지를 지나면 바로 산 위로 오르는 길이 보이고 안내판이 있다. 처음에는 잔잔한 숲길을 지난다. 열 번쯤 구부러져 지그재그로 오르는 길에서 나무 사이로 호수의 색깔이 눈길을 끌고, 열 개의 봉우리가 성큼성큼 다가온다. 1시간(2,5km)쯤에서 길이 갈라지는데, 웬켐나 패스(Wenkchemna Pass)라 씌어 있다. 열 개 봉우리를 바라보며 가다가 마지막으로 고개를 올랐다 돌아오는 길이다.

꿈에 그리던 촛대바위 등반 촬영 이루어

그 갈래 길을 왼쪽으로 두고 직진하면 길이 쉬워지고 하늘이 열리기 시작한다. 거기서부터 고개까지는 외길이라 편하고, 오직 경치에 이끌려 산 속으로 빨려 들어가게 된다. 30분 더 오르면 알파인 평원이다. 오른쪽으로 이 근처에서 제일 높은 템플산이 있고, 웅장한 바위산인 피너클산이 앞에 있다. 그 사이로 평원 길이 열려 있으며 조그마한 호수가 셋 있다. 이 호수들은 미네스티마(Minnestimma) 호수라 하는데 '잠자는 물'이라는 뜻이란다.

고개가 저만치 보인다. 알파인 평원 길에 들어서서 가다가 마지막 지그재그 길을 오르면 1시간쯤 더 걸어 센티늘 패스에 이른다. 언제나 산길에서 마지막이 힘들다. 아내가 저만치 떨어져 올라온다. 무척 힘들지만 오르겠다는 의지 하나로 버티는 게 틀림없다. 오른쪽에는 이 고개에서 오르는 템플산이 바위를 굴려 내린 듯 큰 절벽을 이루고 있다.

선두는 벌써 정상에 오른 모양이다. 사진을 찍으면서 오른다. 언덕길에서 큰 땅굴다람쥐들이 인사하고는 굴 속으로 사라진다. 다행히 해가 구름을 걷어내 오늘은 좋은 일이 있을 것 같다는 예감에 길을 재촉하였다. 드디어 정상이다. 신천지가 눈앞에 전개된다.

고개 마지막 부분을 오르는 트레커들

이 등성이를 통해 템플산을 오른다.

　이 고개는 1894년 사무엘 앨런(Samuel Allen)이란 사람이 처음 올랐고, 며칠
후 초기 로키 산꾼으로 알려진 윌콕스(Wilcox)와 프리셀(L.F.Frissel) 세 사람이
이 고개를 경유해 템플산을 초등했다.

　왼편으로 기암절벽이 줄을 선 건너에 애버딘(Aberdeen · 3,151m) 등
3,000m를 넘는 준봉들이 겹겹이 줄서 있고, 그 사이에 있는 계곡이 파라다이
스(Paradise Valley)이다. 이 파라다이스 계곡을 따라 산길이 나 있어 11km를
빠져나가면 모레인 호수로 들어오던 길에 이른다. 2~3km 더 걸을 수도 있으
며, 그 계곡 중간에서 새들 패스(Saddle Pass)를 거쳐 루이스 호수로 나오기도
한다.

　고개를 오르자마자 망원경으로 건너다보니 칼끝 같은 그랜드 센티늘 촛대바
위 백척간두에 움직이는 게 있다. 드디어 만났다. 두 사람이 120m 정상에 서
있다. 300mm 망원렌즈를 끼워 사진을 찍고 나니 더 가까이 가서 올려다보고
찍어야 괜찮은 사진이 될 것 같다.

　본래는 이 골짜기를 내려가면서 계속 사진을 찍어야 될 터인데, 이쪽으로 내려
갈 사람이 없으니 불가능하다. 20분 여유를 달라고 가이드에게 부탁하니 일행은
점심식사 후 한기를 느낄 것이니 바로 내려가야 된단다. 떠날 때는 소리를 지르

라 이르고 바윗길로 100m쯤 내려가니 어지간히 구도가 잡힌다. 바위에 카메라를 고정시키고 사진을 맘껏 찍었다. 검푸른 저쪽 산을 배경으로 우뚝 선 촛대바위가 아름답다. 그 위에 암벽꾼들이 올라 있으니, 얼마나 기다렸던 순간인가.

위에서 내려간다고 소리를 지른다. 허둥지둥 배낭을 챙겨 따라갔다. 점심을 먹을 시간이 없다. 그래도 배는 고프지 않고 신이 났다. 내 필름에 좋은 영상이 담겨 있어서다.

큰 바위로 산 만든 곳이 로키

산길을 내려오면서 생각하니 그 꼭대기에 있는 암벽꾼들이 걱정된다. 다른 사람들이 이 센티늘 패스에 오르지 않는다면 두 사람만이 골짜기를 내려와야 될 터인데 어찌하나. 이 길에는 새끼 가진 불곰이 있고, 또 다른 두 마리의 곰이 있다고 알려져 있다. 문제는 새끼 가진 곰이다. 자식을 보호하려는 본능에 사람에게 공격할 수도 있는 것이다. 곰은 기절을 시켜 멀리 옮겨놓아도 제 살던 곳으로 돌아오는 경우가 많다.

여름이 짧아 나무들은 자연 분재가 되어 있고 그 속에 곰이 살아 위험요소가 있으나 자연 그대로를 유지하려는 정책이 돋보인다. 우리 등산객도 자연의 일부로서 잠시 들렀다 가는 존재다.

센티늘 패스 트레일은 곰이 살고 있어 여섯 명 이상이어야 산행이 가능하다.

지난 번 우리 산우회팀이 왔을 때에는 눈이 쌓여서 트레일이 막혀 있었다. 그런데 박 대장이 혼자 앞장서서 무릎까지 빠지는 눈을 헤치며 오르기 시작했다. 모두들 따라갔는데 맨 먼저 패스에 오른 그는 자기도 모르게 눈물이 나더라고 했다.

빼어난 경치다. 이 골짜기를 내려가 파라다이스 계곡을 살펴보고 싶었으나 어쩔 도리가 없다. 이곳에 사는 산꾼 하나는 패스에 올라 산 너머 경치를 보고만 내려오고, 골짜기로 들어서지 말라고 일렀다. 숲 속 길이 지루하고 볼거리가 별로 없다는 것이다. 나는 좋든 나쁘든 간에 제대로 알아야 한다는 사명감이 있었으나 어쩔 것인가 다음 기회로 미룰 수밖에.

많은 사람들이 오른다. 일본사람들은 가이드를 고용하는 경우가 대부분이고, 한 달 예정으로 로키에 왔다는 유럽 젊은이들도 심심찮게 만난다. 그런데 이 패스에 여러 차례 왔지만 한국사람은 한 번도 만나지 못했다. 안타까운 일이다.

내려오면서 보는 산들도 일품이다. 10개 봉우리 맨 왼쪽봉이 3,101m의 바벨 (Babel)산이고 그 앞에 탑을 쌓다가 그만둔 것 같은 바벨탑(Tower of Babel ·

눈 쌓인 비탈길을 가로지른다.

센티늘 패스에서 캐나다 로키의 아름다움을 만끽하는 트레커들.

2,360m)의 윗부분이 보인다. 뒤 능선으로 접근해 정상에 올라서 한 잠 자고 내려와도 될 것 같다. 어림도 없단다. 암벽을 타야 한단다. 산길을 내려와 그 앞에서 올려다보니 엄청 큰 바위산이 앞을 가로막는다. 로키는 늘 그랬다. 큰 산군이다. 상상을 초월하는 엄청나게 큰 바위덩어리로 산을 만들어 놓은 곳이 로키다.

모레인에서 시작하여 돌아오는 코스는 12km이고 723m를 오른다.

호수변으로 길이 나 있어 따라가 본다. 맑은 개울물이 호수에 흘러들고 산들이 호수에 들어와 있다. 호숫가에 두 사람이 카메라를 세워두고 추위에 떨고 있다. 산정에 머무는 저녁노을을 찍겠단다. 주위는 어두워지기 시작하는데 높은 산도 노을을 기다리며 서편 하늘을 바라보고 서 있다.

로키는 밤이 어둡지 않다. 빙하에서 반사된 작은 빛들이 엉켜 백야를 이룬다고 할까.

높은 산은 늦게 잠이 든다.

백의의 천사 기리는 이딧 카벨

—Mt. Edith Cavell과 Angel Glacier

엔젤 글레이셔를 건너다보며 카벨 정상을 오르는 산행들

사람은 태어나자마자 이름을 갖게 되지만 산은 태어나 수억 년 동안 이름 없이 긴 세월을 지내왔다. 근세에 이르러 산의 높이를 알아낼 수 있게 되었을 것이고, 그로 인해 높은 산들은 그나마 이름을 갖게 되지 않았을까.

그러나 앞으로도 많은 산들은 이름 없이 존재할 것이며, 이름이 없어도 슬퍼하거나 속상하지 않고 제 모습 그대로 솟아 있을 것이다. 그런데 이름을 가진 사람들만 잠시 있다가 사라지는 존재가 아닐런지.

피아 가리지 않고 치료한 백의의 천사

자스퍼 국립공원 안에 이딧 카벨(Edith Cavel · 3,363m)이란 산이 있다. 이딧 카벨은 간호사의 이름이다. 그녀는 산을 하나 얻었고 산과 더불어 그 이름을 만세에 전하게 됐으니 이 어찌 부러운 일이 아니겠는가. 또 이 산에는 천사 빙하(Angel Glacier)가 있다. 천사가 날개를 편 듯한 모양을 하고 있어 간호사의 이미지에 걸맞는 백의의 천사를 하나 거느리고 있는 셈이다. 어쩌면 이 천사 빙하 때문에 이딧 카벨의 혼이 여기에 머물게 되었는지도 모르

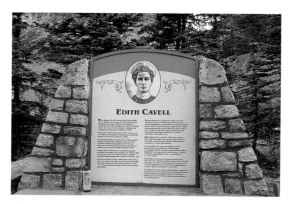
이딧 카벨 주차장에 카벨의 초상화와 그의 행적이 적힌 비문이 있다.

겠다.

이딧 카벨은 영국인으로 1차대전 때 벨기에 브뤼셀에 있었던 간호학교 교장이었다. 밀고 밀리는 전쟁 중에 독일군이 들어와 브뤼셀을 점령하게 됐으나 그녀는 피난을 가지 않고 양쪽 군대의 부상병들을 치료해 주었다. 그 와중에 연합군 200여 명을 도피시키는 일을 하게 된다. 결국 그녀는 간첩이라는 혐의를 받고 1915년 10월 12일 총살형으로 생을 마감했다.

그런 한 간호사의 용기가 세상에 알려지게 되어 순교자의 명예를 얻게 됐으며 이 사실에 감동한 휠러(A.O Wheeler)라는 당시 캐나다산악회 회장이 이 산을 이딧 카벨이라 부르기를 요청했고, 1916년 3월 16일 캐나다 정부가 공식적으로 이를 채택한 것이다. 자스퍼는 매년 여름 이곳에서 추모제를 지내고 정상을 오르는 행사를 치른다.

이딧 카벨산은 자스퍼 시내에서 그리 멀지 않은 곳에 있다. 자스퍼에서 루이스 호수(Lake Louis)로 내려가는 하이웨이가 아이스필드 파크웨이(93번 Hwy)인데 시내에서 7km 지점, 공원 패스(Park Pass)를 체크하는 곳을 지나 바로 93A를 보고 우회전해야 된다. 거기서 5.2km를 가다가 이딧 카벨 로드(Mt. Edith Cabell Rd)를 만나 14.5km를 더 들어가면 주차장이 있다. 심한 커브가 여럿 있어 트레일러를 달고 들어갈 수 없기 때문에 입구에 트레일러를 주차할 수 있는 공간을 따로 마련해 놓았다. 포장도로이긴 하나 거칠고 산중으로 한참 들어가게 되어 좋은 경치가 있을 것 같지 않은 길을 지루하게 따라가야 된다.

드디어 하늘이 열리고 앞에 우뚝 솟은 산이 해발 3,363m의 이딧 카벨이다. 큰 산이야 수도 없이 솟아 있는 게 로키산맥이라, 산보다는 오른쪽 산 중턱에 걸

려 있는 빙하에 눈이 먼저 간다. 이 산은 자스퍼 근처에서 제일 높다. 그리고
일반 관광객이 가장 가까이 접근할 수 있는 로키의 산이기도 하다. 주차장에는
이딧 카벨의 초상화를 곁들여 그의 행적이 적힌 비석이 있다. 그 옆으로 난 작
은 계단을 오르면 아스팔트로 포장된 산길이 열린다.

엔젤 빙하를 건너다보면서 산 속으로 빨려 들어간다. 500m쯤 포장되어 있고
그 포장길이 끝나는 곳에서 길이 갈라진다. 평원을 오르는 길과 계곡으로 내려
가는 길이다. 평원 길은 작은 고개를 넘어 계곡을 따라 오르게 되어 있으나 바
위 능선을 탈 수도 있다. 산 오름에 따라 방향이 바뀌면서 건너다보이는 빙하
의 모양이 조금씩 변한다. 산을 향해 다가가면 계곡 아래 숨어 있는 호수가 하
나 있다. 산 밑에 형성된 빙하가 카벨 빙하고, 그 빙하에서 떨어지는 얼음 조각
들을 받아내는, 별로 크지 않은 호수가 바로 카벨 호수다. 주위에 관광객들이
모여 있다. 그리로 내려가 계곡 길을 따라 돌아오면 1시간이 채 안 걸리는

이딧 카벨산을 바라보고 산길로 들어선다.

산 아래 기슭에 카벨 빙하와 카벨 호수가 있다.

1.6km의 짧은 길이라 일반 관광객들도 쉽게 들르게 된다.

이 산이 처음 발견될 당시 본토 인디언들은 '하얀 영혼(White Ghost)'의 산
이라 불렀다. 눈을 이고 있는 산이 달빛에 어릴 때 그 신비한 모양이 어떠했을
까 짐작이 간다. 동쪽 능선을 따라 처음으로 등정을 시도한 것이 1915년이었으
나 1924년에야 그 정상을 내주게 된다. 당시에는 이 산이 로키에서 가장 인기
있는 암벽 코스였다고 한다.

우리는 엔젤 빙하를 등지고 꽃이 있는 평원을 향해 언덕길을 올랐다. 전날
27km나 되는 긴 산길에서 쌓인 피로가 남아 있을 것 같아 짧은 코스를 택한 것
이 매우 잘했다 싶다. 아름다운 들꽃의 미소에 몸도 가뿐해진다. 숲에 가린 언
덕길을 잠시 오르면 금방 평원이다. 시야가 넓어지고 산꽃이 피기 시작하는 평
안한 길이다. 들판은 이끼가 바닥에 깔려 있어 카펫을 걸어가는 기분이고 그
사이사이에 산꽃이 피기 시작했다. 로키의 산꽃들이 다 그러하듯이 짧은 일조
량 때문에 자랄 사이도 없이 꽃을 피워야 하고 찬바람 몰아치는 높은 산곡에서
벌과 나비를 기다리는 인고의 나날이 거기 있다.

고운 풍정에 우리도 시인이 된다. 시 한 줄 쓰지 못하는 시인들.

이딧 카벨이여, 영원하라

이 평원을 오르고 나면 엔젤 빙하 윗부분이 시야에 들어온다. 분지같이 넓게 패인 곳에 빙하가 형성되어 있으며 빙하는 계곡으로 모여 내려오다가 그 아래 부분을 산 절벽에 걸쳐놓았다. 이곳에서 바라보면 천사의 오른쪽 날개가 반쯤 잘려나간 것이 보인다. 그래서 이 천사는 승천하지 못하고 그냥 여기에 머물러 있는가 보다. 자세히 살피니 오른쪽은 남향이라 햇볕이 들어와서 날개의 반을 가져 간 것이 분명하다.

여기에 들르면 지구의 온난화 현상을 목격할 수 있다. 이 산이 처음 발견될 당시인 1920년대에는 엔젤 빙하의 아랫부분이 계곡 바닥까지 내려와 카벨 빙하에 연결되어 있었으나, 지금은 산 중턱으로 밀려 올라가 있는 것을 보게 된다. 그때의 사진을 보면 천사는 신부가 긴 너울을 바닥에 끌고 가듯 계곡을 가득 메웠었는데, 1980년대에 와서 너울을 벗어 버린 것이다.

비스듬히 난 길이 산정으로 올라가고 있어 따라가 본다. 그럭저럭 오른 것이

빙하 얼음 덩어리가 떠다니는 호수 주변에 관광객이 모여 있다.

카벨 평원(Cavell Meadow)을 오르는 길에 눈이 쌓여 있다.

해발 1,800m 높이에 와 있다. 시야가 많이 넓어지고 먼 산들이 겹겹이 늘어서서 반긴다. 거기서 아득한 산정에 사람들 서 있는 것이 보인다. 거기에 오르면 그 패스 너머에 별다른 경치가 있을 것이 분명하다. 저 산정이 또 우리를 부르고 있는 것이다.

지도를 꺼내서 살피니 2,000m라 200m를 더 오르면 될 것 같다. 그런데 여기서 갈등이 생긴다. 전날 긴 산길에서 왼쪽 엄지발가락에 생긴 물집이 부풀어올라 간신히 달래고 있는 중인데 아무래도 무리일 것 같다. 이게 터지는 날엔 무척 쓰리고 아플 것이 분명하다. 내일 예정된 가파른 다른 산길이 또 기다리고 있는데……. 오늘은 욕심을 버린다. 김 사장만 배낭을 벗어둔 채 물병만 들고 산정을 향해 오른다.

남은 우리는 꽃밭에 앉아 산 중턱에 걸려 있는 천사를 바라본다. 벌은 위기에 처했을 때 오직 하나 있는 독침으로 상대를 쏘고 침이 몸에서 빠져나감으로써 그 자신도 죽음에 이르는 기이한 삶을 산다. 이딧 카벨은 백의의 천사로서 적군과 아군을 가리지 않고 많은 생명들을 구하다가 누명을 쓴 채 세상을 떠났다. 그러나 그의 혼은 먼 이국 캐나다에 건너와 머물고 있는 것이다.

이딧 카벨이여, 영원하라.

산은 호수를 품고 호수는 산을 우러르고
—Lake O' Hara Trail

사람은 생각하는 혼을 가진 유일한 존재다. 추억이 있고 미래에 대한 꿈과 희망을 가진다. 희망이 다소 막연한 기대에 속한 것이라면, 추억은 더 구체적인 것으로 우리에게 간직되어 있다. 누에가 뽕잎을 먹고 마지막 섶에 올라 변신하듯이 우리는 지난날의 추억을 되씹으며 살아가고 있지 않은가.

어느덧 내 나이 육순을 넘어섰다. 인생 여정이 65km로 달리는 지점에 와 있는 것이다. 세월은 덧없이 갔지만 추억은 나날이 새롭다. 산을 오르는 사람이라면 산에 얽힌 추억이 있을 것이다. 나에게는 로키의 오하라(O' Hara) 호수가 있다. 쉽게 입산하는 곳이 아니지만, 그곳은 우리 부부가 여러 번 드나든 곳이라 굽이굽이 추억이 서려 있다.

들어가는 사람을 제한하는 로키의 유일한 공원이다. 그래서 비경이다. 이 호숫가에는 통나무 랏지와 좋은 식당이 있으나 쓰레기 처리장이 없어 모든 쓰레기를 가지고 나오게 되어 있다. 그게 들어가는 사람을 제한하는 제일 큰 이유인 것 같다. 당일 산행팀도 예약해야 한다. 한 조가 6명이다. 버스비는 물론이고 예약비도 따로 받는다.

밴쿠버에서 산우회를 시작하고 나서 우리 회원들과 함께 여기를 산행하고 싶었으나 단체가 함께 들어가기 쉽지 않았다. 해를 넘기고 나서 4월 12일부터 예약을 받는다기에 그날 아침 전화해 자리를 확보했다. 그러니 여러 사람이 함께 이곳에 산행하려면 4월부터 주선을 해야 되는 곳이기도 하다.

매년 재방문하는 트레커가 70%

오하라 호수는 1887년 맥아더(J. J. McArthur)라는 사람이 처음으로 발견했다. 그의 이름을 붙인 호수가 오늘날 오른쪽 계곡 속에 있다. 당시의 영국 퇴역 대령인 로버트 오하라(Robert O' Hara)라는 사람이 이곳 경치에 반해 여러 번 방문하게 되어 "오하라, 너의 호수."라 한 것이 지금의 이름이 된 것이다. 처음에 나는 일본사람 이름인가 했다. 호수가 크지 않고 아담하기도 했지만, 이름 자체가 일본 냄새가 많이 났기 때문이다.

오하라 호수를 등지고 돌산 길을 오르는 필자 일행.

오퍼빈 호수로 가는 길, 흰눈을 인 형가비산이 바라보인다.

랏지와 식당은 1920년대에 지어졌다. 아름다운 통나무집인데, 최소한 이틀을 머물러야 한다. 매년 이곳을 다시 방문하는 사람이 70%나 되고, 그 사람들한테 우선권을 준다고 한다. 세계 여러 곳에서 온 사람들이 이곳의 아름다운 자연에 편안히 안겨 스트레스를 털어 버리고 가는 것 같다. 우리 한국 여행자들도 수박 겉핥기식 관광에서 벗어나 느긋하게 경치를 만끽하고 산행을 곁들이는 여유로운 여행을 했으면 좋겠다.

1번 국도를 따라 밴프로 가다가 필드(Field)를 지나 키킹호스(Kicking Horse) 고갯마루에 올라서면 B.C주와 알버타주 경계 못미처 오른쪽으로 오하라 호수로 들어가는 길목이 있다. 루이스 타운에서 차로 15분 거리다.

우회전해 들어가 철길을 지나 한 번 더 우회전하면 주차장이 나온다. 들어가는 버스는 오전 8시 30분과 10시 30분 두 번 있고, 오후에 나오는 버스가 3시 30분과 6시 30분 역시 두 번 있다. 당일 산행을 하고자 하는 사람들은 좀 일찍 서둘러 첫 차를 타는 게 좋을 것이다. 30분 전에 주차장에 도착하면 공원 관리가 예약명단을 확인하고 탑승시킨다.

전날 밴쿠버에서 먼 길을 달려와 합류한 김 사장 일행과 주차장에 들어가 차례를 기다렸다. 네 사람은 자리가 있었으나 한 사람이 문제였다. 천만다행으로 한 사람이 제 시간에 나타나지 않아 우리 일행 다섯 사람이 8시 반 차에 같이 타고 들어갈 수 있었다. 차를 타면 트레일 지도를 주고 산행 시의 주의할 점도 일러준다. 차가 비포장도로 12km를 들어가면 호수에 이른다.

호수는 그리 크지 않으나 주위에 해발 3,000m를 훨씬 능가하는 산들이 둘러 있어 감탄을 자아낸다. 여기 산들은 전연 다른 분위기를 빚는다. 비경의 영감이 감돈다 할까. 산 기운을 온몸으로 받는 곳이다.

여기서 작은 사고가 발생했다. 차에서 내려 산행준비를 하고 커피를 한 잔 씩 들고 나와 보니 박 사장이 없어졌다. 화장실에도 가 보고 주위를 살폈으나 보이지 않는다. 사람을 하나 잃어 버린 것이다. 나중에 만나서 물어 보니 호수 왼편으로 가는 패들이 멀리 보여 부지런히 따라갔다가 아니어서 우리를 찾아 헤맸노라고 했다.

호수를 왼쪽으로 끼고 랏지 건물을 지나 호수 오른편 길을 택하면 바로 메리 (Mary) 호수와 오퍼빈(Opabin) 호수로 가는 안내판이 있다. 오른쪽 숲길로 들어서면 금방 메리 호수와 만난다.

돌산에 둘러싸인 오엣사 호수

여기서부터 경치가 열리기 시작한다. 앞에는 2,700m대의 셰퍼 능선(Schaffer Ridge) 등성이가 길게 늘어서 있고, 왼쪽으로는 절벽을 만나 그 밑을 지나며 언덕을 오르게 된다. 간간이 돌아보는 오하라 호수는 그 높이에 따라 색깔을 달리하며 우리들의 시선을 붙잡는다. 산들이 호수를 감싸고 있다.

그쯤에서 벌써 혼을 빼앗기기에 넉넉하다. 큰 바위에 가린 오솔길을 찾아 오르면 오퍼빈 알파인(Opabin Alpine) 평원이다. 갈림길마다 오퍼빈 호수로 가는 안내판이 있으니 길 잃을 염려는 없다. 아주 편안한 산길이다. 맑은 물이 흐르는 징검다리도 건너고 점점 다가오는 헝가비(Hungabee 3,493m) 산을 바라보며 조그만 언덕을 오르면 이 호수를 만난다.

호수 건너편에 헝가비에서 내려온 산자락과 셰퍼 산등성이 끝이 만나 이루는

험난한 길벽 길을 따라 오에사 호수로 향하는 트레커들.

오퍼빈 호수에서 바라보이는 오퍼빈 패스에 만년설이 걸려 있다.

오퍼빈 고개(Opabin Pass)에 빙하가 걸려 있다. 고개는 항상 그 너머에 경치가
따로 있어 우리를 유혹한다. 그 빙하에는 크레바스가 있어 위험할 것이라 지레
짐작했는데, 두 점이 움직이기에 망원경을 꺼내 살펴보니 두 사람이 내려오고
있다. 그때 애를 하나 데리고 그 고개에 간다는 젊은 사람도 만났다. 따라가고
싶다. 그러나 빙하를 걸어 올라갈 준비를 하지 못했으니 다음 기회로 미룰 수
밖에.

오퍼빈 호수에서 주위의 산들을 마주 보며 간식을 먹고 나서 하산한다. 말이
하산이지 금방 오른쪽으로 난 유크니스(Yukness)산 옆구리로 붙어서 오엣사
(Oesa) 호수로 가야 한다. 바위산 기슭에 겨우 나 있는 아슬아슬한 좁은 길이
다. 아래로는 오하라 호수가 청록색으로 단장했고, 멀리는 큰 산들이 들러리로
서 있으며 한 발 앞은 깎아지른 절벽이다. 경치가 자꾸만 발목을 잡는다. 이곳
에서는 헬멧을 써야 좋을 것 같다.

운동장 같은 바윗길도 지나고, 사태 난 비탈에 남은 눈 위를 걷다가 보면 오
엣사 호수에 이른다. 해발 2,260m에 위치한 산중 호수다. 여기쯤에서 점심을
먹고 잠시 쉰다. 이 호수에서 애봇 산장으로 오르는 길이 경사진 비탈에 간신

히 나 있는 것을 볼 수 있다.

그리고 동쪽으로 리프로이(Lefroy · 3,423m), 글레이서(Glacier · 3,283m), 링로스(Ringrose · 3,281m), 북쪽으론 빅토리아(Victoria · 3,464m)와 후버(Huber · 3,368m) 등 해발 3,000m를 훨씬 넘는 돌산들이 두루 장관을 이룬다. 오하라 주변에는 산들에 싸여 숨어 있는 크고 작은 호수가 24개나 되고, 활기찬 산들이 호수와 조화를 이루며 모여 있다. 산은 호수를 품고 있으며, 호수는 산을 우러러보며 산다.

고귀한 여왕의 자태 연상케 해

오엣사에서 점심을 끝내고 나면 애봇 산장 쪽으로 가다가 왼쪽으로 가라는 표시판과 함께 위웍시 갭 트레일(Wiwaxi Gap Trail)로 들어선다. 거리 2km에

오퍼빈 호수~오엣사 호수 트레일, 유크니스산 아래로 절벽 길이 나 있다.

고도 250m를 오르는 구간으로 후버산 밑을 지나는 비탈길이다.

가슴이 열리고 경치가 넓어진다. 발아래 오하라 호수는 신비한 색깔로 변해 있고, 산들은 구름 속에서 나타난다. 산사람만이 느끼는 설렘이 일렁인다. 빙하가 녹아 흐르는 맑은 개울물이 깊은 산중에서 저 홀로 노래한다. 만년을 두고 같은 자리에 같은 색깔로 꽃을 피우는 산꽃들이 거기 있다. 무엇이 부러운가. 무엇이 아쉬운가. 속세의 번뇌는 어디 가고 산만을 바라보는 순간이다.

오하라 로지 앞 돌에 써 있는 글귀, 사진을 찍는다는 'Take' 와 가져간다는 'Take' 가 겹쳐 좋은 글귀를 이루고 있다.

이때 호수 건너편에서 눈바람이 몰려온다. 바람은 산을 어루만지며 건너와 산 너머로 사라진다. 눈에 쌓인 또 다른 모습의 오하라를 볼 수 있게 된다. 잘 생긴 산이 눈바람을 안고 있다가 그 모습을 드러내는 바로 옆이 위웍시 갭 패스일 터다.

금방 무너져 내릴 것 같은 후버(Hubber)산을 끼고 바위 틈새를 돌아 간신이 나 있는 산비탈길을 마지막으로 오른다. 우리가 들렀던 계곡과 절벽길이 호수 건너편으로 보이고 바로 앞에는 위웍시(Wiwaxi · 2,703m) 정상이 날카로운 모습으로 와 있다. 오를 수 있을 것 같다. 눈짐작으로 암벽을 해 본다. 등반 안내서에 의하면 300m의 직선거리, 칼날 같은 능선을 따라오른다. 쉬운 코스라 한다. 1962년에 초등되었다.

거기서부터는 내리막길이다. 호수를 배경으로 사진을 찍으며 하산을 서둘렀다. 조심스러이 내려오면 바로 호수 가장자리가 된다. 로키의 비경, 오하라 호수를 일주한 것이다. 10km 거리, 500m를 오르내리는 아주

위웍시 갭 가는 길, 위웍시 피크가 보인다.

하산 길에서 오하라 호수를 배경으로 포즈를 취한 김 사장.

편안한 산길이다. 갈랫길마다 안내판이 있어 지도만 잘 살피면 길 잃을 염려는
없다.

오하라 호수는 고귀한 여왕의 자태라 할까. 둘러선 산들은 그의 장군들로서
여왕을 옹위하고 있는 듯하다.

깨끗한 산 속의 여왕, 오하라를 자연 그대로 보존하려는 정부의 정책과 국
민들의 자발적인 협조가 돋보이는 캐나다, 이곳에 정착해 사는 게 자랑스러
워진다.

로키의 웅장함과 아기자기함 맛보는 험로

—Devil's Thumb

빅 비하이브 능선에서 바라본 로키산맥.
거대한 산줄기와 코발트빛 호수가 어우러져 웅장하면서도
아기자기한 대자연의 아름다움을 함께 보여준다.

1970년대 중반이면 한국에서 캐나다는 낯선 곳이었다. 캐나다 정부에서 이민자들에게 영어를 가르쳐 주면서 생활비를 보조해 주었던 때이니 지금 생각하면 호랑이 담배 피던 시절이라고 할 만하다. 땅만 내려다보고 살다가 느지막에 산을 만났고 좋은 직장도 팽개친 채 자연에 안겨 살고 있다. 그리고 '늘산' 이란 호도 얻었다.

밴쿠버의 산벗들이나 한국에서 온 팀들과 같이 매년 한두 차례 로키에 가서 산행을 한다. 금년에는 세 차례나 다녀왔다. 같은 산을 오르면 매번 산은 낮아지는 것 같다. 그러나 앞으로 갈수록 산은 더 높아지게 될 것이고, 종래에는 바라보기만 할 때가 올 것이 아니겠는가. 그렇지만 지금과 같이 매주 한두 번씩 쉬지 않고 산행을 계속한다면 로키는 오랫동안 나를 반갑게 맞아줄 것이라는 생각이 든다.

빅 비하이브에서 기어오르는 길

처음으로 로키 산행 가는 이들과 팀이 이루어져 루이스 호수 근처에서 등정하게 될 경우 빅 비하이브(Big Beehive)에 들르게 된다. 지도를 보면 마지막 고갯마루에서 서쪽으로 이어진 검은 점으로 표시된 곳이 있는데, 그리 길지 않고 'Scramble(기어오르는)' 코스라 되어 있다. 이름도 특별해서 데블스 섬(Devil's Thumb 악마의 엄지손가락)이다.

지난 여름 관심이 있어 일행을 고갯마루에 남겨놓고 몇 사람이 선발대로 들어가 보았는데, 낭떠러지 옆으로 기어오르는 곳이 있고, 길이 절벽 중간으로 나 있어 아슬아슬했다. 또 길이 좁아 일행 모두 들어가기

▲ 데블스 섬을 향하는 김 사장.
데블스 섬으로 이어지는 좁은 비탈길.
로키 산행을 하고 있는 다섯 살배기 키야 가족,
독일에서 여행온 트레커들이다.

위험하다고 생각되어 그만둔 곳이기도 하다.

가을 햇살이 정겹고 산야에는 단풍이 물들기 시작하는 9월 하순 호슈베이에서 사업하는 김 사장 내외분과 아시니보인(Assiniboine) 가는 길에 루이스 타운에 머물며 두어 곳 산행을 하기로 하였다. 로키 등산은 10여 명이 한 팀이 되어 하는 것이 일반적인데, 이번처럼 네 사람이 산행하는 일은 드문 일이어서 처음 가는 곳이지만 마음이 가뿐했다. 아내는 비교적 겁이 없어 새롭고 어려운 곳에 관심이 많고 김 사장 역시 베테랑 산꾼이라 걱정이 없으나 김 사장 부인은 로키 산행이 처음이어서 다소 걱정됐다.

아침 일찍 루이스 타운에 있는 관광안내소에 들러 확인해 보니 길은 열려 있고 곰도 없으나 눈이 있어 미끄러울 수 있다고 한다. 그러나 하이커들이 잘 가지 않은 곳이라 최근 정보를 잘 모르는 듯했다. 다행히 일기예보는 오후 늦게 비가 올 것이라고 한다. 지금 날씨가 맑은데 비 올 리 없다며 기분 좋게 산행을 시작했다.

아그네스(Agnes) 호수로 오르는 길에 예쁜 딸을 데리고 온 독일인 식구들을 만났다. 아기는 5살. 예쁘고 생글생글 웃는 모습이 무척 귀엽다. 지구 저편 멀리서 온 사람들이다. 드디어 그림 같은 아그네스에 이르렀다. 해발 2,000m 높이에 위치한 산중 호수다. 참새가 방앗간을 그냥 지나치지 못하듯 여기서는 빙하 물로 끓인 차를 한 잔 하고 가야 한다. 차라면 그쪽에

해발 2,000m에 위치하는 아그네스 호수변의 통나무 찻집.

정통한 김 사장이 주문을 했고, 그의 부인이 비스킷 케이크를 가져오게 했다. 금방 구워 낸 빵 맛이 특별하고 다향이 산 경치와 어울려 가슴 속으로 스며든다. 밤새 내린 눈으로 덮인 산봉우리가 햇빛을 받아 찬란하고 거울 같은 호수는 막 시작한 노란 단풍으로 물들기 시작했다.

지난날 회상케 하는 명경지수

바람 한 점 없이 고요한 호수를 명경지수라 했던가. 속이 들여다보이는 거울 같은 호수 앞에 서서 나를 본다. 삼대독자의 맏아들로 태어나 지극한 보살핌 속에 어린 시절을 보내면서 나 자신에 갇혀 편협한 인생을 살아온 것은 아닐까. 용서와 관용을 모르는 삶. 때로는 예쁜 여인 앞에서 그 한계를 넘어선 생각을 가진 때도 없지 않았으니 호수에 비친 내 모습이 그저 바라보기 부끄럽다.

가을이 오면 겨울을 준비하는 거미들이 부쩍 집을 많이 짓는 것을 본다. 미물

빅 비하이브 능선에서 바라본 눈 덮인 로키의 산봉들.

도 때를 알고 준비를 하거늘 사람만이 천년 만년 살 것 같은 착각 속에 살고 있다. 나도 인생을 정리할 때가 가까이 오는 것 같다. 주위의 또래 분들이 세상을 떠나고 있지 않은가.

　다시 힘든 오르막길이다. 새로운 산봉우리들이 고개를 내밀기 시작하고 계곡은 점점 더 깊어진다. 드디어 해발 2,270m의 빅 비하이브 정상이다. 500m 이상을 오른 셈이다. 루이스 호수 건너편으로는 페어뷰산에서 흘러내린 토사가 드레스 자락을 펼친 듯 호수 가장자리로 내려와 있으며, 골짜기를 따라 이어지는 여러 산들 속에 호수는 옥색으로 옷을 갈아입고 있다.

　그 호수변에 유명한 샤토 호텔이 아득히 보인다. 시야가 확 트이고 마음의 문도 크게 열린다. 세상사 다 무엇인가. 어떤 일들이 우리를 한숨 쉬게 하는가. 한없이 작아지는 나를 본다. 산은 그렇게 큰 모습으로 다가와 내 가슴에 찬다. 이제야 나도 산을 오르는 멋에 깊어지는가 싶다. 정자 옆에 앉아 시장기를 해결하고 돌아나온다.

　힘들다는 산길이 기다리는 비탈로 들어섰다. 거기서부터 산길은 1km가 채안 되고, 고도를 200m 오르게 되어 있다. 1891년 알렌(S.E.S Allen)이란 산꾼이 처음으로 단독 등반한 것으로 되어 있다. 로키는 오래된 산이지만 사람의 발자국이 들어선 지는 100년이 조금 지났을 뿐이다.

조심조심 바위를 기어오른다. 오른편은 아그네스 호수의 계곡이 엄청난 깊이로 내려다보이고, 바위산이 코앞에 다가와 기를 죽인다. 아직까지는 지난번에 와 보았던 곳이다. 여전히 산염소 똥이 간간이 보이고 풀을 끊어놓고 말리던 땅굴다람쥐들은 마른 풀들을 물고 굴 속으로 들어갔는지 보이지 않는다. 오른편은 금방 덮칠 것 같은 절벽 바위산이고, 왼편은 천길 낭떠러지다. 6개 빙하의 평원(Plain of Six Glaciers)으로 들어가는 길이 아득한 계곡 아래 있을 만치 산길은 절벽 중턱에 걸려 있다.

산짐승 하나가 겨우 지나갈 것 같은 좁은 산길이다. 경치가 열리기 시작한다. 그런데 시샘 난 구름이 몰려와 경치를 덮는다. 오후에 비가 올 것이라더니 그게 정말인 모양이다. 토끼길 같은 산길을 따라간다. 아슬아슬하다. 굽이를 돌 때마다 주위의 큰 산들이 구름 속에서 명멸하고 있다. 날씨만 좋으면 얼마나 대단한 경치이겠는가. 산 속으로 빨려 들어간다. 마지막 비탈길에 이르러 구름에 갇히고 바람에 흔들리며 가파른 언덕 앞에서 주저하기에 이른다. 오른

악마의 엄지손가락에서.

루이스타운에서 바라보이는 화이트산, 중턱에 데블스 섬이 튀어나와 있다.

급경사 바윗길로 이어지는 하산길.

손을 세운 것같이 하늘을 찌르고 있는 산이 해발 2,458m의 화이트(Whyte)산일 것이다.

깔딱고개에 눈발이 날리기 시작한다. 그래도 올라가야 한다. 끝장을 봐야 한다. 김 사장이 길을 살펴보기 위하여 혼자 앞장서서 오른다. 남은 세 사람은 바람에 날릴세라 기다시피 오른다. 나무도 보이지 않고 미끄러지면 잡을 만한 곳하나 없다. 드디어 김 사장이 고개에 올라 양손을 흔드는 게 보인다. 저기가 정상인가 보다. 장관이 구름 속에 갇혀 조금씩 속살을 보여줄 듯 말 듯한다. 아쉽다. 좋은 사진을 찍어야 되는데.

악마의 손가락 아닌 신선이 바둑 두던 자리

고개에 올라 보니 바람이 세차다. 동쪽으로 그리 높지 않은 바위산이 하나 있고, 북쪽은 아그네스 호수가 있는 계곡이다. 서쪽은 잘 생긴 화이트 바위산이 우뚝 서 있고, 남쪽은 우리가 올라온 계곡이 열려 있다. 이 고개는 악마의 엄지손가락이 아닐 것이란 생각이 든다. 망원경을 꺼내서 살펴보니 비바람 속에 언덕 하나가 절벽 밖으로 뻗어 있어 오르는 길이 있을 것 같다. 아내와 미세스 김을 남겨놓고 혼자 올라가 본다.

눈바람이 여전히 세차다. 악마가 엄지손가락을 내주지 않으려 하는가. 마지

눈보라가 치면서 기온이 급강하해 쓰레기 비닐백을 뒤집어쓰고 있는
필자의 아내.

막을 오르는 길이 위험하다. 비탈에 산염소가 지나갔을 것 같은 길을 따라 기다시피 오르니 사방이 열려 있는 또 작은 고개다. 그리고 20~30명이 넉넉히 앉을 수 있는 마당바위가 하나 허공에 뜬 듯 앞으로 나아가 있다. 건너가는 길이 눈으로 덮여 미끄럽지만 건너가 보지 않을 수 없다.

명당자리다. 이건 악마의 엄지손가락이 아니라 신선이 내려와 바둑을 두던 자리다. 화이트산을 시작으로 이어지는 산군들이 절묘한 경치를 연출하는데 간간이 구름 커튼을 열고 보여주고 있다. 금강산이 이만할까 싶다. 한국의 산들은 아기자기하고 네팔의 산들은 너무 컸다. 그러나 로키의 산들은 장엄함과 아기자기함을 겸했다 하리라.

아쉽다. 눈보라가 발목을 잡는다. 바위 산자락에서 길을 찾던 김 사장을 불러 그나마 사진 몇 장을 찍고 서둘러 하산했다. 오를 때는 몰랐는데 내려오는 길이 또 위험했다. 길에 눈이 있어 미끄럽고 한 번 실족하면 100m는 구를 성싶다. 여기가 악마의 엄지손가락 가운데 마디쯤 될 것 같다.

고개에 내려와 보니 아내가 추웠던지 쓰레기 비닐주머니를 쓰고 앉았다. 날씨가 사나워지고 있어 더 지체할 수 없다. 하산을 서둘렀다. 절벽에서 나가 있는 저 엄지손가락 자리는 사방으로 열려 있는 경치의 중앙일 터. 화이트 산자락의 일만 이천 봉과 함께 절경을 안고 있는 자리임이 분명하다. 돌아보고 또 돌아보고 반드시 다시 오리라는 약속을 눈보라 속에 남겨둔 채 산길을 더듬어 내려왔다.

인자(仁者) 되고 지자(知者) 되기 위해 산에 들어선다
— Yoho Pass Trail

요호 패스를 넘어 내려다본 요호계곡.

인자(仁者)는 산을 좋아하고 지자(知者)는 물을 좋아한다 했던가. 물에서는 파도와 싸우는 일이 있고 고기들과 겨루는 낚시를 할 것이니 지혜가 필요하겠으나, 산은 왜 인자가 좋아하는 것일까. 산 속에서 깊은 사색을 하고, 도에 쉽게 다가갈 수 있기 때문이라고 생각해 본다. 나는 지자도 아니고 인자도 아니지만, 물보다 산이 좋다. 산이라 할지라도 산만 있지 아니하고 역시 호수가 바닥에 깔려 있고 거울 같은 호수에 산자락이 들어와 있다면 금상첨화일터. 그러고 보니 산과 물을 같이 좋아하는지도 모르겠다.

푸르다 못해 옥빛 띤 '멋있는' 호수

로키에는 산과 호수가 어우러진 절경이 많이 있다. 그 호수 색깔이 푸르다 못해 옥색이다. B.C주에 '멋있다' 는 뜻을 가진 요호(Yoho) 국립공원 안에 아예 '에메랄드' 라 이름을 붙인 호수가 있다. 그 호수 물 색깔이 에메랄드 보석과 같기 때문이다.

밴쿠버에서 운전해 간다면 로키 거의 다가서 필드(Field)라는 조그마한 마을을 지난다. 거기는 오른쪽으로 길옆에 공원 안내소가 있어서 로키에 관한 각종 여행 정보를 얻을 수 있다. 필드를 지나 2.6km 지점에서 좌회전해 에메랄드 로드(Emerald Rd)를 따라가면 8km 거리에 호수가 있다. 가는 길 중간에 내추럴 브리지(Natural Bridge)라 하여 바위 사이로 흘러내리는 강물을 보는 곳이 있으니 잠시 들러도 좋다.

에메랄드 호수는 주위 산들에 싸여 푸른빛을 머금고 있다. 에메랄드도 여러 가지 색깔의 보석일 터이지만, 이보다 더 아름다울 수가 있을까. 호수는 신비한 색깔을 머금은 채 조용히 산자락에 싸여 있다. 호숫가에 아담한 통나무로 지어진 에메랄드 랏지가 있으나 우리 산꾼들과는 어울리지 않은 곳이라 지나친다.

옥빛 에메랄드 호수에서 뱃놀이를 즐기는 탐방객들.

주차장에 차를 세우고 산행 준비를 한 후에 바로 산길로 들어섰다. 처음은 호수를 오른편으로 끼고 가는 편안한 길이 이어진다. 호수 건너편에는 해발 2,599m의 버지스(Burgess)산과 2,778m의 웝타(Wapta)산이 호수에 그림자를 드리우고 있다. 풋내기 글쟁이인 나에게도 시심이 동하는 풍광이다.

1,6km를 지나 호수가 끝나는 곳에서 산길은 왼편으로 갈라져 자갈길로 들어선다. 왼편 골짜기에서 흘러내려온 자갈과 토사가 계곡을 덮고 있다. 이 토사가 호수를 향해서 조금씩 다가오고 있다. 계곡에서 흐르는 개울에 징검다리와 나무다리가 군데군데 있어 신 벗을 염려는 없다.

이 근처에서 말 탄 사람들을 만났다. 안내인을 따라 일렬로 늘어선 말 탄 사람들이 따각거리며 로키의 산 속에서 기분을 내고 있다. 지루한 자갈길을 가는 중이라 호수 입구에서 말을 타고 산 밑까지 가 말은 돌려보내고 산행한다

요호 패스를 오르면서 보는 에메랄드 호수.

숲 우거진 산비탈을 오르고 있다.

마이클 피크와 마이클폭포를 끼고 너덜지대를 오르는 하이커들.

면 재미있을 듯하다. 호수가 끝나는 곳에서 왼쪽 길을 택해야 한다. 호수를 일주하는 길이 있어서 그쪽으로 따라가면 요호 패스(Yoho Pass)로 가는 길을 지나칠 수 있으니 호수 끝에서는 놓치지 않도록 주의해야 된다.

호수는 점점 멀어지고 산이 다가온다. 바위산 사이로 실낱 같은 마이클폭포가 보인다. 바이스 프레지던트(Vice President · 3,066m)산에 걸려 있는 빙하로부터 흘러내려 마이클 피크(Michael Peak · 2,696m)에 와 떨어지는 폭포다. 폭포는 바위산 골짜기로 숨어든다. 빙하에서 근원하여 떨어지는 폭포는 계절에 따라 그 품새가 다른 것은 물론이요, 하루에도 기온과 시간대에 따라 그 수량이 달라지기 때문에 늘 모양이 일정하지 않은 게 특별나다.

이 바이스 프레지던트는 데이빗 맥니콜(Davit McNicoll)이라는 퍼시픽(Pacific) 철도회사의 부사장을 기리기 위해 붙인 이름이다. 산중에 길을 낸 인물을 기억하고자 하는 역사적인 정신의 일부가 산중에 남아 있다. 호수 이름도 사람들의 이름을 붙여놓은 것이 많다.

폭포를 건너다보며 오르는 산길이 산비탈에 나 있다. 호수는 많이 작아져 있다. 큰 산 속으로 들어와 있는 것이다. 영겁을 말없이 견뎌온 큰 산 앞에 서면 나는 왜 자꾸만 작아지는가. 잡다한 세상사도 작아지기 시작한다.

호수에서 4.3km를 오르면 우리가 고대하던 요호 패스(Yoho Pass)다. 이 고개를 기점으로 하여 에메랄드 호수 쪽과 요호 계곡으로 갈라진다. 이 고개는 1897년 진 하벨(Jean Habel)이라는 사람이 처음으로 넘었다. 그 패스에서 오른쪽으로 웝타 하이라인(Wapta Highline)을 지나 호수 쪽으로 내려가는 트레일이 있으나 우리는 그냥 고개를 넘는다.

풍광에 취해 호된 신고식 치른 곳

산꽃이 피어 있다. 인디언 페인트 브러시라는 붉은 꽃, 이름도 모르는 산꽃들이 어우러진 꽃밭을 지난다. 로키의 여름은 짧아 산꽃들은 바쁘다. 자라면서 꽃을 피우지 않으면 열매를 맺을 수 없기 때문이다. 꽃들은 바닥에 깔린 채 우리를 반긴다. 큰 나비 한 마리 꽃 사이를 노닌다.

토사 지대의 실개천에 걸린 외나무다리를 건너는 하이커들.

아름다운 꽃밭이 종종 나타나는 요호 패스 트레일.

아내여

여기 와 나비를 만나자

잊어 버린 추억들을 찾으러 먼 길 떠나는 범나비 있으면

옛날 우리가 만나 주고받았던 아련했던 그 첫 눈길을 한 번 찾아보라 하지 않으련―.

해발 1,814m에 있는 요호 호수는 당시 가장 높은 곳에 위치한 호수였다. 웹타산 절벽이 남쪽으로 내려와 있고, 바이스 프레지던트의 지맥에서 솟은 마이클 피크가 호수 북서쪽으로 보인다. 호수변 캠프장에서 점심을 한다. 그리고 숲 속 길을 따라 나서면 새 천지가 눈앞에 전개된다. 요호계곡으로 들어서는 것이다.

첫눈에 들어오는 것이 폭포다. 타카카우(Takakkaw)폭포가 절벽에서 떨어지며 질러대는 소리가 산꼭대기까지 들려온다. 'Takakkaw'란 인디언 말로 '경이롭다'는 뜻이다. 이 폭포의 높이를 가지고 의견이 엇갈린다. 바위를 떠나서 낙하하는 거리(254m)를 가지고 높이를 계산하는 사람과 데일리(Daly) 빙하에서 녹아내린 물이 모여 계곡을 흘러내리는 거리(380m)까지를 폭포로 포함하자는 안이 있기 때문이다. 우리 산꾼들이야 그런 일에 끼어들 필요가 없다. 소리를 지르며 쏟아지는 폭포를 바라보기만 하면 되는 것이다.

이쪽 산에서는 폭포 아래에서 보지 못했던 폭포 위의 빙하도 덤으로 건너다보는 장관이 펼쳐진다. 만년 빙하가 녹은 눈물방울이 큰 폭포를 이룬다면 그 빙하는 얼마나 클 것인가. 큰 산 위에 빙하가 평원을 이루고 있으며, 그 가장자리에 폭포가 걸려 있다.

새로운 산들이 얼굴을 내민다. 끝없이 이어지는 산군이다. 오른쪽 산비탈로 이어지는 아름다운 산길이 하이라인(Highline)이고, 북쪽으로 가지를 쳐 나간 게 아이스라인(Iceline)이다. 그 길로 들어서면 20km가 넘는 산길이 새로 시작된다.

1998년 밴쿠버산우회 회원들이 처음으로 로키에 들어가 산행을 시작한 첫

타카카우폭포, 아이스라인에서는 폭포 위쪽의 빙하까지 볼 수 있어 장관이다.

날, 이 요호계곡을 택했다. 목표는 요호계곡 끝에 있는 트윈(Twin)폭포였으나, 폭포를 보고나서 그 폭포 꼭대기에 오르게 됐고, 거기서 이어지는 웰백(Whaleback)으로 들어섰다. 경치에 이끌려 산 속으로 깊이 들어간 것이다. 처음에는 기분이 좋아 노래를 부르고 불곰이 있다는 계곡에선 호루라기를 불어대며 구령에 맞추어 소리도 질러댔다. 그러다가 기운이 진하고 해는 기울어 길이 헷갈렸다.

13시간 산길에서 지치고 마지막에는 모두들 기진맥진하여 가까스로 호스텔에 도착해 울고불고 했던 산길이다. 겁도 없이 로키 산 속을 헤집고 들어가 단체가 호되게 신고식을 치렀던 계곡이 바로 여기 요호계곡이다.

그 빼어난 경치를 두고 발이 떨어지지 않는 이들이 있어 30분만 다녀오라고 달래서 폭포 쪽으로 내려선다. 굽이굽이 길을 따라 내려오면 위스키 잭 호스텔(Whisky Jack Hostel) 앞이 된다. 이 호스텔은 1922년에 지어진 C.P.R(Canadian Pacific Railway 캐나다 대륙횡단 철도)회사의 방갈로 랏지였다.

폭포 가까이 접근해 본다. 물보라를 일으키면서 내리꽂히는 폭포가 간담을 서늘케 한다. 요호 패스를 넘어 11km를 걸었다.

오늘은 인자도 되고 지자도 되고자 산행한 하루다.

선경 자아내는 산중 호수를 찾아

—Crypt Lake Trail

워터톤 호수 남쪽 부분, 미국 땅이다.

크립트 호수.

산은 하늘 아래 있다 하여 낮아지지 아니하고, 구름 위에 솟아 있다 하여 높아지지 않는다. 산은 늘 거기 그대로 있고, 조용히 우리를 기다린다. 그런데 누구나 그 기다림에 응하는 것은 아니다. 아무리 하찮은 산이라 할지라도 다 가서지 못하는 사람이 있는가 하면, 세계에서 제일 높은 산도 그 정상을 내어주는 이가 있게 마련이다. 그러므로 산은 모든 이에게 열려 있지만, 그 오름은 우리의 선택에 있다고 하겠다.

산오름은 우리의 욕심으로 정하는 것이 아니라 각자의 역량에 달려 있으니 같은 산이라 할지라도 그 산을 대하는 사람에 따라 다가오는 크기가 다를 것이다. 젊은이들이 뛰다시피 오르는 로키의 산길도 우리에겐 힘들 때가 많다. 경치에 취하고 물소리 새소리에 이끌려 오르다가 주저앉는다. 산이 다가오고 구름이 비켜가는 산 중턱에서 나이를 실감한다. 그러나 산길에 나이를 깔아놓고 최선을 다하리라 다짐한다.

미국 쪽 공원과 합쳐 평화의 공원(Peace Park)

알버타주의 수도 에드먼튼에서 캘거리로 내려왔다. 마침 캘거리에는 말타기 축제가 한창이었다. 그런데 온 세상 사람들이 다 모여 있는 듯 북적대는 스템피드보다는 산으로 가고 싶은 생각이 들어 오래 전부터 벼르던 워러톤 호수(Waterton Lake)를 향해 하이웨이로 들어섰다. 260km 남짓하니 어두워지기 전에 닿을 것이다.

　우리 한국사람들에겐 생소한 국립공원이다. 캐나다 로키가 미국 쪽으로 내려가다가 마지막으로 호수를 가운데 두고 형성되어 있다. 캐나다에서 네 번째로 지정된 이 국립공원은 B.C주와 알버타주, 그리고 미국의 몬타나주가 만나는 지점에 위치하고, 알버타주에 속해 있다.

　본시 미국 쪽의 큰 공원인 글레이셔(Glacier) 공원과 한 덩어리였으나, 1818년에 북위 49도선으로 국경이 그어지면서 두 동강이 났다. 1895년에 캐나다 쪽에서 먼저 국립공원으로 지정했고, 미국은 1910년에 이르러 지정했는데, 1932년에 양국 우정을 돈독히 한다는 뜻으로 두 공원을 합하여 평화공원(Peace Park)으로 명명하였다.

　해가 지고 어둑어둑할 때 공원 마을에 도착했다. 첫눈에 조그마한 동네가 마음에 든다. 캠프장(Campground)을 찾아가니 빈 자리 없이 차들이 꽉 차 있다. 하룻밤 신세질 자리를 찾아 두리번거리는데 호수 가장자리에 우리와 처지가 비슷한 차가 하나 있어 우리도 그 근처에 자리를 잡고 하룻밤 지내기로 작정했다. 아무데서나 자고 밥 지어 먹을 준비를 해 왔으니 걱정이 없다. 브론코(Bronco, 포드 트럭)의 뒷좌석을 떼어 집에 두고 왔으니 두 사람 잠자리는 넉넉할 것이다.

　슬리핑백에 들어가 잠을 청했다. 옛날 어른들은 나물 먹고 물 마시며 팔 베고 누워서도 자족했다는데, 차 안에서 오리털 침낭에 들어가 베개를 베고 편히 누웠으니 우리는 몇 배 행복한 게 아닌가. 그런데 밤새 요람이 흔들린다. 호수에서 불어오는 바람이 만만치 않다. 본시 바람이 많은 호수다.

　아침이 되니 바람은 자고 양쪽 산에 둘러싸인 호수가 가슴에 와 닿는다. 맑은 물 새파란 호수는 미국 국경을 넘어 남쪽으로 뻗어 있고, 양옆으로 하늘을 찌를 듯 큰 바위산들이 병풍처럼 둘러쳤다. 호수를 따라 왕복하는 관광선을 타면 미국 국경을 넘어가 거기 있는 공원 안내소에 들르게 되고, 거기서 공원 관리인(Park Ranger)의 설명을 듣고 같이 사진도 찍을 수 있다. 배를 타면 가만히 앉아서 호수를 관통하며 양쪽 산을 보게 되어 있다.

번트록폭포

워러톤 호수를 상징하는 꽃, 베어 그라스다.

아침 일찍 캠프그라운드에 들어가 자리를 잡아놓고 하루 일정을 시작했다. 자연 동굴을 통과해야 하고 2,000m의 산중에 있다는 크립트(Crypt) 호수를 가기로 했다. 트레일 시작이 호수 건너편에 있으니 부득불 배를 타고 건너갔다.

여러 등산객들이 함께 어울렸으나 다리가 긴 그들은 금방 시야에서 사라졌다. 두런두런 말소리가 들리는 것으로 보아 지그재그로 난 산길을 돌고 있을 것이다. 금방 곰이 나타날 것 같은 숲이다. 길에 곰이 실례해 놓은 것이 있으니 실제로 곰들이 살고 있음이 분명하다.

쉬고 또 쉬면서 오른다. 처음은 지루한 산길이다. 숲이 우거지고 좋은 경치가 있을 것 같지 않은 숲 속이다. 4.5km를 지나면 비로소 시야가 트이기 시작한다. 아래로 호수가 보이고 마을이 잠깐씩 모습을 드러낸다. 실제로 이 워러톤 호수는 깊이가 157m로서 로키의 호수 중 가장 깊다. 그 호수를 바탕으로 하여 청년기의 바위산들이 배경을 이루고 있으니 가히 절경이다.

경치에 넋을 빼앗기고 있을 새가 없다. 돌아가는 배 시간이 있으니 서둘러 산길을 또 오른다. 거대한 산들 속에 오른쪽으로 계곡이 나타나고 깊은 웅덩이로 내리꽂히는 시원한 폭포가 물소리를 낸다. 빙하 녹은 물이 호수에서 내려오는 번트록(Burnt Rock)폭포다.

이쯤에 베어 그라스(Bear Grass)라는 처음 보는 산꽃들이 피어 있다. 1m쯤 자란 꽃대에 둥그런 꽃봉오리가 특별하다. 나중에 조사한 바에 의하면 매년 꽃을 피우지 않고 10년에 걸쳐 한 번에서 세 번쯤 꽃이 핀다고 한다. 워러톤 호수 공원을 상징하는 꽃이다. 공원에서 보호하는 꽃이니 손을 대면 안 된다. 꽃뿐 아니라 공원에서는 무엇이든 가져오는 걸 금한다. 그런데 짐승들이 이 꽃들을 좋아해 따먹는다니 이는 어찌 말릴까.

선경 자아내는 산중 호수

여기서부터 피곤한 것도 잊어 버리고 경치에 넋을 빼앗긴다. 굽이굽이마다 새로운 구도로 경치가 열리고 폭포는 저만치서 흰 물줄기를 뿜어낸다. 해발 1,900m에 이르면 '크립트 호수 캠프그라운드'라는 표지판이 서 있다. 1,279m에서 시작했으니 600m 이상을 오른 셈이다. 그때 왼쪽으로 큰 산이 앞을 가로막는다. 갑자기 서늘한 바람이 불어오고, 그 바람에 실려 땅굴다람쥐들의 휘파람 소리가 산천을 맴돈다. 맑은 개울에서 땀을 씻고 숨을 돌렸다. 이 산행의 마지막 하이라이트가 기다리고 있다.

개울 징검다리를 건너면 산비탈을 따라가는 아주 좁은 길이 나온다. 두 사람이 겨우 비켜갈 만할까. 오른쪽으로 열린 경치를 잠시 훔쳐보고 절벽에 열려 있는 동굴을 향해 앞만 보고 걷는다. 동굴 입구에 이르러 철제 사다리를 타고 오르면 동굴 입구다. 이 25m의 자연동굴을 통과해야 된다. 주의할 점은 동굴 바닥에 있을지 모르는 얼음을 살피면서 나아가야 되고, 가운데 좁은 곳에서는 배낭을 벗어 밀면서 기어가야 한다는 점이다.

동굴 입구는 양쪽이 다 넓어 동굴을 빠져나가는 아내 사진을 뒤에서 한 장 찍을 수 있었다. 평소 산길에서 물병을 들고 다니던 아내를 위하여 유병옥 시인이 〈물 한 병 달랑 들고〉란 시 한 편을 써주었다.

목이 마른
네 영혼을 적시려는가
물 한 병 달랑 들고 산을 넘는다
하늘빛으로 맑은
물방울 삼키면

깊이 닿아오는 울림에 산길 솟아오르고
산 너머 너머로 돌아오는
계절의 발걸음 소리 따라 듣는다
눈송이
펑펑 쏟아지는 날엔
작은 산새 울음에도 눈을 씻느니
봄인 듯 여름 가고 가을 깊어도
틀림없는 그 모습
해를 안고
달을 안고
산길에 산다.

　동굴을 빠져나가면 오른쪽으로 천길 낭떠러지에 이른다. 올라오면서는 올려다보던 폭포가 저 아래로 위치를 바꾸어 앉아 있다. 왼쪽 절벽으로 로프를 붙잡고 가도록 되어 있다. 발바닥이 간질간질, 마음도 간질간질하다. 협소공포증이나 고소공포증이 있는 사람은 이 코스가 위험할 수도 있다.

동굴을 통과하는 필자의 아내.

　짐승이나 다닐 만한 절벽길을 벗어나면 금방 호수에 이른다. 산중호수는 그리 크지 않으나 그 깊이가 44m이고 직경이 200m쯤 된다. 그리고 B.C주와 경계를 이루는 보스웰산(Mt. Boswell · 2,439m)이 그 배경을 이루고 있어 한 마디로 장관이다.

　빙하가 녹아서 된 맑은 호수는 산 그림자를 품고, 계곡도 품고 있다. 맑고 찬 물을 좋아하는 숭어들이 헤엄치며 돌아다닌다. 이들은 어떻게 그 큰 폭포를 뛰어넘어 여기까지 와서 살고 있을까.

　크립트(Crypt)란 그리스말로 '숨겨졌다' 는 뜻이다. 그렇다. 그 호수는 깊은 산중에 숨어있어 접근이 어렵다. 또 호수에서 흘러내린 폭포수가 암반 사이로 숨어 있다. 그러니 뉘라서 이런 선경이 있으리라 짐작할 것인가. 경이로울 뿐이다.

　왕복 17.4km, 660m를 오른다. 오후 늦게 타운으로 돌아가는 배는 두 번 있다. 크립트 호수에서 배를 타는 선착장까지 넉넉잡아 3시간쯤 걸린다.

산정이 하늘 가리는 로키의 고갯마루
—Cory Pass Trail

하늘이 열리는 알파인 계곡을 들어서기 전 쉬고 있다.

산이 하늘 높이 솟아 있으면 우리는 하늘을 보지 못하고 산만 본다. 그러나 산이 아무리 높다 한들 어찌 하늘만할 것인가. 그런데 그 산이 카메라 파인더로 들어오면 하늘을 밀어내고 내 시야에 가득 찬다.

뱅쿠버의 원로 시인 반 옹께서 산행하던 중 시조 한 수를 읊으며 재담을 하신 적이 있다.

"태산이 높다 하되 하늘 아래 뫼이로다. 이 말은 맞는 것 같소. 오르고 또 오르면 못 오를 리 없건마는. 이 말은 틀린 말이오. 사람

코리 패스.

이 제 아니 오르고 뫼만 높다 하더라. 이 말은 나를 두고 하는 말 같소이다."

7월 초 캘거리 스템피드(미주 최대 로데오 축제) 가는 길에 산 하나를 만나러 가서 계곡에 들어서니 이 말씀이 떠올랐다.

천년 만년 의연하게 한 곳에 자리하고 있는 산

이번에 가 본 코리 패스(Cory Pass)는 몇 년 전에 한 번 산행했던 곳으로, 로키의 중심 뱅프에 제일 가까이 있는 산길이다. 큰 산 계곡을 오르고 고갯마루를 지나 활짝 열린 경치를 보면서 비탈을 내려오며 산 하나를 일주하게 되어 있어 한국의 산꾼들이 좋아할 곳이다.

뱅프 시내에서 하이웨이로 나가면 노쾌이(Norquay · 2,522m) 산으로 오르는 길이 나타난다. 루이스 호수 쪽 하이웨이로 들어가 5.6km 지점에서 오른쪽으로 나가면 보우밸리 파크웨이(Bow Valley Parkway)가 된다. 이 길은 1번 하이웨이와 보우강을 가운데 두고 캐슬(Castle)산 밑을 따라 나란히 루이스 호수 마을까지 간다. 야생동물 서식지로 특별히 지정된 곳이라 한적하고 차들이 서행하게 되어 있다. 또 1번 국도를 건너 저편 산들과 동물들이 넘나들도록 구름다리 건널목을 두 개나 설치해 놓았다. 그래서 이 길은 야생동물들을 만날 수 있

야생 장미와 산꽃들이 피어 있는 산길로 시작한다.

는 확률이 많은 곳이다.

출구(Exit)로 나가 500m쯤에서 오른쪽 길로 들어서서 한 번 더 우회전하면 머지않아(600m) 주차장이 나선다. 처음 산길은 개울을 따라 내려가 200m 지점에서 길이 갈라지는데 왼편으로 들어가라는 사인이 있다. 숲 속 길을 따라간다. 듬성듬성 서 있는 나무 사이로 예쁜 산꽃들이 서로 다투며 피어 있다. 알버타주의 상징인 야생 장미가 보이고, '인디언 페인트 브러시' 라는 선홍색 꽃들이 꽃망울을 터트리기 시작했다.

편안한 산길을 1.1km 가면 길이 또 갈라진다. 왼편 길을 택하면 가파른 산길을 올라 고개로 가게 되어 있다. 지난번에 그리로 접어들었다가 초반부터 급한 경사에서 진을 빼고 열린 경치를 등지고 가는 길이었기에, 이번에는 직진해 골짜기로 들어섰다.

하늘은 찌푸리고 폈다 울고 웃다를 반복한다. 스템피드 가는 길이라 산행 준비를 허술하게 했던가. 비옷을 챙겨 오지 못한 걸 알고 아차 싶었다. 비가 오면 흠뻑 젖게 생겼다. 산길은 계속 오르막이다. 로키의 산길이 다 그러하듯 처음에는 아기자기한 숲 속 길을 따라간다. 길옆에는 맑은 개울물이 먼 길 가기 바쁘다 소리내며 흐른다. 얼마나 올라가야 하늘이 열릴 것인가.

가랑비가 뿌리기 시작했다. 급한 대로 아내와 여동생에게 쓰레기 수거용 비닐백으로 비옷을 만들어 입혔다. 산행 중, 비를 자주 만나는 밴쿠버 산꾼들은 늘 주황색 비닐백을 배낭에 챙겨 다닌다. 비 올 땐 비옷으로, 추울 땐 바람막이로, 무엇보다도 주황색이라 조난 시 공중에서도 쉽게 식별될 수 있기 때문이다.

출발지점으로부터 4km에 이르면 길이 한 번 더 갈라지는 곳에 안내판이 있다. 직진하면 이딧 패스(Edith Pass)로 가는 길이라 씌어 있어 왼편 길을 따라 코리 패스로 들어섰다. 숲 속 길을 지나면 왼편 이딧(2,553m)산에서 흘러내린 산사태 지역을 지나는데 노콰이산이 건너다보인다. 노콰이는 북미에서 가장 슬로프가 심한 스키장을 가진 산이다. 우리는 두 산 사이 골짜기를 따라 들어온 것이다.

한 번 더 상록수가 우거진 산비탈을 지나자 드디어 하늘이 열린다. 계곡 멀리 크고 작은 산들이 운무에 가려 있고 잘 생긴 석회암 산 하나가 앞에 나타난다. 바다는 얼굴만 보여줄 뿐 속내를 드러내지 않는다. 그러나 산은 애초부터 전부를 드러내놓고 우리를 기다린다. 거기 그렇게 산은 하늘을 밀치고 제 몸을 줄여 자갈과 바위로 골짜기를 메우고 비탈을 만들어 놓았다. 짐승이 지나다닌 듯 눈에 띌 듯 말 듯 어슷한 비탈길이 나 있다.

험한 바윗길이 시작됐다. 그늘진 곳에는 아직도 희끗희끗 눈이 남아 있어 여름 속에 겨울을 사는 로키의 신비를 느끼게 한다. 이딧산을 왼쪽에 끼고 비탈길을 위태로이 간다. 앞에 다가선 산은 암벽꾼이면 누구나 욕심을 내는 루이스(Louis · 2,682m)산이다. 1916년에 초등된 이 산은 사냥개 이빨 같은 정상이 날카롭게 하늘을 찌르고 있다. 지난번에 왔을 때는 암벽을 오르는 이들의 주고받

쓰레기 수거용 비닐팩으로 비옷을 만들어 입었다.

건너편 산은 경사가 심하기로 유명한 노콰이산이다.

세계의 암벽꾼들이 동경하는 루이스산.　　　　두 산 사이로 난 계곡 자갈길.

는 외침이 양쪽 산에 메아리쳤는데 오늘은 일기가 고르지 않아서인지 조용하다. 그 대신 큰 산들의 깊은 숨소리를 들을 수 있어 좋다. 산이 밤새 이슬을 받고 응결된 정기를 뿜어내는지, 산마루에서 흘러내리는 서늘한 산기운이 가슴을 훑고 지나간다.

　골짜기로 들어설수록 산정은 하늘을 밀어내고 산 어깨에 걸친 굽이굽이 비탈길은 우리들을 한없이 주눅 들게 만든다. 또한 세상살이가 얼마나 하찮은 것인지도 일러준다. 천년 만년 산은 의연하게 한 곳에 자리하고 있으나 인간은 잠시잠깐 스쳐가는 나그네요, 황홀히 피었다가 금세 사그라지는 저녁놀 같은 것을.

　자갈길이라 자꾸만 미끄러진다. 아직 올라야 할 길이 아득한데 발목을 잡는다. 숨이 가빠오고 힘이 든다. 서울서 온 동생 내외는 로키 산행이 처음이고 아내는 지난해 심장수술을 받고 겨우 회복된 상태라 무척 염려됐다. 그러나 나 역시 힘든 터라 배우자와 혈육이라 해도 도와줄 수 없다. 각자의 앞에 놓인 자기 몫의 고행이다. 덜어줄 수도 없고 대신해 줄 수도 없다. 힘들어도 물러설 수 없는 게 산행이다. 인생길인 양 정상을 향해 마지막 힘을 다한다. 내 앞에 놓인 험한 산길을 보며 여러 가지 상념에 잠긴다.

다행히 가랑비가 멎고 사진을 찍을 만치 하늘이 열리자 힘든 건 까맣게 잊고 카메라를 들고 앞서거니 뒤서거니 앵글을 맞추기에 분주했다. 산꾼은 힘들게 오른 산마루에서 땀을 거두고 사진꾼은 멋진 앵글 한 컷에 부르튼 발을 달랜다.

몸은 자꾸 작아져도 마음자락은 갈수록 넓어져

마지막 고갯길에서 구름에 가려 얼굴을 내밀다 감추다 하는 산이 2,802m의 코리산이다. 바람을 막아주는 곳에서 큰 산들을 바라보며 점심을 먹고 짐을 줄였다. 길은 더 가팔라졌고 다리는 더 팍팍해 온다. 고갯마루를 넘어 오는 바람이 구름을 몰고 왔다. 고갯마루에는 뾰족한 바위들이 하늘을 찌르고 있다. 이곳이 오늘 산행의 하이라이트다. 이딧과 코리의 산자락이 만나는 곳. 마지막은 눈길을 헤치며 올라야 했다. 올라온 길을 돌아보니 아득하다.

긴 세월 앞만 보고 달려왔다. 1970년대 중반, 우리는 겁도 없이 어린 두 남매

하산길에 보는 열린 경치가 일품이다.

를 데리고 태평양을 건넜다. B.C주가 어디에 붙어 있는지, 밴쿠버는 어떤 곳인
지도 모르고 왔으니 무식하면 용감하다고 할 수밖에 없다. 낯설고 물선 곳이었
다. 다행히 캐나다는 이민자들로 이루어진 나라라 지식층이나 화이트칼라보다
는 나 같은 전문 기술자들이 정착하기가 한결 수월했다고 생각한다. 그러나 지
금 생각해 보니 낯선 땅에서 뿌리 내리기가 산오름만큼 힘들었던 것 같다.

고갯마루에 오르자 드디어 하늘이 열린다. 멀리 겹겹이 둘러선 산들. 내려다
보니 보우강이 푸른빛을 띠고 허리띠처럼 산기슭을 감아 흐른다. 런들(Rundle)
산과 설퍼(Sulphur)산, 스키장이 있는 선댄스(Sundance)산들이 건너다보이고,
저기 어디쯤에 그 유명한 아시니보인(Assiniboine) 산정이 보일 법한데 구름 속
에 숨어 있어 찾을 수 없다. 거대한 산들이지만 하늘이 열리는 곳에서는 자세
를 바싹 낮춘다. 진정 산은 하늘 아래 뙤인 본연의 자세로 돌아온다.

고개에서 길이 갈린다. 오른편 비탈로 가는 길은 코리산을 오르는 꾼들의 길
일 터, 이딧 산기슭을 따라 왼편 길을 택해야 주차장으로 오게 된다. 처음 내려
오는 산길은 경사가 심하지 않고, 열린 경치를 보고 내려오는 길이라 숨도 차
지 않아 절로 노래가 나온다. 산을 내려가면 찬 개울물에 발 담그고 뭉친 피로
를 풀 것이며, 숙소로 돌아가선 찬 맥주 한 잔 하고 단잠에 빠져들 것을 생각하

코리 패스 안내판이 있는 산행 시작 지점 주차장.

바위 사이에 핀 산꽃이 애처롭다.

코리산을 뒤로하고 산을 내려서고 있다.

니 행복해진다. 행복이 별 건가. 멀리 있는 게 아니다. 행복은 그림자처럼 늘 곁에 있는 것이지만, 그저 손길이 짧아 미치지 못할 뿐…….

마지막 1.5km 구간에서 350m를 내려가는 급경사를 만난다. 다리에 무리가 가는 길이다. 조심조심 한참을 내려오면 두 번째 길이 갈라졌던 곳이 된다. 길이 낯익다. 꽃들이 만발한 푸른 들판이 또 반갑다. 그러나 다리는 천근 같은 무게로 마지막 1km 길을 한없이 멀게 만든다.

해가 서산에 기울어 산 그림자가 길어지는데 덩치 큰 엘크들은 언덕에서 유유히 풀을 뜯고 있다. 다리품 들여가며 일부러 먼 길 찾아 나설 필요 없는 엘크 떼가 부럽다.

아침에 황금 태양이 창문을 흔들면 잠에서 깨어 산길을 걷고, 저녁이면 보랏빛 산그늘 맞아 하루를 마감하는 삶을 바라는 걸 과연 탐욕이라 할 수 있겠는가.

높은 산을 보면 몸은 자꾸 작아지는데 마음자락은 갈수록 넓어진다. 이제는 마음 그릇을 줄이고 그 작은 그릇 채울 개울물 같은 소박한 기쁨을 만나고 싶다. 눈(雪)섶을 헤치고 일어서는 작은 풀꽃 같은 행복이 우리의 삶을 장식해 준다면 더욱 좋겠다고 소원해 본다.

꿈 같은 추억 남길 산중 오두막집

─로키의 요정 Abbot Hut

애봇 산장(Abbot Hut)은 세계 10대 절경 중 하나라는 루이스 호수의 배경을 이루는 빅토리아산(Victoria · 3,464m)과 그 옆의 리프로이산(Lefroy · 3,423m), 두 산자락이 만나는 산마루(2,925m)에 있다. 이 패스는 B.C주와 알버타주의 경계가 지나가고, 요호 국립공원과 밴프 국립공원을 양발로 밟을 수 있는 곳이기도 하다.

애봇 산장은 1921년과 1922년에 스위스의 가이드들이 이루어 놓았다. 주위의 돌과 말과 사람들에 의하여 운반된 2톤이 넘는 건축재료로 지어졌다. 얼마나 튼튼한지 밖에서 천지개벽하는 듯 바람이 부는데도 안에서는 전혀 느낄 수 없었다. 1896년 리프로이산 등반에서 산화한 미국 등산가 필립 스텐리 애봇(Philip Stanley Abbot)을 기리기 위하여 붙인 이름이다. 하룻밤 사용료는 $24. 물론 예약을 해야 한다.

꿈에 그리던 곳인지라 예약을 마친 아내는 퍽 흥분했다. 아내는 거기서 구름 위에 앉아 책을 읽을 것이라 하였고 나는 원 없이 좋은 사진을 많이 찍을 것이라는 기대감에 한껏 부풀어 있었다.

첫날 우리 내외는 천오백리 길을 단숨에 달려와 루이스 호수에서 30분 거리에 위치하는 산 너머 키킹호스 캠프장(Kicking Horse Campground)에 이르렀다. 트레일러를 달고 오랜 시간 탈없이 달려와 준 늙은 브론코(Bronco)가 대견하고 고맙기만 했다. 사냥이다 산행이다 험한 길을 마다않고 나와 동행해 준 고마운 트럭이다. 너무 고단해서 사람도 트럭도 단잠에 곯아떨어졌다.

새벽같이 일어나 캠프 그라운드를 빠져나와 루이스 호수 캠프장에 체크인을 하였다. 그런데 장대비가 오락가락 마음을 심란하게 한다. 아내는 내일 일은 내일 걱정하잔다. 실은 그렇다. 걱정한다고 해결될 일이 아닌데. 산장은 예약과 지불이 이미 되었고 오하라 호수를 들어가는 공원 버스도 역시 예약해 두었으니, 날씨가 좋으나 나쁘나 들어갈 수밖에 다른 도리가 없다.

하루 온종일 짐 꾸리기에 바쁘다. 슬리핑백은 기본이요 먹을 것이랑 옷이랑, 준비할 것이 한두 가지가 아니다. 들어 보고 져 보고 부피와 무게를 줄일 대로

에봇 산장 오르는 산길에서 내려다보이는 오하라 호수.

줄여 본다. 치약도 작은 것을 생각할 정도다. 책은 무거운데 어쩌나. 아내가 구름을 깔고 앉아 읽을 책이다. 피천득 씨의 『인연』과 정영숙 씨의 『내 영혼의 오두막』 두 권을 배낭 안쪽에 끼워 넣었다. 산 위에 취사시설이 있는 게 퍽 다행이다.

새벽이 되어서야 비는 그쳤다. 아침밥을 해 먹고 오하라 호수에 도착하니 이미 많은 꾼들이 분주히 산에 들어갈 준비를 하고 있다. 애봇 산장에 가는 팀들이 앞 차에 타고 먼저 떠났다.

우리가 목표로 하는 애봇 산장은 루이스 호수 쪽에서 오르기도 하지만 거기는 죽음의 함정이라 불리는 계곡 빙하에 크레바스가 많아 오하라 호수를 지나 오르내리는 것이 일반적이고 모험을 즐기는 산꾼들은 루이스 호수 쪽으로 산비탈을 타고 내려가기도 한다.

오하라 호수는 루이스 호수 타운에서 1번 하이웨이를 따라 서쪽으로 15분쯤 가면 왼쪽으로 들어가라는 안내판이 있고 철길을 지나 우회전하면 바로 주차장이 나온다. 거기서 공원 버스를 타고 12km 비포장 길을 들어가면 호수에 닿는다.

청록색의 아담한 호수가 바닥에 자리하고 주위의 높은 산들이 확 달려든다. 이리 보아도 큰 산, 저리 보아도 큰 산이다. 호수를 돌아 산길로 들어서서 돌산을 오르면 4km도 안 되는 거리에 산중호수 오엣사(Oesa)가 빙하 그림자를 품고 있다. 이 호수까지는 우리가 여러 번 오른 곳이기도 하다. 사진을 찍으면서 또 쉬면서 2시간쯤 고도 225m를 오른다.

여기서부터 미지의 산길이 기다리고 있었다. 토끼길 같은 자갈길을 따라 저 계곡을 오르면 그 어딘가에 산장이 있

비탈에 토끼길 같은 산길이 있다.

을 것이다. 호수변에서 점심을 먹고 다시 고도 735m를 오르기 위해 배낭을 둘러멘다. 거대한 산자락이 앞을 가로막아 짐을 진 두 작은 동양인의 기를 확 꺾어놓는다. 꾼들은 2시간에 오르는 곳이라지만 우리는 해 지기 전에 산장에 이르면 되니 5시간쯤 계산을 해 놓고 산 속을 바라보았다.

아득한 절벽 밑으로 길이 나 있었다. 그래서 헬멧을 쓰라고 하였구나. 그리고 이 산장을 오르는 사람은 누구나 월드네스 패스(Wildness Pass)를 별도로 사야 하는데, 사고가 났을 때 구조를 받을 수 있는 일종의 보험인 셈이다.

주변경치가 자꾸만 발목을 잡는다. 점점 멀어지는 산 아래 오하라 호수가 잠깐씩 보인다. 그 색깔에 매혹되어 보고 또 보며 카메라를 갖다댄다. 벼랑길을 지나니 본격적인 자갈길이 시작되었다. 아내가 처음 산장에 예약을 할 때 알파인 클럽에서 겁을 많이 주었단다. 등산화도 보통 등산화로는 안 되고 한 발자국 오르면 두 발자국 미끄러진다고. 미끄러운 자갈길과 무거운 등짐이 자꾸만 산 아래로 잡아당긴다. '저기 가는 저 늙은이 짐 벗어 나를 주오……' 그 시가 생각난다.

나는 삼대독자의 맏아들로 태어나 무거운 짐을 지고 세상을 살아왔다. 내 아명이 '모세'였는데 일본 식민지에 시달리는 백성을 구하라는 어머님의 간절한 소망에서 부른 이름이었다. 그 이름을 내 어깨에 메고 다녔고 초등학교를 졸업한 후 고향을 떠나 외지에서 중학교를 다닐 때에도 가족의 큰 기대와 맏이의 책임을 무거운 쌀자루와 같이 등에 짊어지고 다녔다.

사람은 누구나 다 자기 몫의 짐을 지고 살아가지 않는가.

산장은 보이지 않고 길은 점점 힘들어지는데 날씨마저 을씨년스러워지더니 드디어 눈이 내리기 시작한다. 8월의 눈! 하늘길에서나 볼 수 있음직한 선물이다. 바위산을 안고 춤추는 듯 내리는 여름 눈은 낙화인 양 아리따웠다. 빙하와 들꽃, 흰 눈까지 내리는 그곳에서 또 다른 별세상을 맛본다.

길이 점점 가팔라진다. 뒤에서 힘겹게 올라오는 아내가 안쓰럽다. 저 새(鳥)다리를 가지고 험한 산을 오르다니, 구름을 깔고 앉아 책을 읽을 곳이 이렇게 험한 곳이란 것을 알았다면 달려오던 차 안에서 어찌 콧노래가 나왔을까.

빅토리아산과 리프로이산 계곡에 위치한 에봇 산장.

올라가야 한다.

1분을 오르고 1분을 쉰다. 마지막 100m를 남겨놓고 에너지가 바닥났다. 주저앉는다. "아이고 죽겠다." 도저히 올라갈 것 같지 않다. 그러다가도 잠시 쉬고 나면 올라가야 한다는 의지가 솟고 몸이 그 의지를 따라 다시 일어선다. 이러한 체력의 한계를 많이 느끼는 산행일수록 등정 후 얻는 기쁨이 배가 됨을 알기에 무거운 다리를 끌며 오른다.

성경에서 '오직 의인은 믿음으로 산다'고 했다. 나는 '오직 산꾼은 의지로 산다'고 말하고 싶다.

드디어 산장이 보인다. "산장이다."고 소리쳐 뒤에서 따라오는 아내에게 용기를 주었다.

정말로 산 고개에 집이 있었다. 같이 버스를 타고 들어왔던 스위스에서 온 두 젊은이가 산 아래를 살피며 우리를 기다리다 손을 흔들며 반긴다. 뒤에 오는 아내의 짐을 부탁하고 나는 산장에 들어가자마자 배낭을 팽개치고 마룻바닥에 벌렁 드러누웠다. 모두들 박수를 쳐주고 한 사람은 재빠르게 따뜻한 물을 갖다 주었다.

빅토리아산과 리프로이산 계곡에 위치한 에봇 산장.

산장 왼편 아래로 루이스 호수에서 보던 절벽에 걸린 빙하가 있고 죽음의 계곡 저편으로는 루이스 호수에서 오르는 플레인 오브 식스 글레이셔즈(The plain of Six Glaciers)의 마지막 산길이 보인다. 날씨가 좋으면 그쪽에서도 이 산장이 보였을 것이다. 그리고 그 오른편으로 리프로이 산자락이 미끄러져 내려와 루이스 호수를 가로막고 있다.

서쪽을 바라보면 리프로이 산정에서 시작한 3,200m대의 능선이 이어지면서 글레이셔(Glacier · 3,283m)산과 겹겹이 이어지는 봉우리들이 늘어서 있고 아득히 내려다보이는 계곡 끝에 이름 모를 작은 호수가 하나 푸른빛을 띠고 있다. 그리고 양쪽은 두 산이다.

큰 산이 거기 있었다. 그 두 산정기가 흘러 모이는 곳에 산장이 자리하였으니 가히 명당이라 하겠다. 산장 바로 앞이 빙하의 시작점이다. 풀 한 포기 나무 한 그루 없는 바위산 속이다.

새벽을 알리는 새들의 노랫소리 하나 없는데 산은 어떻게 잠에서 깨는가.

다음날 미명에 산장을 나서서 새벽 산을 만나 보니 깊은 산 속, 높은 계곡의 큰 산들은 거센 바람소리에 잠이 깨어나고 있었다.

비탈길로 물을 길어 오는 산꾼들.

　산장은 24명이 정원이다. 이 산장에 와 있는 사람들은 본격적인 산사람들이
다. 이 산장은 빅토리아산이나 리프로이산을 등정하기 위한 베이스캠프(Base
Camp)지, 우리같이 사진 찍고 경치를 보러 오는 사람은 없는 듯했다. 우리 두
사람은 거기서 완전히 이방인이었다. 50년대의 배낭에 스키 폴대를 들고 온 사
람은 우리 내외뿐이다. 그래도 주위의 환대에 우리는 행복했다.

　멀리는 유럽에서 온 젊은이들, 퀘백에서 온 가족, 생긴 것도 각각이고 말도
각각이나 서로를 배려하는 인정만은 넘쳐난다. 요리한 것을 나누어 먹으며
이야기꽃을 피운다. 세계의 산사람들이 한 지붕 아래서 일사분란하게 생활
했다.

　이층에는 가운데 복도를 중심으로 양쪽에 길게 침대가 자리하고 아래층은 취
사실과 거실인데, 나무를 때는 난로가 있어 늘 따뜻했다. 땔감과 프로판 가스
는 헬리콥터로 날라온다.

　그 산중에서 물을 어떻게 조달하는가가 궁금하여, 물 길러 갈 때 등산화를 찾
아 신고 완전 무장을 하고 나서는 이를 따라가 보았다. 아슬아슬한 절벽 비탈

길을 한 20분쯤 내려가니 골짜기에서 흘러 내려오는 맑은 물이 있었다. 한 통씩 들고 오는데 내 힘으로는 무리라 나는 한 번도 물을 길어오지 못하였다. 그 대신 싱크대 아래 놓아둔 통에 물이 모이면 몇 번 들고 나갔는데 화장실 앞에 허드렛물 버리는 자리가 따로 있었다.

화장실은 빅토리아산 쪽 뒤편에 마련되어 있으나 밤에는 바람이 거세게 불어 다녀오기가 쉽지 않고 문짝마저 바람에 날려가 없어졌다. 화장실은 목조 건물인데 케이블에 묶여 있다. 세차게 부는 바람에 흔들거려 골짜기로 날아갈 듯하여 늘 불안했다.

고갯마루라 바람이 몰려오고 눈발마저 가세하여 사진 찍기도 쉽지 않았다. 날씨는 수시로 변하고 구름은 가끔 비행기에서 보듯 빠른 속도로 산비탈을 넘어 루이스 호수 쪽으로 사라졌다. 구름을 깔고 앉았다간 죽음의 계곡으로 날아가 떨어질 것이 분명했다. 날씨가 사나운데도 모두들 빅토리아 산을 향해 아침 일찍 출발했다.

모두 산으로 올라간 텅 빈 산장에서 우리만의 시간을 가졌다. 아내는 책을 읽

산장에서 머문 산꾼들이 아침 일찍 빅토리아산을 오르고 있다.

산장에서 바라보인 빅토리아산 빙하.
(루이스 호수에서 정면으로 보인다)

었으며, 나는 사진기를 들고 들락거렸다. 틈틈이 방명록을 들춰보았는데 각기 자기 나라 말로 한 마디씩 써놓은 것이 재미있었다. 그중에 결혼식 안내도 있었다. 작년 8월 22일 한 커플이 빅토리아산 서쪽 봉에서 목사 주례의 결혼식을 하였다. 그런데 하객은 단 두 사람.

자스퍼에서 온 등산가 릭 구드(Rick Gould, 46세)와 마주 앉아 이야기를 나눌 기회가 있었다. 그는 이 산장에서 1박 하고 빅토리아산을 오르는 것은 쉬운 코스로 정상까지 2시간 정도이고 왕복 3시간 반이면 넉넉하다고 한다.

나 같은 사람도 내복과 바람막이 장비만 준비되었다면 도전해 볼 수 있을 것 같았다. 정상에 오르면 오하라 호수와 루이스 호수가 양쪽으로 내려다보일 것이다. 그 맞은편 리프로이산은 눈과 빙하를 헤치며 오르는 고도 600m 직선 코스. 2시간 내지 3시간이면 오르고 바람이 많이 부는 곳이라 한다. 그 외에도 이 오하라호수 주변에서는 위왁스(Wiwaxy Peak · 2,703m), 헝가비(Hungabee · 3,492m), 비들(Biddle 3,319m), 후버(Huber · 3,369m) 등 여러 산들을 등정할 수 있다.

내가 조사한 바로는 한국의 산꾼들이 로키산을 등정한다면 애봇 산장에 올라 빅토리아산이나 리프로이에 오르는 게 좋고, 모레인 호수 뒤 센티늘(Sentinel) 고개에서 시작하는 템플(Temple · 3,543m)산과 콜롬비아 아이스필드에 있는 아다바스카(Athabasca · 3,491m)를 권하고 싶다. 이 세 곳이 하이라이트다. 안내자를 동반하는 것이 원칙이다.

왜 산을 오르느냐? 어리석은 질문을 해 보았더니 릭(Rick)은 담담하게 산 오르는 것이 좋아서란다. 무슨 산을 몇 시간에 올랐네 하고 자랑하기 위함도 아니고 높이가 얼마인가에도 관심이 없는 듯하다. 정상을 정복하는 데 뜻이 있느냐, 거기서 경치를 보는데 뜻이 있느냐고 물었더니 경치가 있으면 더 좋고 없어도 괜찮다고 한다. 하기야 산에서 얻는 것이 어찌 보이는 것뿐이겠는가.

하룻밤을 더 자면 내려가는 날이다. 일찍 자고 아침 사진을 찍으려고 잠자리에 들었다. 슬리핑백에 들어가 나는 무엇을 바라 여기까지 왔는가 하고 스스로에게 물어 본다.

나는 큰 산이 내는 산의 소리를 듣고 싶어 여기에 온 것이다. 힘든 산행 후에 오는 편안함을 맛보고 싶어서 이 산장에 온 듯도 싶다. 또 산사람들의 마음을 엿보고 싶었던 게 한 이유이기도 하다. 그런데 세계 도처에서 찾아온 산꾼들을 한자리에서 만날 수 있었으니 의외의 큰 수확이었다. 마지막으로는 3,000m 가까운 높은 산자락에 있다는 이 산장이 몹시 궁금했기 때문일 것이다.

바람이 거세게 불고, 눈보라도 심하다. 밤새 눈이 더 내려 산비탈이 하얀 눈으로 덮여 있다. 이 산장의 아침은 동쪽에서 오는 게 아니라 서쪽 산 정상으로부터 찬란하게 다가온다.

세 사람이 루이스 호수 쪽으로 하산하고 있다.

눈 덮인 비탈길, 오하라 호수 쪽으로 내려가고 있다.　　험한 계곡을 내려와 쉬고 있는 아내.

　　아침을 먹고 나서 모두들 산에서 내려갈 준비를 한다. 세 사람이 아이젠을 하고 자일을 잡은 채 루이스 호수 쪽으로 내려가고 나머지는 오하라 호수 쪽으로 내려가기 시작했다.

　　내려오면서 뒤돌아보는 산정은 그윽하였으며 꿈 같은 산장은 추억이 되어가고 있다. 눈 덮인 자갈길을 더듬으며 아쉽게 하산한다.

　　산을 남겨 두고

　　마음도 남겨둔 채…….

산은 우리에게 길을 내어줄 뿐
—Saddle Pass

페어뷰산 정상, 건너편으로 빅토리아산이 보인다.

울긋불긋 단풍이 물든 가을산은 참으로 아름답다. 지난 한 주일 동안 나는 나무 사이사이로 달아나는 숫사슴을 쫓아 산 속을 헤매고 돌아왔다. 눈이 많이 쌓인 숲에서 금방 지나간 무스 발자국을 살피며 혼자 몇 시간을 따라가기도 하고, 때로는 언덕에 올라 들판을 바라보며 오랫동안 꼼짝도 하지 않고 앉아 있기도 했다. 추위와 싸우며 허기를 참으며 인내의 한계를 넘나드는 지루한 시간도 있었다. 그게 사냥이다. 분주한 도시생활을 떠나 혼자 조용히 사색할 수 있는 시간을 갖는다는 것은 대단한 행운이다.

가을은 낙엽의 계절이다. 바람이 불지 않는데도 한 잎 두 잎 낙엽이 진다. 한여름 불 같은 더위와 그 모진 폭풍에도 푸른 윤기를 자랑하며 제 구실을 다하던 잎들이 때가 되면 말없이 대지로 돌아간다. 인생도 그런 것이 아니겠는가.

아무렇게나 자라는 나무와 풀 같지만, 자세히 살펴보면 주어진 자리에서 주위와 조화를 이루면서 잘 살아간다. 창조주께서 천지를 창조하실 때 땅과 바다를 먼저 만드셨다고 한다. 땅이 풀과 나무를 키워내면 짐승들은 거기서 먹이를 찾고 그 속에서 안식한다. 자연과 모든 생물이 사람을 위해 존재한다고 생각할 때 우리는 무엇이며 무엇 때문에 여기 있는가 하는 의문을 가져 본다. 결국 우리 인간들만이 창조주를 생각하고, 그가 지으신 자연을 찬양하는 게 아닐까. 그런 창조주의 위대함을 뼈저리게 느낄 수 있는 곳이 바로 로키다.

가슴 울렁이도록 아름다운 새들 피크(Saddle Peak)

루이스 호수에서 시작하여 4km쯤 산길을 더듬어 표고차 600m를 올라가서 만나는 새들 패스(Saddle Pass · 2,330m)는 1893년에 처음으로 길이 났고, 초기 로키 산행에서 사랑받던 코스다. 물론 지금도 많은 사람들이 즐겨 오르고 있다.

이 말안장 같은 고개에 이르면 여러 가지 선택을 할 수 있어서 좋다. 오른쪽으로 1.5km 거리에 페어뷰산이 있고, 그 왼편으로는 새들 피크(Saddle Peak · 2,437m)가 있다. 고개를 넘어 직진하면 4.5km의 시올 계곡 트레일(Sheol Valley Trail)을 지나 센티늘 패스(Sentinel Pass)를 넘어오는 파라다이스 계곡(Paradise Valley)길로 연결된다. 그 파라다이스 계곡 트레일을 만나 오른쪽 길을 택해 7km 더 가면 센티늘 패스에 이르고, 왼편으로 빠지면 5km 지점에서 모레인 호수로 들어가는 길을 만나게 된다.

루이스 호수에 이르러 제일 위쪽 주차장에 차를 세우고 호수로 가는 길에 들어서면

새들 피크에서 바라보는 페어뷰산.

새들 피크 부근에서 바라보이는 시올산(오른쪽)과 파라다이스 계곡.

숲에서 금방 왼편으로 나 있는 길을 만나게 된다. 이 길이 새들 패스에 오르는 트레일이다. 길로 들어서서 멀지 않은 거리에 오른쪽으로 페어뷰 룩아웃 (Fairview Lookout, 전망대)으로 가는 길이 있으나 그리 들어서지 말고 직진해야 된다.

처음에는 지루한 숲길을 30~40분 올라야 시야가 트이며 건너편에 그 유명한 루이스 스키장 슬로프와 멀리 큰 산자락들이 시야에 들어온다. 길은 오른쪽으로 페어뷰산을 끼고 그 밑을 지나가게 된다. 외길이다. 오른편으로 'TRAILS TO SADDLE MT'이란 안내판을 보고 나서 한 번 길이 갈라지는데 어느 길로 들어서나 다시 만나게 되어 있다.

조금만 더 오르면 시야가 완전히 트인다. 산이 다가오고 하늘이 열리고 구름이 비켜간다. 마지막 지그재그 길을 지나면 평원이 나타나고 바로 새들 패스다. 거기쯤에서도 넉넉한 경치를 볼 수 있다. 앞에는 해발 2,779m 높이의 시올산이 그 위용을 자랑하고, 그 옆으로 계곡을 건너 근처에서 제일 크고 높은 템

절벽 아래로 파라다이스 계곡 길이 내려다보인다.

플산(Mt. Temple · 3,543m)이 우뚝 솟아 있다. 오른쪽은 페어뷰산, 왼편으로는 새들 피크가 자리한다. 1922년 이 자리에 C.P.R. 철도회사에서 찻집을 하나 지었었는데, 물 공급이 여의치 않아 한여름만 운영하고 닫아 버린 곳이기도 하다.

지난번에 페어뷰산에 올랐으니 올해는 아내가 올라 보지 못한 새들 피크를 향하여 바윗길로 들어섰다. 날씨가 신통치 않다. 바람이 불고 구름이 몰려오는 게 비라도 뿌릴 것 같다. 새들 피크도 페어뷰산과 마찬가지로 산길이 정비된 곳은 아니다. 그러나 바위 사이로 사람이 다닌 흔적을 더듬어 가며 오르는 재미가 쏠쏠하다. 오른쪽 파라다이스 계곡을 따라 늘어선 산들이 무척 아름다운데, 오늘은 날씨가 흐려 잘 보이지 않는다. 중턱쯤에서 드디어 눈발이 날리기 시작했다. 8월에 눈이라니.

바람이 눈을 안고 몰려와 큰 산을 어루만진다. 잠깐 사이에 앞산을 보쌈 해 갔는가 어디론지 사라지고 보이지 않는다. 건너편 페어뷰 산정을 바라보며 한눈을 팔다가 돌아서면 어느 새 그 큰 산을 예쁘게 흰 옷으로 단장시켜 다시 제자리에 데려다 놓은 걸 본다.

천지의 조화다. 눈에 쌓인 로키는 그렇게 우리를 흥분시킨다. 눈바람이 지나갈 때마다 스크린에 새로운 장면을 연출하는 것이다. 날씨가 좋지 않을 때 찍은 사진에 걸작이 나올 수 있다고 말하던 친구가 생각나서 부지런히 사진을 찍었다.

고개에서 1시간 남짓 오르면 정상에 설 수 있다. 사방으로 경치가 펼쳐진다. 템플산이 저만치 다가와 있다. 파라다이스 밸리를 따라 센티늘 패스에서 내려오는 산길이 아득한 절벽 아래로 내려다보인다. 능선을 타면서 시시각각으로 변화하는 장을 만난다. 눈바람이 흩날리던 정상에서 바라다보던 새들 피크 주변 경치가 가슴 울렁거리도록 아름답다.

바람을 피해 바위 뒤에 쪼그리고 앉아 점심을 먹고 내려온다. 눈 덮인 바위산길은 늘 조심스럽다.

눈바람에 싸인 템플산.

조망의 즐거움 주는 페어뷰 산정

새들 패스에서 오른쪽으로 오르는 페어뷰산은 이름 그대로 경치를 자랑하는 곳이다. 이 산을 오르는 길은 단조롭고 힘들지만, 오르고 나면 주변 경치에 넋을 잃게 된다. 1887년에 측량기사인 맥아더(J. J. McArthur)라는 사람이 처음으로 올랐고, 지금도 계속해서 인기를 더하고 있는 코스 중 하나이다. 패스에서 표고차 414m를 더 오른다. 산행 기점으로부터는 1,000m를 오르는 셈이다.

정상에 올라 그 높이에 현혹되어 현기증을 느낀 이도 있고, 자기도 모르게 눈물이 나더라는 이도 있었다. 루이스 호수가 바로 눈 아래 있고, 그 유명한 빅토리아산 밑으로 들어가는 플레인 오브 식스 글레이셔즈 (The Plain of Six Glaciers) 산길도 그대로 드러난다. 그리고 호수를 건너 빅 비하이브 (Big Beehive)가 내려다보인다.

이 산길을 오르는 도중 템플산에서 눈사태가 나 산꼭대기에 걸려 있던 빙하 한 조각이 떨어져 내렸다. 소리도 웅장했지만 쏟아지는 눈보라가 볼만했다. 그때 마침 열린 카메라를 들고 있었기에 그 장관을 필름에 담을 수 있었다. 정상에서는 루이스 호수에서 바라보이는 빅토리아산과 거기 걸려 있는 빙하가 건너다보여 사진 찍기에 아주 좋은 구도를 이루고 있는 곳이기도 한다.

패스에서 직진하면 여기에도 곰이 살고 있어 여섯 사람 이상이 들어가야만 하는 계곡이 있다. 금년에 이 계곡을 통과하려고 여러 번 시도하였으나 짝을 구할 수 없어 그 뜻을 이루지 못하였다.

이 새들 피크는 로키를 방문하는 일반 여

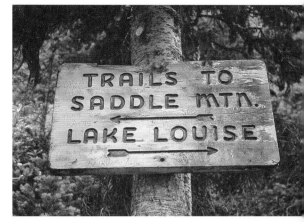

길 중간에 있는 안내판.

템플산 정상부에 걸려 있던 눈덩어리가 쏟아져 내리고 있다.

눈 덮인 바위길을 내려선다.

행자라 하더라도 반나절만 시간을 내면 둘러볼 수 있는 짧은 코스다. 또 새들
패스에 오른 후 여러 가지 선택을 할 수 있는 곳이기도 하다.

정상에 서서 아득한 바위산 길을 내려다본다. 눈바람을 헤치고 길을 더듬으
며 올라온 길이다.

오늘도 산길을 간다. 내 인생길인 양 산길을 열어간다. 그러나 산은 우리에게
길을 내어줄 뿐 제 스스로 길을 만들지 않는다.

2. 아름다운 서부 캐나다

메아리를 모르는 바다
곰도 사람도 자연의 일부로 만나다
미지의 세계에 목숨을 거는 산꾼
내 마음 속의 풍경화
캐나다 서부 해안의 오지 명산 와딩턴
영겁 속에 잠시 존재하는 나는 누구인가
세계 최대 스키 리조트 휘슬러
금단의 로키 그리며 오르는 밴쿠버 뒷산
누구도 거역할 수 없는 자연의 힘
알몸 드러내기 수줍어하는 처녀산 베이커

메아리를 모르는 바다

—Nootka Trail

원시림이 우거진 누트카 해안을 따라 걷는 대산련 탐사대원들

아득히 멀리서 달려온 여명이 새벽을 열면 하늘은 밤새 살아 반짝이던 별들을 데려가고 대신에 산정을 내어놓고 수평선을 데려다 준다. 어둠 속에서 소리 지르던 바다는 무슨 사연 있기에 그렇게도 울부짖었나. 해안에 와서 부서지는 파도는 물거품만 남기고 사라지건만 바다는 쉬지 않고 파도를 밀어낸다. 늣카(Nootka) 해안의 밤은 파도소리로 잠이 들고 파도소리에 잠을 깼다.

와딩턴산을 떠난 대한산악연맹 오지탐사대는 산불로 연기가 가득한 동리를 가로질러 6,000년 인디언 유적이 남아 있는 벨라쿨라(Bella Coola)에 와서 1박을 하였다. 골짜기를 올라 바위에 음각되어 있는 조각들을 둘러보고, 인디언 추장이었던 안내자가 설명하는 그들 조상에 관한 이야기도 들었다. 그 조각들은 학자들의 연구에 의하면 오래된 것으로 6,000년쯤 된 것이라 한다. 그들에게는 문자가 없었기에 유구한 삶은 있었지만 역사는 뒤안길에 묻혀 있는 셈이다.

호텔로 돌아와 편한 잠을 자고 오랜만에 식당에서 아침을 먹고 아름다운 뱃길, 디스커버리 코스트 해협(Discovery Coast Passage)을 관통하여 밴쿠버섬으로 건너가는 페리를 탔다. 오염을 모르는 깨끗한 바다, 아름다운 해안 협곡을 지나며 그림 같은 섬들과 등대, 배 옆을 헤엄치며 따라오는 돌고래 떼들도 만났다.

요람처럼 흔들리는 선상, 침낭에 들어가 별들을 세며 잠이 들었다. 7월이 마지막 가는 날 아침 9시, 섬의 제일 북쪽 포트 하디(Port Hardy)에서 내려 남으로 내려왔다. 날씨가 맑아 해안선이 다 드러난다. 섬의 동편에 있는 연어의 고장, 캠벨 리버(Cambell River)에서 피자로 점심을 때웠다. 이곳에서는 매년 50만 마리의 연어새끼들을 바다로 내보냈는데 지금 성어가 되어 고향으로 돌아오는 때라 배를 타고 나가지 않아도 연어를 낚을 수 있을 정도다. 점심을 먹고 난 탐사대는 섬을 가로지르는 길 중간에 있는 스트래스코나 파크 랏지(Strathcona Park Lodge)에 도착하여 여장을 풀었다. 아름다운 호수변에 그림 같은 건물이 있다. 각종 스포츠를 다양하게 즐길 수 있고 아웃도어 리더를 양성하는 프로그램도 있어 서부 캐나다 아웃도어의 메카라 불리는 곳이다. 하루는 암벽을 하고 다음날은 카누를 저어가 산중에서 1박을 했다.

8월 3일, 아침식사를 끝내자 바로 짐을 챙겨서 태평양 서쪽에 있는 골드 리버(Gold River)를 향해 떠났다. 오후 4시에 눗카섬으로 들어갈 수상비행기가 예약되어 있는 곳이다. 시내에 도착하자마자 합류하기로 된 김해영 시인 가족을 만났다. 김 시인의 장정을 위하여 온 가족이 섬으로 건너와 이 근처에서 하룻밤을 같이 묵었다 한다. 맑은 물이 흐르는 강가 피크닉장에서 오랜만에 김치와 풍성한 밑반찬으로 점심을 배부르게 먹고 새 보급품도 정리하여 비행장이 있는 해변으로 갔다.

우리가 타고 갈 비행기는 무지하게 넓은 활주로를 가지고 있다. 온 바다가 다 활주로다. 눗카 트레일을 안내할 탁광일 교수가 합세하여 일행 열여섯 사람이 되어 두 번 비행으로 섬 북단으로 날아갔다.

물 위에서 뜨고 내리는 수상비행기.

덜커덩거리는 비행기는 두려움보다는 미답지를 찾는 흥분을 대신하고 있다. 조종사는 고도를 조정해 가며 우리가 관통할 해안선도 보여주고 곰도 가리킨다. 30여 분을 날아가 착륙한 곳은 루이 베이(Louie Bay)의 불가사리 개펄(Starfish Lagoon), 신발을 벗고 물 속에 내린다. 그러나 우리를 맞는 건 눈부신 백사장이 아닌 이끼가 넌출진 칙칙한 나무 숲. 귀기 어린 원시림이다.

4,300년 전부터 원주민이 살아온 섬

이곳은 온대 다우림(多雨林) 지역이라 나무가 잘 자라고 또 습해서 산불이 날 염려가 없다. 큰 나무들이 마음껏 자라 있고 또 고목이 되어 쓰러져 길을 막는다. 짐승이나 다닐 만한 미끄러운 오솔길을 따라 50분쯤 가니 해변이 나타난다. 시야 가득 파도가 넘실거리고 왼편에는 기암이 우뚝 서 있어 아담하다. 우리가 첫날밤을 지낼 서드 비치(Third Beach)라는 곳이다.

이렇게 4박 5일 36km의 해안 오지탐사가 시작되었다.

매키나 포인트에 도착, 바다를 바라보는 대원들.

 빈 땅에 여긴 부엌, 그리고 밥 먹는 곳, 저긴 놀이 공간, 구획을 지어놓고 소꿉살림을 시작한다. 원시의 공동체 삶이 이만했을까. 모닥불 앞에 옹기종기 모여앉아 저녁밥을 나눈다. 알파인 스타일의 술 한 잔 우정도 있다. 이 알파인 스타일은 큰 사발 하나에 술을 가득히 부어 돌아가면서 마시는 방법인데 술을 마시지 못하는 사람도 입에 대었다가 다음 사람에게 넘겨야 된다. 몇 순배를 돈다. 이는 자기의 주량에 따라 스스로 조정이 가능한 음주법이다. 예수님께서도 마지막 만찬 때에 잔 하나에 포도주를 부어 돌려가며 마셨을 것이니 참 오래된 음주문화라 생각된다. 어쨌든 술 한 순배로 너, 나, 내 것, 네 것이 없이 하나가 된다.

 사위가 어두워질수록 더욱 밝아지는 모닥불은 다가오는 어둠을 갉아 먹는다. 하늘엔 반딧불이 초롱을 켜고 눈길 따라 흐른다. 모닥불이 없다면 캠프의 노른자위가 빠지는 격, 불을 가운데 두고 둘러앉아 탁 교수의 강의를 듣는다.

 탁광일 교수는 산림과 생태학을 연구하는 전문가다. 1999년부터 2003년까지 밴쿠버 아일랜드, 벰필드라는 곳에서 현장중심 환경교육연구소를 만들어 대학생들을 지도하였고 지금은 환경교육 프로그램을 개발하는 일에 참여하고 있다. 저서에 『숲은 연어를 키우고 연어는 숲을 만든다』가 있다. 대학생들 중심으로 진행되는 이번 오지탐사를 위하여 특별히 초빙하여 동행하게 된 것이다.

밤이 깊어질수록 하늘의 별들은 더욱 영롱해지고 새벽을 기다리는 밤하늘을 보면서 우리도 한 마리 외로운 새가 되어 각자의 침낭 둥지로 들어갔다.

눗카섬(Nootka Island)은 4,300여 년 전부터 원주민(First Native)이 살아왔고 유럽인이 밴쿠버섬 중 가장 먼저 발을 디딘 곳이기도 하다. 스페인사람들이 처음으로 이 해안을 발견했으며 1778년 영국인 제임스 쿡(James Cook) 선장이 두 척의 배를 이끌고 나타났다. 그에 의해 이 섬은 지도상에 존재하게 된다. 그 이후로 이곳은 해달(Sea—otter)의 교역장이 되었으며 이로 인하여 밴쿠버 선장과 쿼드라(Quadra) 선장 사이에 해안 쟁탈전이 벌어진 일도 있었다. 1803년에는 보스톤(Boston)호가 원주민들에 의해 공격당해 두 사람을 제외한 나머지 승무원들이 살해당하기도 했다. 살아남은 두 사람은 2년 동안 노예생활을 하였으며, 그 중 존 휴잇(Jhon Hewit)이라는 사람이 그 체험담을 『White Slaves of

울창한 숲과 두터운 이끼가 살아 있는 누트카 섬.

캘빈 크릭 물가에 친 텐트 옆에서 식사중인 대원들.

the Nootka』라는 책으로 출간했다. 이것이 캐나다 원주민의 삶에 관한 처음 글이 된다.

섬에서 맞는 첫 아침이다. 산 너머 여명이 새 날을 들고 와 읍하고 있다. 아침이 불칼로 왔다가 붉은 장미로 피어나는 바다. 소금기 머금은 바닷바람이 싱그럽다.

모두들 볼 일을 갈 차례다. 비행기에 오르기 전에 들은 주의사항이 섬에서 볼 일 보는 방법이었다. 용변을 트레일에 남기지 말 것. 땅에 파묻지도 말 것. 파도치는 해안에 가서 일을 보고 물살에 쓸려 가게 하거나 숲에서라면 나무껍질이나 이끼에 싸서 바다로 가져 갈 것. 또 한 가지 덧붙인다면 휴지는 쓰레기로 가져 오거나 태울 것. 참 고약한 일이다. 살아 숨쉬는 바다를 향해 엉덩이를 내밀라는 얘긴데 뼈대 있는 가문의 자손이 할 짓이 아니다. 휴지를 찾아들고 바닷가 바위 뒤로 갔다. 안과 밖이 참 시원했다.

하나둘 잠에서 깬 대원들이 텐트에서 기어 나온다. 몇 사람은 곰 때문에 공중에 달아놓았던 음식물을 가져오고 여자 대원들은 아침 준비에 분주하다.

안내서에 의하면 우리가 첫날밤을 지낸 서드 비취에서 그리 멀지 않은 곳에 1969년에 좌초되어 버려진 그리스 화물선의 잔해가 있고, 거기서 또 왕복 두 시간 거리에 2차 대전 때의 레이더 기지가 있다고 한다. 그러나 우리는 그쪽 일정을 생략하고 해변을 따라 남쪽으로 방향을 잡았다. 3일간 매일 10km를 걸어야 되는 긴 여정이다.

무거운 짐을 메고 걷는다. 들기 힘든 배낭이지만 메고 나면 걸을 만한 게 신기하다. 각자의 짐이다. 해변은 자갈로 미끄럽고 숲 속은 넘어진 나무와 진흙탕이 있어 또 우리를 힘들게 한다. 그래도 가야 한다. 아무도 도와주지 않는 나만의 길이다.

섬에 들어온 둘째 날, 우리는 귀한 보물을 하나 만나게 된다. 17년간이나 산 속에 숨어 있었던 유리공이다. 1960년대 일본 해안 어장에서 그물을 매어 달았던 것인데 그물 묶음에서 떨어져 나와 태평양을 표류하여 캐나다 해안까지 나들이 온 귀한 손님이다. 직경이 50cm는 족히 되는 큰 것이다. 그물로 싸인 것이 그대로 남아 있어 더 가치가 있는 것이라 한다. 17년 전 탁 교수의 친구가 두 개를 발견하여 한 개는 그때 들고 나왔고 한 개는 굴 속에 숨겨 두었다가 2년 전에 다시 와서 그 자리만 확인하고 가지고 오지 못했다. 그 새 곰이 다른 곳으로 옮겨놓은 것을 겨우 찾아왔다 한다. 보는 사람마다 탐을 내니 보물일시 분명하다. 긴 세월이 비켜 갔고 또 사연이 서려 있는 물건이다. 대원들이 번갈 아 가면서 배낭에 묶고 운반했다.

　해안 굽이를 돌 때마다 새 풍광이 펼쳐진다. 백사장 끝난 곳에 기암이요, 바다를 피해 산길로 접어들면 어김없이 원시시대를 만난다. 이마까지 늘어진 덩굴과 고목을 칭칭 동여매고 있는 이끼. 발목을 휘감아드는 고사릿과 식물들이 금시라도 거친 호흡으로 달려들 듯하다. 언뜻언뜻 트이는 전망에 새 힘을 얻고

17년 전 숨겨 두었던 유리 공을 가져와 들여다보고 있다.

걷는다. 일곱 시간쯤 자갈 해변과 산길을 걷고 나니 피곤이 몰려온다. 그 사이 멀찍이 보았던 곰과, 둥지에서 머리를 내밀던 흰머리독수리의 새끼들은 도시의 아이들에게 신비의 세계로 다가오고.

이번 굽이를 돌면 오늘의 야영지가 될 것인가 기대하고 있는데 거기서 밀물이 길을 막는다. 썰물이 되어 바닥이 드러날 때까지 기다리기로 했다. 넘어진 김에 쉬어간다고 매트를 꺼내서 펴고 나른한 오수에 잠긴다. 한쪽에선 주워온 바다 고동을 삶아 먹느라고 부산하다. 옷핀까지 동원해 고동을 먹는데 모두 초등학교 아이가 되어 버린 듯하다.

이 거대한 바닷물을 끌고 갔다가 밀어내는 힘은 도대체 어디에서 오는 것일까. 수십 년 동안 양수기로 퍼내고 퍼내어도 마르지 않을 물을 몇 시간마다 끌고 가고 또 끌어 온다. 창조주의 경륜이다. 그래서 바다는 살아 있고 그 속의 생명체도 새 힘을 얻는지 모른다.

헤드 랜드(Head Land, 곶) 두 굽이쯤이면 닿을 듯싶었던 캘빈 크릭(Calvin Creek)과 폭포는 나타나지 않는다. 탁 교수 말과는 달리 자꾸 뒷걸음치고 있는지 몇 굽이를 돌아도 소리 하나 들리지 않는다. 허나 길은 갈 만큼 다 가야 끝나는 것을. 이만큼이면 다 와가겠지 제 자신을 속이며 살아가고 있는지도 모른다. 어깨를 누르는 짐만 없다면 굽이굽이 기대하며 사는 삶이 얼마나 멋진 것인가 생각해 본다.

쉴 새 없이 감동시키는 절경이 아니었다면 중간쯤에서 퍼져 그만 주저앉았을 게다. 끝없는 대해, 하얗게 부서지는 포말, 문득문득 나타나는 기암괴석, 옷을 벗고 드러누운 괴목들, 지루한 듯싶을 때 들어서는 산길과 자일타기. 긴장하지 않고선 미끄러지는 위태로움에 한가하게 불평할 여유도 없다. 대열을 짓고 가는 대원들을 보면 먼 행상 나선 등짐장수거나 남부여대한 피난민 행렬 같다. 노인이라 덜어주는 경로의식도 없고 여자라 하여 대신 져 주는 기사도 없어 버거운 제 몫의 짐을 지고 타박타박 걷는다.

마지막 모퉁이를 돌면서도 캘빈 폭포의 실체를 믿지 않았다. 하도 고대하던 것이라 눈앞에 나타난 폭포가 허망할 만큼 여정은 길고 멀었다.

폭포는 그 폭이 무려 10여 미터가 넘고 높이는 4, 5미터 정도여서 여느 폭포와는 사뭇 다른 인상이다. 떨어지는 폭포가 아니고 바위를 비스듬히 타고내리는 개울이다. 그러나 흐르는 물줄기와 시원한 물맛은 심산유곡의 어느 약수와도 견줄 수가 없다. 텐트 자리와 부엌 공간, 그리고 야영의 필수인 모닥불 필 자리가 아주 천혜로 주어졌다. 근사한 빨래 건조대까지. 폭포를 마주하고 물길을 곁에 둔 집터가 명당자리임에 틀림없다. 목욕재계까지 하였으니 오늘밤엔 기막힌 꿈을 꿀 것 같다.

또 한 아침이 열린다. 일찍 일어나 아침바다를 만나는 시간이다. 산은 그늘을 만드나 바다는 그늘을 만들지 않는다. 끝없는 수평선이 있을 뿐.

아득히 김 시인이 바닷가를 따라 걷는 게 보인다. 갈매기떼를 만나러 가는가. 갈매기들이 이방인을 피해 조금씩 옮겨가는 게 망원경에 잡힌다. 썰물이라 바

해변에 밀려온 나무가 벌거숭이로 남아 있다.

위는 바다 깊숙이 검은 옷을 입은 채 그 모습을 드러내고 있다. 이 해안에서 원시로 그냥 살아간다면 어떨까 하는 생각이 드는 순간이다.

아침잠에서 깬 늑대 한 쌍이 눈 비비고 물 마시러 왔다가 걸음을 돌린다. 늠름하게 잘 생긴 녀석들이다. 늦잠 자던 애들은 늑대를 놓쳤다고 애통해 한다. 허나 만물이 모두에게 인연이 있는 건 아닌 법. 순하게 돌아서는 야생늑대가 오히려 인간다워 보이는 건 왜일까. 자연의 주인이 이방인에게 떠밀려 제 서식처를 빼앗긴 격이다. 전날은 발자국만 보고 늑대가 있을 것이라 짐작을 하였는데. 탁 교수도 늑대를 보는 것은 처음이라 했다.

주섬주섬 짐을 챙기고 바조 포인트(Bajo Point)와 비노 크릭(Beano Creek)을 향해 출발한다. 어제보다는 좀 더 긴 노정. 각오를 단단히 하고 배낭끈을 조인다. 모랫길과 조약돌길, 자갈돌길과 해초 노적가리길. 물결이 지어놓은 온갖 그림을 감상하며 가는 게 쉽지마는 않다. 이제 더 이상 수다를 떨 만한 여력이 없어 푹푹 빠지는 발자국만 헤아린다. 언제 도착할지 얼마나 더 가야 할지 묻는 이도 없다. 그저 재깔거리는 돌멩이들의 합창에 귀 기울일 뿐.

또 헤아릴 수도 없는 모퉁이를 돌고 남근 모양의 바조 포인트를 보며 다 왔구

인디언 게임으로 내기를 하고 있다.

나 싶어 반가웠다. 그러나 인디언 보호구역
이며 개인소유라 잠시 일별만 하고 야영은
할 수 없단다. 정면에서 본 바조 포인트는
잘 생긴 백옥루 기둥을 닮았다. 보는 각도
에 따라 이리도 달라질 수 있음이 놀랍다.

천막 옆 나무등걸에 자라던 어린 나무.

　숲 속엔 세월의 무게를 감당 못한 나무들
이 가로세로 누워 있고 그 쓰러진 나무들은
새로 떨어진 씨앗의 토양이 되었다. 너싱
트리(Nursing Tree)라던가. 뱃속에 생명을
잉태하고 모든 자양분을 나누어 주는 어미
의 생태를 닮았다. 저축분이 모자라면 제
이(치아)의 칼슘까지 내어놓는 품새가. 특
별히 눈에 띈 것이 죽은 나무등걸을 베고 핀
치킨 인 더 우드(Chicken in the Wood)라는
버섯이다. 나풀거리는 호접(胡蝶)인 양, 한
송이 요염한 양귀비인 양. 그 주황빛이 선
명해 눈길을 거둘 수가 없다. 먹을 수 있으
나 검증이 안 되었으니 시도는 금물이라는
탁 교수 설명에 버섯은 위기를 넘긴다.

'치킨 인 더 우드' 라는 버섯.

　우여곡절 끝에 비노 크릭에 닿았다. 계곡
에서 흐르는 물이 호수같이 고여 있고 바다와 민물 사이에 자갈돌이 제방을 쌓
고 있다. 그 제방에 있는 자갈들이 콩을 닮아서 이곳을 비노라 부르게 되었다
한다.

　뙤약볕에 달구어진 자갈길을 따라 힘들게 왔다. 시원한 맥주 한 잔이 간절한
데 꿈인가 생시인가 맥주 파는 소녀를 만난다. 원시 해변의 소녀가 맥주를 팔
다니……. 이 해변은 본시 개인이 소유하였던 산림지역인데 180에이커에 달하
는 땅을 여섯 가구가 사서 여름 별장으로 개발하였고 벌목회사에 나무를 팔아

해안까지의 비포장도로를 만들었단다. 그림 같은 여름 별장이 숲 속에 자리하고 있다. 예쁜 자갈이 햇볕에 잘 달구어진 바닥에 두 여성은 벌써 찜질방에 온 것처럼 자리 잡고 있다.

아침에 있었던 내기에서 진 탁 교수가 맥주를 사기 위하여 흥정을 하는데 열두 살짜리 맥주 파는 아가씨가 맹랑하기 짝이 없다. 많이 살 터이니 싸게 팔라고 하는데 많이 팔 수 없단다. 그 이유가 특별하다. 오늘 다 팔고 나면 내일 팔 맥주가 없어지고 그러면 내일 맥주 파는 재미를 볼 수 없다는 것이다. 어쨌든 시원한 맥주를 한 잔씩 하고 기분이 한껏 좋아졌다.

천막 칠 자리가 마땅치 않아 교섭을 나갔다. 개인소유인 숲 속 모래사장에 양해를 얻고 천막을 치니 꽤 아늑하다. 식수가 가까워 안성맞춤이다.

저녁을 먹고 모두들 강 건너 화장실 갈 채비를 하는데 "고래다!" 하는 외침이 들린다. 겅중겅중 퍼석퍼석. 마음은 바쁜데 물길은 어찌 그리 더디고 자갈밭은 왜 그다지도 팍팍하던가. 고래는 성난 파도처럼 온 앞바다를 주유하며 물기둥을 뿜어댄다. 큰 몸집은 짐작할 길이 없고 분수만 보다가 긴 잠수 끝에 사라져 버려서 참 허망하다. 늦게 도착해 미처 못 본 대원들은 퍽 서운해 하고. 그러나 이곳에 사는 분들은 고래가 우리들을 위해 특별히 출연해 쇼를 보인 거라며 행운이라 치하한다.

밤에 비가 뿌렸다. 눗카섬에 들어와서 처음으로 만나는 비다. 비는 대지를 적시고 먼 길 떠난 나그네의 마음도 적셔준다.

아침에 일어나 만난 바다는 밤새 지치지도 않았는지 여전히 파도를 밀어내고 있다. 돌아오는 숲길에서 달을 만난다. 집을 떠날 때는 상현달이었는데 지금은 하현달로 기울어 가고 있다. 나뭇가지 사이에 걸려 있는 달을 안는다. 달은 외로운 나그네를 보듬어 주고 감미롭게도 내 가슴에 와 안긴다.

눗카 트레일 마지막이 프렌들리 코브(Friendly Cove)다. 1880년 경 스페인 국왕이 협상용으로 보낸 스테인드글라스를 창문에 장식한 교회건물이 박물관이 되어 있다. 박물관에 들어서면 입구에서 힘차게 비상하는 연어 조각을 만날 수 있고 천정에 닿을 듯한 두 개의 토템폴이 건물 정면을 차지하고 있다. 약탈과

우리를 태우고 나갈 여객선인 M. V. Uchuck.　　　　　　비행기에서 내려다본 프렌들리 코브의 등대.

침략으로부터 영토와 문화를 지켜낸 생생한 기록이 있는 곳일진대 지금은 겨우 두어 가구만 살고 있는 한촌(閑村)일 뿐이다. 우리를 태우고 나갈 유척(M. V. Uchuck)이라는 배가 기다리고 있었다.

이번 4박 5일, 섬을 종단하는 트레일에서 우리는 원시림을 헤맸고 자갈길과 바윗길, 동굴과 절벽을 넘어왔다. 늑대와 곰, 흰머리독수리, 고래와 물개, 해달과 갈매기 떼, 폭포와 수평선을 만났다. 숨어 있던 오랜 삶의 자취와 사라져간 인디언들의 포효를 들었다. 그런가 하면 체력의 한계를 알리는 내 자신의 목소리도 거기 있었다.

눗카 트레일 36km는 살아 숨쉬는 자연이다. 그리던 이상향이 생생하게 펼쳐지는 꿈이다. 문명과 지성의 탈을 벗어던진 열여섯 벌거숭이들의 추억이다.

메아리를 모르는 바다, 불러도 대답할 수 없으니 그는 영원히 고독할지 모른다.

곰도 사람도 자연의 일부로 만나다

─Sentinel Pass에서 만난 불곰

숲 속을 벗어나 평원에 이르러 센타늘 패스가 보이는 곳에 들어섰다.

곰은 집 없이 산에서 산다. 거기서 먹고 자고 안식하니 산이 곧 그들의 집이다. 그 집주인을 만나 데려오고 싶어 찾아 나선다. 그냥 데려올 길이 없으니 총을 들고 간다. 그게 사냥이다. 그런데 총 없이 곰을 만나는 것은 두려움이다. 불곰(Grizzly Bear)은 더 위험하고 그 불곰이 새끼를 가졌다면 죽고 사는 기로에 놓일 수도 있다.

로키 산행에서 곰을 만나는 일은 흔한 일이 아니다. 공원관리들이 늘 관찰하고 있으며 적절한 조치를 취하고 있기 때문이다. 그러나 지난 9월 센티늘 패스(Sentinel Pass · 2,611m)에서 새끼 가진 불곰과 지적에서 만난 일이 있었다. 모두들 놀라기보다는 신기해했는데, 일행 중 한 분인 김 사장은 5m 거리에서 그 어미와 눈이 마주쳤으니, 얼마나 당황했겠는가.

들판을 가로질러 다가오는 불곰 가족

산길 입구에 '6+'라는 안내판이 있다. 6명 이상이 함께 행동하라는 표시다. 이를 어길 시 재판을 받아야 되고 벌금을 물게 된다.

그날 우리 네 사람은 아시니보인(Assiniboine) 가는 길에 김 사장 부인을 위해 루이스 호수 근처에서 두어 곳 산행하기 위해 들렀었다. 새끼 가진 곰이 있어 여섯 사람 이상이 들어가게 되어 있는 곳이다. 산 밑에서 기다려 겨우 여덟 사람이 팀을 만들어 산행에 들어갔다.

몇 년 전만 해도 곰이 있으면 트레일을 닫고 하이커들을 못 들어가게 하던 곳인데, 여섯 사람 이상이면 곰이 먼저 피한다는 연구 결과가 있어 최근 여섯 사람 이상이 되면 산행할 수 있게 된 곳이다.

그날 따라 이 코스에는 하이커들이 많아서 길을 잇다시피 하여 탈 없이 패스가 보이는 평원에 이르렀다. 오른쪽은 이 근처에서 제일 높다는 템플산(Temple · 3,513m)이 있고, 왼편은 해발 3,000m를 능가하는 피너클(Pinnacle · 3,067m), 에펠(Eiffel · 3,084m) 두 산이 버티고 있으며, 돌아보면 모레인 호수를 둘러싸고 있는 10개 봉우리가 들러리를 선 듯 겹겹이 산정을 이루고 있어 경치가 뛰어난 곳이다.

9월 중순이라 이미 산에는 단풍이 들었고, 특히 라치(Larch)라는 낙엽송이 노랗게 계곡을 메우고 있어 여러 번 들른 산길이지만 이번에는 전연 새로운 모습을 보여주고 있다. 숲이 없는 벌판에 이르러 곰이 사는 지역은 이미 지난 곳이라 생각되어 마음을 놓고 있었다.

나는 곰 잡는 사냥꾼이라 곰의 생태를 잘 안다. 산판을 하여 해가 잘 드는 산비탈에 새 풀들이 자라고 있어야 그들의 먹잇감이 된다. 또 가까운 거리에 쉴 수 있는 숲이 있어야 되며, 흐르는 개울물이 있는 곳이면 곰이 사는 지역이다. 영역표시로 떨군 실례를 보고 곰의 크기와 지나간 지 얼마나 되었는가를 짐작할 수 있다.

캐나다에는 곰이 많이 산다. 내가 사는 B.C주는 사냥꾼 한 사람이 1년에 두 마리를 잡을 수 있다. 아내도 라이센스가 있어 우리는 1년에 네 마리까지 잡는다. 그리고 연말에 보고하라는 통지가 오고, 그것이 곰 서식에 관한 자료가 되어 그 수를 관리한다. 곰을 적당히 잡아내지 않으면 많이 불어나서 마을로 내려와 쓰레기를 뒤지며 문제를 일으키기도 한다.

산길은 열려 있고 많은 사람들이 계곡에 들어와 있으니 곰이 나타나리라고는 꿈에도 생각할 수 없는 형편이었다. 그래서 일행을 남겨두고 먼저 산길로 들어서서 산비탈 아래에 앉아 필름을 갈아 끼면서 일행을 살피는데 분위기가 이상하다. 망원경으로 건너다보니 곰이다. 그것도 새끼를 두 마리나 데리고 나타난 가족이다. 등산객들이 몰려 있는 들판 한가운데를 유유히 관통하여 이쪽으로

산길이 시작되는 곳에 라치 단풍이 들기 시작했다. 곰이 사는 곳으로 알려진 숲이다.

오고 있는 것이 아닌가.

이것은 사건이다. 보통 사건이 아니다. 일반적으로 흑곰이라 하고 반달곰의 일종인 블랙베어(Black Bear)는 5월 말쯤에 새끼를 배고 11월에 굴 속으로 들어가 동면을 시작하는데, 1월 동면 중에 새끼를 낳는다. 굴 속에서 새끼를 젖먹이며 기르다가 4월에 데리고 나온다. 보통 한두 마리, 많으면 여섯 마리까지 함께 있는 것을 보기도 한다. 그리고 2년 동안 같이 지내다 독립하는데, 로키의 불곰들은 새끼를 3, 4년 데리고 다닌다고 한다.

새끼 가진 곰은 그 새끼를 보호하려는 본능 때문에 신경이 곤두 서 있다. 어미는 늘 새끼를 살피고 있는데, 어쩌다가 어미와 새끼 사이에 사람이 들어서면 공격을 받게 된다. 로키의 관리들은 곰을 보호하고 등산객의 안전도 생각해야 하는 갈림길에서 늘 고심하는 것을 볼 수 있다.

곰을 만난 등산객들은 꼼짝하지 못하고 제자리에 얼어붙어 있었다. 그런데 김 사장은 배낭을 벗어놓고 바위에 걸터앉아 쉬고 있었다 한다. 갑자기 주위가 조용해졌고 모두들 자기 있는 곳으로 시선이 집중되는 게 이상하여 돌아보다가 5m 거리에 있는 어미곰과 눈이 마주쳤다는 것이다. 바로 뒤에 새끼들이 있어 위험하다고 느꼈으나 어미 곰의 시선이 선하게 느껴졌고 그냥 지나가기에 가만히 있었는데, 일본 등산객 가이드가 그쪽으로 오라는 신호를 보내기에 조용히 걸어가서 여러 사람들이 있는 곳에 합류하여 곰들이 지나가는 것을 지켜보게 됐다고 한다.

자세히 살펴보니 곰 가족들은 이쪽으로 오게 되어 있다. 낭패가 아닐 수 없다. 총도 없이 곰을 만나게 될 모양이다. 서둘러 산

곰 가족이 하이커들 사이로 들어서고 있다.

조망의 즐거움에 사로잡힌 하이커가 몰려 있는 센티늘 패스 위로 곰 가족이 오르고 있다.

쪽 바윗길로 올라섰다. 급히 오르느라 숨도 막히고 도망가는 신세의 그 긴박함이라니. 다행히 어미 곰은 이쪽을 두어 번 살피더니 평원 한가운데로 걸어가기 시작했다.

카메라를 갖다대고 사진을 찍었다. 그런데 어디로 가는 길인가. 계곡은 눈으로 덮여 있어 먹이가 있을 리 없고, 그늘이 없으니 낮잠 잘 자리도 아니다. 게다가 전방은 자갈이 흘러내리는 가파른 언덕이다. 내가 있는 자리는 계곡을 내려다보는 곳이어서 그들의 일거수일투족을 잘 관찰할 수 있었다. 거기서 300mm 줌렌즈로 갈아 끼웠다.

죽은 짐승은 공격하지 않는 신사

곰은 포유동물 중 잡식성인 맹수다. 세계에 넓게 분포되어 서식하나 아프리카와 오스트레일리아에는 살지 않는다. 한국도 예전에는 생존했으나 남획으로 멸종되다시피 했고, 최근에 방사하여 자연에서 살아남을 가능성을 추적하고 있는 모양이다. 곰이 별난 것은 겨울에 먹지 않고 생존할 뿐 아니라, 새끼를 가졌을 때도 체내 영양으로 젖을 먹인다는 점이다. 가을에 곰을 잡으면 온몸을 감고 있는 지방층이 두텁고, 봄에는 날씬하게 지방층이 사라진 것으로 보아 곰의 지방이야말로 세계 최고의 양질 영양덩어리라 할 것이다. 이 기름은 물에 잘 녹아드는 불포화성이요, 피부에 칠하면 쉽게 흡수되는 것이라 머리에 발라 머리털이 난다는 이야기가 있어 한국에서 구하러 온 적도 있었다. 또한 찰과상, 화상 등 피부상처 치유에 특효가 있다.

곰 가족은 유유히 산골짜기로 걸어갔다. 어미 곰이 앞장을 섰고 새끼 두 마리가 그 뒤를 따라 쉬지 않고 간다. 처음에는 들판 마지막쯤에서 돌아오든가, 아니면 그 근처 어디서 쉴 것이라 생각해 보았는데 아니다. 가파른 언덕을 오른다. 그 언덕에는 지그재그로 산길이 나 있고 등산객들이 산길에 있으며 패스 정상에도 많은 사람들이 올라가 있는 상태다. 그런데 그들은 아직 곰들이 패스로 접근하고 있는 것을 모르고 있으니 야단 아닌가.

다급한 김에 아래에 있던 사람들이 소리를 지른다. 하나, 둘, 셋 "헬로!!" 그러나 위에서는 모르는 듯하다. 나중에 안 일이지만 사람들이 소리를 지르기에 산울림을 들으려는가 아니면 눈사태를 일으키려고 그러는가 했다는 것이다.

산길을 따라 올라가던 곰들이 내려오던 하이커들과 마주쳤다. 서로 얼마나 놀랐겠는가. 보지 않아도 선하다. 곰들은 산길을 버리고 산비탈로 오르기 시작했다. 그때에야 감을 잡은 것 같다. 패스 위의 사람들이 움직이기 시작했다. 왼쪽 등성이로 모이는 게 보인다.

곰을 만났을 때 어떻게 하느냐고 묻는 경우가 흔히 있다. 곰은 대개의 경우 사람을 피하지만 공격하는 경우도 있다. 앞서도 말했지만 새끼를 가진 경우와 먹이를 먹고 있을 때 가까이 가면 안 된다. 곰을 만났을 때 눈을 마주치지 말고 침착하게 조용히 물러나야 한다. 곰이 일단 공격하려고 하면 귀를 뒤로 젖히고 등의 털을 세운다. 피할 수 없을 때에는 죽은 시늉을 해야 된다. 곰은 죽은 짐승과는 대결하지 않는 신사다운 면이 있기 때문이다.

사냥을 같이하던 친구가 있었다. 총 없이 곰을 만났다고 한다. 다급한 김에 죽은 시늉을 했는데 곰이 와서 냄새를 맡고 그냥 가더라고 했다. 일어나 보니 바지의 앞도 뒤도 다 젖었더란다. 죽은 체할 때에는 두 손으로 목을 감싸야 한다. 왜냐하면 한 번 콱 물어놓고 갈 때가 있으니 무엇보다 목을 보호해야 하기 때문이다.

산등성이를 오른 곰 가족은 등산객은 아랑곳하지 않고 소리를 질러대는 무리들을 피해서 등성이를 넘어 저쪽 파라다이스(Paradise) 계곡으로 사라졌다. 그쪽에 겨울을 지낼 잠자리가 있는 모양이다. 어미는 이쪽 라치 계곡(Larch Valley)에서 고개를 넘어가는 길을 정확히 알고 있었다. 중간 산길에서 하산하던 한 무리의 팀들은 소동이 일어난 줄 모르고 내려왔다. 곰 가족을 보지 못하였단다.

곰들을 보지 못하고 하산하던 사람들이 필자가 찍은 곰 사진을 보내 달라며 주소를 적고 있다.

사진을 많이 찍었다 하였더니 사진을 얻을 수 있느냐고 하면서 주소를 적어주었다. 모두들 로키에서 야생동물을 보는 데 관심이 많다. 한국사람들은 특히 관심이 더 깊다. 조상이 곰이었다는 신화 때문인가. 곰이 사라진 계곡은 다시 평온을 되찾았고, 등산객들은 주위의 경치에 또 매료되었다.

이 센티늘 패스는 금년에만 두 번 올랐다. 내가 이 고갯마루를 즐겨 오르는 것은 주변의 경치가 빼어나기도 하지만, 고개 너머의 선경이 나를 부르기 때문이다. 그 중에서도 빼놓을 수 없는 것이 정상에서 내려다보는 촛대바위(Grand Sentinel)다. 높이가 120m로 암벽등반하는 꾼들이 꿈에도 그리는 곳인데, 이 바위 정상에 올라 있는 클라이머를 촬영하는 게 또한 나의 꿈이다. 작년에 일본인 팀들과 같이 산행했을 때 꼭대기에 올라 있는 클라이머를 내 카메라에 담을 수 있었는데, 그 귀중한 필름을 카메라와 함께 잃어 버려 오랫동안 밤잠을 설치기도 했다.

암벽꾼들이 꿈에 그리는 그랜드 센티늘 촛대바위.
120m 높이로 5시간쯤 걸려 오를 수 있다.

호수변의 사냥 캠프.

지난 10월 말에 잡은 흑곰, 총든 이가 필자.

겨울이면 크나큰 집 깊숙이 숨어들어

센티늘 패스는 1894년 사무얼 앨랜(Samuel Allen)이라는 사람이 초등했다. 며칠 후 앨런과 윌콕스(Wilcox. L. Frissell) 등 세 사람이 이 패스를 거쳐 해발 3,353m 높이의 템플산(Temple)을 처음으로 올랐다고 한다. 해가 긴 여름이면 이 코스를 통해 템플산을 당일로 오르고 내려오는 사람들도 본다. 이 산은 루이스 호수 주변에서 제일 높고 로키에서 덩치가 제일 큰 산으로 알려져 있다.

곰이 긴 겨울잠을 자는 것은 미스터리에 속한다. 파충류라면 모를까, 포유동물인 곰이 어떻게 체내 지방만으로 연명하고, 또 새끼 젖을 먹이는가. 또 긴 겨울 동안 잠을 자는데도 다리의 기능이 퇴화되지 않고 건강을 유지하는지 그것도 의문에 속하는 부분이다. 밴쿠버의 뒷산 그라우스(Grouse)에 어미를 잃고 고아가 된 불곰 두 마리가 와 있다. 그들의 겨울 잠자리에 카메라를 넣어 겨울잠을 자는 모습을 촬영하며 연구하고 있다고 한다.

곰은 11월 말 눈을 맞으면서 깊은 산 속 그들만의 겨울을 찾아든다. 긴 안식에 들어가는 것이다. 그런데 크나큰 집 깊숙한 곳에 숨어 있는 그들의 골방을 아는 사람은 아무도 없다.

미지의 세계에 목숨을 거는 산꾼

—Conlard Kain Hut과 Eastpost Spire

버가부(Bugaboo)는 몇 해 전부터 손짓해 온 산이다. 그러나 암벽꾼들의 산으로 알려져 있어 우리 같은 하이커가 가는 곳이 아닌 줄 알았다. 포스터를 보니 산을 덮고 있는 빙하며 우뚝 솟은 바위산들이 엄청나 그 산만 바라보아도 넉넉할 것 같아 짐을 꾸리기에 이르렀다.

버가부를 만나러 가는 날은 하늘의 구름도 싱긋거리는 듯했다. 밴쿠버에서 밴프 가는 길 도중 713km 지점에 골든(Golden)이 있다. 밴쿠버에서 하루에 닿을 수 있는 거리다. 로키의 큰 산줄기가 마을을 감싸고 있어 아늑한 느낌을 준다. 골든에서 라디움 온천 쪽으로 80km 거리, 브리스코(Brisco)라는 동리에 이르러 버가부 공원(Bugaboo Park) 사인을 보고 서쪽으로 우회전해 비포장 임도(Logging Road)를 따라간다.

3.5km 지점에서 길이 갈라지는데 왼편으로 마인 힐(Mine Hill) 사인을 보고 직진, 거기서 11.5km에 작은 사거리를 지나 직진, 또 29km에서

버가부 주립공원(Provincial Park) 안내판을 보고 우회전한다. 길이 험해서 그 랬던가, 마지막 7km 거리밖에 안 되는 주차장이 그리도 멀게만 느껴졌다.

어느 여인네가 있어 이리도 눈길을 앗아갈까

가는 도중 산길에 하얀 데이지(Daisy, 국화과) 꽃들이 만발하고 길 한가운데에 잘 생긴 숫사슴도 마중 나와 있었는데, 가도 가도 산길 입구가 나타나지 않아 길을 잘못 들었나 하고 돌아나가려는데 주차장이 나섰다.

버가부에 오르는 길은 고슴도치와의 싸움으로부터 시작한다. 숲 속에 사는 고슴도치들이 차 밑에 있는 타이어나 고무파이프를 씹어놓는다고 한다. 준비해 간 철망으로 자동차를 둘러치고 나니 철가면 쓴 중세 기사 같다. 버려진 철망이 굴러다녀 흉하다.

주차장에서 바라보는 풍치가 벌써 가슴을 설레게 하고도 남는다. 큰 산 계곡을 메우고 산기슭까지 내려온 빙하가 있으며, 바위산 하나가 그 빙하에 둘러싸인 채 우뚝이 자리하고 있다. 목숨을 거는 산꾼이 아니면 가까이 오면 안 된다고 경고하는 듯하다.

주차장, 고슴도치 때문에 차를 철망으로 싸놓아야 한다.

산길 중간쯤에 있는 절벽, 사다리를 타고 올라야 한다.

섬뜩한 절벽을 이룬 이스트포스트 침봉 정상에서 조망을 즐기고 있다.

　처음 산길은 맑은 개울을 따라 평지를 가다가 경사가 시작된다. 경사진 길에 들어서면 주차장에서 보던 빙하가 더 가까이 다가선다. 빙하가 손짓하고 그 빙하 속을 흐르며 소리 지르는 개울물이 산길 오르는 나그네를 외롭지 않게 한다. 아득한 산 위 절벽 밑에 푸른 지붕이 하나 보일락 말락 하니 거기가 오늘 목표인 산장일시 분명하다. 너무 아득해서 혼자 보고 삼킨다.

　산길에는 예쁜 산꽃들이 우리를 반긴다. 일행 네 사람은 앞서거니 뒤서거니 힘든 오르막에서 숨을 고른다. 바위절벽에 사다리가 걸려 있다. 조심조심 무거운 짐을 지고 오르니 짐승이나 다닐 듯한 좁은 바윗길이 시작됐다. 길 안쪽으로는 로프가 매어 있어 잡고 가게 해두었다.

　거기서 문제가 발생했다. 힘겹게 오르던 아내가 어지럽다며 픽 주저앉는다. 연신 혀 밑에 스프레이를 뿌리는 것으로 보아 심각한 상태임이 분명하다. 심장에 이상이 있는 사람은 어지럽고 메스껍거나 하품이 나오면 구급차를 불러야 되는 단계다. 헬기를 불러야 하나? 산을 내려가는 것도 쉬운 일이 아니다. 그렇다고 올라가기는 더 어렵다. 어찌하나…….

　바위에 누워 있는 1시간여 가슴이 조이는 듯했다. 좋아지는 듯하여 잠시 쉬라 이르고 혼자 산길을 올랐다. 푸른 지붕의 산장이 건너다보이는 물가에 배낭을 내려놓고 여러 가지 어지러운 상념에 잠긴다. 산에서 욕심은 금물이라 말해왔다. 그런데 산꾼들은 늘 이 말에 속는다. 산에서 일을 당하기 전에는 욕심이란 말이 실감이 나지 않는 것이다. 아내는 1년 전에 심장 이상으로 수술을 받왔다. 뙤약볕에 7km, 700m를 오르는 산길은 욕심일 수 있었다.

무거운 마음으로 아내를 데리러 산길을 내려가는데 먼저 마중 갔던 해영 씨가 올라오고 이어 아내의 가벼운 음성이 들린다. 위기는 넘긴 모양이다. 그러나 산길은 힘든 오르막길이니 마음을 놓을 수 없다. 쉬며 또 쉬며 오른다. 버가부의 첫날은 걱정 속에 지낸 긴 하루였다. 저녁을 일찍 지어먹고 잠자리에 들었다.

콘래드 케인 산장(Conlard Kain Hut). 해발 2,230m에 위치한다. 큰 암산들이 둘러 있고, 절벽 위 가장자리 절묘한 곳에 돔 형식으로 산장이 지어져 있다. 2층과 3층은 침실이고 아래층은 거실과 주방인데, 수돗물을 자유롭게 쓸 수 있고, 전기는 24시간 발전해서 쓴다. 심산 속에 있는 것으로 이만한 산장이 또 있을까 싶다.

우리 같은 산행꾼들도 있지만 대개가 암벽하는 사람들이다. 유럽에서 온 꾼도 있고 오스트레일리아에서 온 사람도 있다. 장비를 가득 채워 들기도 힘든 큰 배낭을 메고 힘든 산길을 올라온다. 산에 미치지 않으면 안 되는 꾼들

큰 바위산들에 둘러싸인 채 절벽 위 가장자리 절묘한 곳에 지어진 콘래드 케인 산장.

이다.

　높은 산 속의 아침은 일찍 온다. 동편 하늘이 붉어져 장밋빛으로 피어나면 순간마다 새롭게 그려지는 거대한 화폭이 열린다. 그렇게 한참동안 뜸을 들이다가 찬란한 태양이 솟아오르면 산들은 기지개를 켜고 새 날을 맞이한다.

　토끼길 같은 좁은 길이 비탈로 나 있다. 왼편으로는 빙하를 산곡에 달고 있다 하여 스노패치(Snow Patch Mountain)라 부르는 산이 있는데, 그 빙하가 금방 얼음사태를 낼 듯 틈을 벌리고 있는 중이다. 길옆에는 가냘픈 산꽃들이 피어 반기고 빙하에 갇혔던 개울물들이 넓은 세상으로 간다고 노래하며 골짜기로 내닫는다.

　산은 높이 오를수록 숨겨놓은 뒷산들을 내놓는다. 로키의 영봉들이 푸른빛을 띠고 있다. 산장에서 가파른 산길을 오르면 아주 넓은 마당바위가 있는데, 여기가 천막을 치는 애플비 돔 캠프장(Applebee Dome Campground · 2,480m)이다. 화장실이 있고 멀지 않은 곳에 물도 있다. 열린 경치가 가슴을 펴게 한다.

　잘 생긴 바위산 하나가 배경을 이루고 있으니 이스트포스트 침봉(Eastpost Spire · 2,728m)이다. 산 왼편으로 고개가 있다. 어느 여인네가 있어 이리도 눈길을 앗아갈까. 한번 사로잡히니 눈을 뗄 수가 없다. 분명히 힘든 산행인 줄 알면서도 마음은 내닫고자 하는 발길을 붙잡지 못한다. 비경이 숨어 있을지 모르는 산자락을 보고 벅차다 하여 주저앉으면 산꾼이라 할까.

이스트포스트 침봉을 오르는 산길에 있는 바위절벽.

해발 2,480m의 애플비돔 캠프장.
거대한 이스트포스트 침봉(Eastpost Spire · 2,728m) 절벽 아래 있다.

누워 있던 바위가 내려올 때는 벌떡 일어나

아내는 캠프장에 남고 세 사람이 고개를 향해 모래와 자갈로 미끄러운 산길에 들어섰다. 힘들게 오른 고개. 기대했던 비경은 어디 가고 작은 호수 하나 있고 삭막한 모래단지만 내민다. 그렇다면 다음 언덕이 궁금해진다. 하도 바위산이 사나워 엄두를 못 내고 있는데 돌무더기 새에 앉아 점심을 먹던 어수룩한 산꾼 하나가 자기 아들이 정상으로 갔다며 조금만 오르면 좋은 전망대가 있으니 거기 올라 점심을 먹으라 한다. 신비경이 부르는데 예서 멈출 수 없다. 길이 있다면 가는 게다.

바윗길로 들어섰다. 경사진 암벽이다. 크고 작은 바위를 껴안고 넘나들기 30여 분 하고 나니 45도 경사의 아주 널찍한 바윗장이 앞을 가로막는다. 오른쪽은 천길 낭떠러지다. 홈 한 군데 없어 스파이더맨이나 오름 직하다. 엄두가 나지 않아 짬짬이 쳐다보고 있는데, 조금 전에 만난 산꾼의 아들인 듯한 젊은이가 내려온다. 가까이 오기에 물었더니 오를 만하단다. 그에게 부탁해 처음으로 셋이 기념사진을 찍고 신발과 허리끈을 조이고 나서 네 발 거미가 되어 오른다.

애플비돔 캠프장, 바위 테라스에 위치해 조망이 뛰어나다.

이스트포스트 스파이어 마지막 부분을 오르고 있다.

　미끈해 보이던 바위는 주름이 지고 홈을 군데군데 파놓아 어설픈 초보자들을 맞이한다. 다행히 미끄럽지는 않아 간신히 하늘 닿는 선까지 오른다. 바윗날이 20cm 미만이다. 말을 타듯 두 사람이 걸터앉으니 자리가 없다. 게다가 세차게 부는 바람에 숨을 쉴 수 없을 정도다. 금방이라도 종이비행기처럼 휙 불려 날아갈 듯하다. 거기서 내려다보는 캠프장이 아득하다. 알록달록 각양각색의 텐트들이 바위 벌판을 수놓고 있다. 아찔한 현기증에 점심을 먹을 수 없어 내려온다.

　내려오는 게 오르는 것보다 훨씬 겁난다. 누워 있던 바위가 내려올 때 보니 벌떡 일어나 있다. 몸을 바위에 붙이고 뒷걸음을 친다. 같은 경사이련만 눈으로 높이를 목격하지 않으니 두려움이 덜어진다. 연암 박지원이 〈일야구도하기(一夜九渡河記, 중국 여행기)〉에서 '두려움은 외물에서 오는 것이니 눈을 감고 마음을 고요히 하였더니 편안하기가 안방에 있는 듯하였다' 했던 대목이 떠오른다.

　능선 뒤편으로 눈밭이 있고 사람이 지나간 흔적이 보인다. 다른 사람이 올라갔는데 우리라고 오르지 못할까. 조마조마하기는 셋 다 마찬가진데 모두들 두근거리는 가슴을 누르고 호기심을 따른다. 아니 모험을 즐긴다고 보아야 할 듯. 눈밭에 모험가의 발자국이 선명하다. 두 굽이를 돌고 도니 마지막 치닫는 바위산이 버티고 있다. 두 암벽꾼이 거기 있었다. 한 사람은 자일을 잡고 내려

정상을 오르다 쉬고 있는 필자(맨 왼쪽) 일행.

오는 중이고, 한 사람은 마지막 오름을 포기하고 주저앉아 있는 것이란다.

최고봉은 25m쯤 머리 위에 있는데 발 디딜 틈, 손가락 하나 얹을 새도 없어 보인다. 자칫 발이라도 헛디디면 그대로 굴러 흔적도 없어지겠다. 그러나 누군가 올랐다면 분명히 길은 있는 법. 조심스레 살피니 간격이 좀 멀기는 하지만 서너 군데 바위 갈라진 틈이 엿보인다. 내려오던 이가 "오르려느냐?"고 묻는다. "오르겠다." 했더니 "자일을 빌려줄까?" 한다. 자일을 빌리면 누군가 먼저 자일을 가지고 올라야 하고, 또 자일을 지고 험산을 내려가야 한다고 생각하니 그 또한 걱정이라 그냥 올라 보기로 하는데 한 사람이 벌써 절벽에 붙었다. 발과 발의 간격이 예사롭지 않다. 그 다음 사람 발 디딤을 일러주고 나도 오른다. 온 신경이 손끝과 발끝에 집중된다. 언제 이렇게 한 가지 일에 열중했던 적이 있었던가. 처음 데이트 때이던가, 자격시험 볼 때던가.

낑낑대며 오른 정상은 그간의 수고를 다 잊게 해 준다. 하늘을 꿰뚫으며 솟아 있는 바위산 정상에 앉았다. 믿기 어려울 정도로 바람이 잔잔하다. 서너 사람이 앉을 수 있는 아늑한 공간이 있고, 몇 발자국 물러서서 사진을 겨우 찍을 만한 절벽 끝이 있을 뿐이다. 먼저 이른 이가 벌써 'SUMMIT REGISTER'라 쓰인 철상자를 들추고 있다. 안에 모여 있는 작은 메모들은 이곳을 다녀간 이들의 소감을 적은 쪽지들인 듯, 낡은 수첩을 하나 찾은 시인이 그냥 지나칠 수 있을까.

이스트포스트 침봉 정상, 정상에는 등정자 이름을 적어넣는 통이 있다.

짧은 시 한 수를 남기는데

나 여기 왔노라
버가부 산을 만났노라
그리고 세상을 얻었노라.

세 사람의 이름을 적고 '부라보, 코리아!'로 서명했단다. 2,728m의 험하디 험한 바위산 정상에 생애 처음으로 한국인 자취를 남긴 셈이다. 산은 힘들게 오른 만큼 보상해 준다. 우리는 거기서 넓은 세상을 만난다. 빙하를 훑고 찾아온 바람의 숨결을 듣는다.

높은 산을 마주하면 첫사랑처럼 가슴이 설렌다

정상에서 한 발짝 떨어진 곳에 L자 모양의 옥좌가 있는데 등받이까지 있어 안락하기 짝이 없어 보인다. 그러나 30cm 정도 틈이 벌어져 있어 아슬아슬하다. 안전도를 시험한 해영 씨가 건너가 앉아 발을 쭉 뻗어 어미바위에 얹고

천하를 호령하는 재미를 만끽한다. 못 말릴 산녀(山女)다. 거기서 점심을 먹고 산사람 된 보람을 만끽하다가 제법 등이 따뜻해지고 후들거리던 다리가 풀린 듯싶어 하산하기로 한다.

내려가는 길이 훨씬 더 걱정스럽다. 수전 씨는 올라오면서 내려갈 길을 퍽 겁내했다. 그러나 내려갈 때 아무 문제없다는 해영 씨의 호언을 믿고 올라왔었다. 아마 다른 편한 길이 있나 보다고 지레 짐작했던지 오던 길로 되짚어 내려간다고 하니 "또 그리로 가잖아요." 하며 울상을 짓는다. 그러나 올라온 만큼 내려가야 하고, 외길인 경우 아무리 싫어도 그 길에 서야 한다. 열심히 달려온 인생길도 막바지 골목, 죽음 앞에서는 선택의 여지가 없지 않은가.

아슬아슬한 모험에 직면한 이들은 그 죽음과 같은 맞대면에서 느끼는 스릴을 즐기는 것인지도 모른다. 질식할 듯한 공포가 엄습할 때 주저하지 말고 그 고비를 넘어야만 비로소 자유로워진다. 산행이 거듭될수록 체력의 한계는 높아가고 공포의 수치는 낮아짐을 본다.

네 발로 기어 올라간 곳을 해영 씨가 먼저 내려가고 내가 수전 씨의 밑에 서서 발을 받치며 한 발 한 발 조심조심 내려왔다. 다 내려와 큰 숨을 한 번 쉬고 뒤돌아보니 정상은 다시 하늘산으로 돌아가 구름 속에 우뚝하다. 정말 우연한 도전이었다. 기대하지 않은 정상 정복이었다.

하늘을 찌르는 듯한 높은 산을 마주하면 첫사랑처럼 가슴이 설렌다. 두근거리는 가슴을 누르며 기슭에 오르면 산은 한 자락을 내어주고 더 멀찍이 물러선다. 때로는 낯선 바위로 시야를 가리고 깎아지른 절벽으로 담력을 가늠하기도 한다. 그런가 하면 난데없이 폭우와 천둥 번개로 앞을 가로막는다. 여기에서 돌아서는 자는 세상에 흔한 속인이 되고 만다. 그러나 도전하는 자는 조물주가 마련해둔 신비경을 만나게 된다. 아니 진정한 산꾼이 된다.

내 마음 속의 풍경화

—Bugaboo Snowpatch Col

누군가 사람은 미지의 세계에 관심을 가지는 지적인 동물이라 했다. 그런 관심과 충동이 문명을 발달시키고 인류의 역사를 바꾸며 오늘에 이르렀고, 또 그렇게 미래를 열어 갈 것이다. 그 중 하나가 개척자요, 탐험가이리라.

우리가 만나는 산꾼 또한 그런 부류라고 생각된다. 산이 있어 오르는 게 아니라 어떤 산인가 궁금하여 오른다고 해야 될 것이다. 세계의 지붕인 히말라야를 오르거나 로키의 버가부를 오른다 할지라도 스스로의 한계를 극복하고, 때로는 미지의 세계에 목숨을 건다는 것에는 같은 비중으로 견주어 보아야 될 듯싶다.

고갯마루에 올라서는 순간 신비경 펼쳐져

바위산을 오르고 내려왔더니 종아리가 당긴다. 옛 선비의 탁족을 흉내 내본다. 발을 빙하 녹은 물에 담그자마자 발가락에서 뒤통수까지 찌르르 냉기가 올라온다. 피로가 확 풀리는 듯하다. 스멀스멀 늘어나는 산 그림자를 밟으며 산장에 이르렀다.

스노패치 스파이어 산기슭을 따라
눈길을 헤치고 있다.

어둠이 도적처럼 기어들고 서편 하늘에 저녁놀의 무도회가 시작됐다. 여인네의 긴 머리채 같기도 한 구름자락이 길게 늘어지며 산자락을 휘감는다. 연보랏빛으로 변했다가 금방 사라진다. 왜 아름다운 것은 일찍 사라지는가. 아니 수명이 짧기에 그리 비장한 아름다움이런가. 온종일 달구어내지 못한 아쉬움을 접어 서산에 숨긴다.

암벽꾼들이 하나둘씩 올라온다. 제 몸무게보다 더 무거워 보이는 배낭을 바닥에 부려놓는다. 무게를 가늠하느라 들어 보니 겨우 들린다. 아무리 바위 타기가 좋다 해도 저 무거운 걸 메고 바위 산길을 오르다니. 그래도 씩 웃는 입가에 즐거움이 가득하다. 험산을 찾아 도전하는 용기가 놀라울 뿐이다. 그들은 오늘밤 내내 바위틈에 밧줄을 걸어놓고 매달리는 꿈을 꾸겠지.

여기서는 'Bugaboo'를 '버가부'라 발음하는데 한국에는 버가부라 알려진 듯하다. 버가부에 들어온 지 두 번째 날이다. 침낭에 들어 아주 단잠을 자고 새 아침을 맞아 기분이 상쾌하다.

어제는 바위산을 올랐으니 오늘은 설산을 오르기로 했다. 이스트포스트 스파이어(Eastpost Spire)를 가다가 건너다본 눈 덮인 패스는 버가부 스노패치 콜(Bugaboo Snowpatch Col)이라 하여 스노패치 스파이어(Snowpatch Spire · 3,060m)와 버가부 스파이어(Bugaboo Spire · 3,204m) 사이 해발 2,760m 지점에 위치하는 고갯마루다. 8월 염천에 눈이 쌓여 있어 궁금증에 불을 댕긴 것이다. 소나기가 온다는 기상예보가 있었으나 소나기에 겁먹고 기죽을 우리가 아니다.

애플비 돔 캠프장(Applebee Dome Campground · 2,480m)을 건너다보며 왼편으로 꺾어 눈길로 들어섰다. 눈길은 한여름이라 칙칙하고 미끄럽다. 무릎까지 푹푹 빠지기도 한다. 눈비탈이 시작되는 곳에서 새벽 2시에 일어나 버가부를 등정하고 내려온다는 세 젊은이를 만났다. 두 청년은 가뿐한 맨몸이고 아가씨는 가슴과 허리에 주렁주렁 장비를 매달고 있다. 어찌하여 여자에게 모든 짐을 지우고 너희들은 맨몸이냐 물었더니 "저 여자가 가장 힘이 세고, 장비들은 비싼 것들이라 부자인 여자가 장만한 것이며 우리들은 얻어 쓰는 것"이라고 말

눈비탈을 오르는 중에 만난 하산하는 산꾼들.

새벽 2시에 일어나 버가부 스파이어를
등정하고 내려오는 여성 산악인.

하며 비실비실 웃는다.

　그들과 헤어져 우리는 본격적인 눈비탈로 들어섰다. 멀리서 볼 때는 대수롭지 않아 오르고 나면 쉽게 미끄럼을 타고 내려오리라 여겼으나 어림도 없다. 경사가 심해서 바로 서서 오를 수가 없을 정도다. 갈짓자로 눈길을 오르며 새길을 헤쳐가다 보니 반도 오르지 못했는데 1시간 이상 걸렸다.

　가끔 허벅지까지 빠지는 눈에 군데군데 얼음 조각까지 섞여 있어 주룩주룩 미끄러진다. 넘어지면 잡을 것이 없어 마냥 구르며 내려갈 것 같다. 그런데 눈 위에는 바위가 군데군데 머리를 내밀고 있어 부딪히면 큰 부상을 입게 생겼다. 한 손으로 눈 바닥을 짚으면서 한 발 한 발 조심스레 떼어놓는다. 그러나 너무 힘들어 내려온 이들의 발자국을 되짚어 오르기로 한다.

　얼마나 올랐을까. 입을 벌리고 있는 크레바스가 있다. 3m 되는 너비에 30m는 족히 되는 길이다. 주변이 무너질지도 모르나 들여다보고 싶은 충동을 이기지 못하여 가까이 접근해 본다. 끝이 안 보이는 골짜기에 고드름이 성성하다. 서늘한 찬 기운이 확 끼친다. 악마의 입김인가. 천년설의 한 서린 한숨인가. 그 속에 빠지면 헤어나지 못하고 냉동 인간이 될 게다. 수만 년 세월이 지나 지구상의 빙하가 다 녹고 나면 그때에나 하품 물고 깨어나려나.

　크레바스를 조심스럽게 비켜 지나니 본격적인 경사가 시작됐다. 70도 정도 기울어져 있는 것 같다. 눈사태가 나지 않는 게 신기할 정도다. 여기서 미끄러지면 정말 큰일이다. 저 아래 크레바스가 입을 떡 벌리고 있기 때문이다. 아래

고개 사면 중간에 형성되어 있는 크레바스.

고개 정상에 화장실 안내판이 의외롭다.

를 내려다보니 현기증이 난다. 나도 힘들지만 한 사람의 눈길 채비가 부실한 게 걸린다. 순간적으로 위험이 느껴진다. 철수를 할까도 생각해 본다.

아니다. 올라야 한다. 저 너머의 비경이 우리들을 기다리는데 예서 멈출 수는 없다. 능선에 가까울수록 자갈과 모래가 눈 위에 뿌려져 있어 미끄럼이 덜해 훨씬 수월하다. 마지막 구간에서 안간힘을 다해 숨을 몰아쉰다. 눈이 발을 못 붙인 듯 뾰쪽바위와 자갈이 기다리는 능선이다. 두근거리는 가슴을 달래며 오르니 맨 먼저 화장실 안내판이 반긴다. 이 높은 산정에 어느 방문객이 있어 화장실을 마련해 두었을까 의아해 하는 순간 눈앞이 장쾌하게 열린다. 끝없는 설원이다. 어머니 젖가슴같이 봉긋이 솟은 언덕이 누워 있다. 눈을 반사해 건너오는 햇살이 눈 속을 파고들어 눈을 제대로 뜰 수가 없다.

새로운 세계가 눈앞에 전개됐다. 설원 건너편으로 미끈한 화강암 조각상들이 늘어서 있다. 바로 옆엔 천길 낭떠러지의 절벽을 세운 스노패치 스파이어, 오른편으로는 형형한 도깨비 얼굴을 가진 버가부 스파이어, 정면엔 커다란 독수리를 손에 잡고 있는 삼각산, 등 뒤에는 골짜기 저편을 건너 병풍을 두른 듯 늘어선 산들. 이런 신비경을 숨겨 두고 그렇게도 유혹했더란 말인가. 힘들게 눈길을 올라서 만난 경치이기에 더욱 우리를 흥분하게 만들었다.

찬바람 속에서 주먹밥으로 점심을 때우고 주변 정찰에 나선다. 눈 위에 사람이 걸어간 발자국이 있고 단단해 보여 설원을 오르며 사진을 찍었다. 건너다보니 해영 씨가 버가부 스파이어 비탈에 붙었다. 어쩌자고 장비도 없이 바위산을 오르려 하는가. 슬금슬금 오르고 있다. 버가부 중심봉이니 더 가까이 가 보고 싶은 충동을 이기지 못하는 모양이다. 어림도 없을 줄 알았는데 산이 오르라 길을 내어주더란다. 패스에서 440m를 더 오르면 정상이니 그 사이에 4분의 1은 오른 것 같다.

그만 내려오라 소리치고 화장실에 들러본다. 이스트포스트 스파이어를 바라보는 전망대(View point)다. 팔걸이까지 있는 안락의자에 앉아 주위를 조망할 수 있다. 화장실 아래에는 큰 드럼통이 있어 교체하게 되어 있었다. 오물이 차면 헬기로 수송하는 모양이다. 얼마나 많은 사람들이 이곳을 찾기에 여기에 화장실까지 만들어 놓았을까. 놀라울 뿐이다.

양지 바른 곳에 자리를 정하고 잠시 오수에 잠긴다. 누워서 생각해 보니 버가부 포스터를 보고 흥분했던 게 엊그제 같은데 그 배경의 주인공이 되어 있는 느낌이다.

오를 때보다 내려가는 게 더 힘이 든다. 처음에는 엎드려서 뒷걸음을 쳐야 될 정도다. 바로 내려가다가 미끄러져 주저앉으면 사고로 이어질 것 같다. 크레바스를 지나 경사가 완만해지면 미끄럼을 타도 되겠지만 지금은 어림도 없다. 조심, 조심하라 이르고 뒤에서 따라 내려왔다. 다음에 다시 온다면 필히 자일을 가져와야 될 것이라 스스로 다짐한다.

고개 정상 가까이에서 내려다보는 경치.

음유하는 산중 군자 같은 산(山)염소

크레바스를 지나니 마음이 놓인다. 긴장이 풀리는 사이에 미끄러져 넘어지면서 밀려 내려간다. 한참을 내려가다가 두 발로 눈을 밀어 브레이크를 잡고 간신히 멈춰 섰다. 돌아보니 한 사람이 경사가 아직 심한데 미끄럼을 타기 시작한다. 그는 본시 깡다구다. 속도가 붙으며 눈보라가 인다. 어이쿠! 감탄사 한 마디 발하는 사이 어느 새 다 내려와 눈을 턴다. 세 사람은 그렇게 힘들게 오른 눈길을 단숨에 내려왔다.

기분이 좋다. 모두 고개 너머의 궁금증을 해소하고 무사히 하산한 것이다. 해는 중천에 떠 있고 온다던 소나기는 아직 멀리 있는 모양이다. 늘 산장에서 바라보기만 하던 피젼 포크 버가부(Pigeon Fork Bugaboo) 빙하가 또 궁금해진다. 가까이 가서 보고 싶은 충동이 인다. 노루가 먼 산만 보고 뛴다 했던가. 우리도 빙하를 향해 산비탈을 따라 길도 없는 바위언덕을 가로지르기로 했다. 폭포가 있는 절벽 위를 가게 되어 내려서는 것이 걱정되어 한 사람을 첨병으로 먼저 보내고 따라갔다.

큰 바위 밑에 넓은 공간이 있어 들여다본다. 직감적으로 산짐승이 머무는 곳인 듯하다. 제일 먼저 떠오르는 것이 곰이다. 새끼 가진 곰, 생각만 해도 섬뜩

깡다구를 발휘해 설사면을 내려선다.

눈밭에서 발견한 산중 군자.

버가부 스노패치 콜 고갯마루에 올라 바라보는 경치.

하다. 그러나 먹이가 될 풀들이 넉넉지 않는 곳이니 곰은 아니다. 늑대가 사는 집인가. 자세히 살피니 산양이나 염소의 발자국이 보인다. 짐승은 죽어 가죽을 남긴다는데, 살아 있는 짐승은 반드시 발자국을 남기게 되어 있다.

멀지 않은 곳에 있었다. 큰 산염소 한 마리가 눈 위에 서서 건너다본다. 뾰족한 뿔을 가졌지만 순한 눈을 가졌기에 마음이 놓인다. 주위를 둘러보니 바위고 눈이며 땅이란 척박해서 먹이가 되는 풀들이 넉넉하지 않은 곳이다. 쫓기며 사느니 편안한 배고픔이 더 행복했을까. 나물 먹고 물 마시고 팔을 베고 음유하는 산중의 군자 같다.

바위 사이를 넘나들며 빙하에 이르렀다. 칼날같이 선 빙하 조각들이 살아 있는 듯하다. 창을 꼬나 잡고 피전 스파이어(Pigeon Spire)를 감싸고 있다. 저 봉우리를 오르려면 지뢰밭 같은 크레바스들을 통과해야 되리라. 진정 암벽꾼이라면 목숨을 걸고 욕심을 내볼 만하다.

바위 산비탈을 지나 산장에 이르렀다. 이제나 저제나 저쪽 산길만을 바라보며 기다리던 아내가 반갑게 맞이해 준다. 저녁을 먹는 둥 마는 둥하고 침낭에 들어가 깊은 잠에 떨어졌다. 한밤중에 함석지붕을 울리는 소나기 소리를 들은

고행 뒤의 하산 길은 즐겁다.

것 같은데 아침에 일어나니 언제 그랬느냐 싶게 동편 하늘이 붉게 물들어 새 아침을 알린다.

아침을 일찍 지어먹고 하산 준비를 하니 오전 6시다. 내려가는 길이고 한결 가벼워진 배낭과 갈 길을 알고 있는 익숙함이 같은 7km인데도 가깝게 느껴진다. 그러나 처음 오르는 산길에서는 만나는 산이 따로 있고 힘든 굽이굽이에서 희열을 느끼는 것이니 인생도 늘 새롭게 또 역경을 헤쳐가며 살아야 제 맛이 날까 보다. 콧노래를 부르며 내려가는 길목에 꽃들이 수줍게 길손들을 배웅한다. 밤새 소나기에 시달렸으련만 더욱 상큼해진 얼굴들이다.

이번 버가부 산행에서는 바위산을 오르는 모험을 했고 눈밭을 기어올라 설원에서 세상사 찌꺼기도 모두 털어냈다. 수년 동안 궁금증을 더해 주던 버가부는 베일을 벗고 품을 열어 우리들을 맞이했으며, 이제는 내 마음 속에 한 폭의 풍경화로 들어와 있다.

캐나다 서부 해안의 오지 명산 와딩턴

—Nabob Peak와 Mt Jeffely

우리는 지금 와딩턴(Waddington · 4,019m) 산 속에 들어와 있다. 대한산악연맹에서 선발해 보낸 오지탐사대 대학생 남녀 각각 다섯 명과 세 분의 지도위원, 그리고 대장, 나를 합해 15명이다. 와딩턴은 내가 처음 와 보는 산이다. 알래스카 매킨리에서 뻗어 내려오는 산줄기 중 서부 캐나다 해안산맥에서 제일 높은 산이니 그 산세가 만만치 않다.

이런저런 일로 밴쿠버를 늦게 출발해 자동차로 10시간이나 걸려 780km를 단숨에 달려왔다. 윌리암스 호수(Williams Lake)에서 서쪽으로 꺾어져 태틀라 호수(Tatla Lake) 동네를 보면서 산 속으로 들어왔다. 어두워진 비포장도로를 따라 사람이 살 것 같지 않은 무인지경을 지날 때는 길을 잘못 들었나 하고 혼자 걱정을 많이 했다. 블러프(Bluff) 호수변의 헬기 기지를 만났을 때의 그 기쁨이라니. 깊은

오지탐사대원들과 함께(앞줄 오른쪽에서 두 번째 필자).

네어봄 패스에서 바라보는 와딩턴 산군
해발 4,000m 조금 넘는 높이지만 히말라야 설산 못지 않게 빙하가 발달되고, 위협적인 산세를 이루고 있다.

산 속에 대낮같이 불을 밝힌 큰 건물이 있고, 어둠 속에서 헬기들이 그 모습을 드러냈다.

　주변의 산장에서 하룻밤을 보내고 새벽 일찍 일어나 아침을 거른 채 헬기장으로 갔다. 마침 이곳에 산불이 크게 나 그 진화로 헬기가 바쁘게 움직이고 있었는데, 그 틈새를 이용하여 6인승 헬기가 우리를 세 번 실어 네이봅 패스(Nabob Pass)에 데려다 주었다.

헬기회사 사장, 와딩턴 대신 네이봅 패스 등반 권유

　한 달 전 어느 날, 밑도 끝도 없이 해초여행사에서 대산련 탐사대가 캐나다로 온다고 할 때에는 별로 관심이 없었다. 왜냐하면 7월, 로키 산행에 이어서 랍슨산 뒤편의 캠핑, 그리고 버가부(Bugaboo)에 들어갈 계획을 세워놓고 있었기에 틈이 날 것 같지 않았고, 여행사가 끼인 거래는 하기 싫었기 때문이다. 그런데 내가 1년 반 동안이나 글을 보내고 있는 월간 '山' 지의 한필석 기자가 이메일을 보내와 대산련 행사를 도와주기를 청하기에 할 수 없이 다른 스케줄을 미룬 채 이 일에 뛰어들게 됐다.

　처음에는 와딩턴이 어디 있는지도 몰랐다. 지도를 보니 윌리암스 호수와 벨라 쿨라(Bella Coola) 사이에 있는 B.C주 해안산맥 중 가장 높은 산이었다. 서부 캐나다 아웃도어의 프로라 자부하는 본인도 모르는 산이니 오지일 시 분명하고, 해발 4,000m 조금 넘는 정도니 탐사지역으로서는 안성맞춤이라는 생각이 들었다. 나는 베이스캠프에 머물며 주변 산을 탐방하고 사진을 찍을 것이며, 젊은 산꾼들이 정상에 오르는 모습을 망원렌즈로 잡으리라는 설렘과 기대를 안고 계획을 짰다.

　7월 21일, 드디어 일행이 도착했다. 어깨 너머로 들으니 헬기로 2,100m에 착륙해 3,000m지점까지 올라 베이스캠프를 설치하고 정상을 정복한다는 야무진 계획을 세운 모양이다. 운반해야 할 짐이 많아서 헬기로 3,000m에 내리는 게 좋겠다는 이야기를 하기에 "갑자기 3,000m에 내리면 고소적응이 어려운 대원

메모리봉에서 바라본 타이더만 빙하와 와딩턴 산군.

이 생길 수 있지 않겠느냐."고 아는 체했더니 "고소적응이 안 되는 대원은 배낭과 침낭을 챙겨 하산했다가 다시 오르면 된다."는 대답이었다. 그러나 막상 헬기장에 도착해 보니 그게 아니었다. 헬기회사 사장 내외는 첫마디로 "No!" 다. 그 산은 쉽게 오르는 산이 아니란다. 사람도 여럿이 묻혀 있고 비행기도 한 대 빙하에 갇혀 있는, 에베레스트를 오르는 것과 같은 난코스라고 말린다. 우리가 처음 기착하기로 한 2,100m의 레이니 놉(Rainy Knob)은 빙하지대로 거기 내리면 아무것도 할 게 없고, 크레바스가 널려 있어 밤에 화장실 갈 때에도 자일을 하고 가야 한단다.

처음부터 차질이 났다. 쉽게 넘볼 수 없는 산이 와딩턴이었다. 그들에게는 우리가 금방 신병훈련소를 나온 졸병들을 데리고 인천상륙작전을 감행하려는 것처럼 무모하게 보였을 것이다. 그래서 작전계획을 전면 수정하고 들어온 곳이 네이봅 패스(Nabob Pass)다. 여기는 넉넉한 물과 땔감이 있으며, 주위에 오를 산도 있고, 패스 양편 언덕 아래에는 큰 빙하가 있어 쉽게 접근이 가능한 곳이기도 했다.

큰 빙하를 양쪽으로 끼고 있는 고갯마루 언덕에 풀들이 자라고 꽃이 피는 아름다운 평원이 있는 게 신기했다. 보아하니 우리에게는 더없는 명당자리다. 빙

초지에 식수까지 갖추고 있는 네이봅 패스.

하로 치장한 큰 산들이 양옆에 병풍처럼 두른 평지에 천막을 치고 베이스캠프를 설치했다. 대원들은 이미 국내에서 예비훈련을 한 터라 박재홍 리더의 지시에 따라 일사분란하게 움직이는 게 보기에 참 좋았다.

큰 산줄기가 거기에 있었다. 끝없는 산, 빛나는 정상, 수없이 걸려 있는 빙하며 불끈 솟아 있는 청년기의 바위산들이다. 들어온 첫날 점심을 지어먹고 주변 정찰을 하러 산으로 들어섰다. 산은 오르기 전 시작하는 자리가 있고 정상에 올라 내려다보는 곳도 있다. 그 가운데 토막이 산길이다. 그 산길에는 콧노래가 절로 나오는 꽃밭이 있는가 하면, 숨 가빠지는 언덕이 있으며, 눈보라 치는 비탈길도 있다. 때론 길을 잃고 방황한다. 우리는 그런 산길에 산다.

전날 10시간 운전에 지쳐 나는 베이스캠프에서 김영채 위원과 휴식을 취했다. 오후에 대원들은 대장을 위시해 모두들 네이봅 피크(Nabob Peak · 1,984m)에 올랐다. 날씨가 좋아 일행이 빙하로 배경을 이룬 험한 바위산 능선으로 오르는 게 내 망원렌즈에 잡혔다.

와딩턴 산 속에서 첫날밤을 맞았다. 둥근 달이 나뭇가지에 걸려 있고 달빛을 받은 빙하도 고요 속에 잠들었는지 말이 없다. 누구의 허락을 받고 여기에 들어와 천막을 쳤느냐고 묻는 이 없다. 큰 산과 계곡, 넓은 대지는 모두 우리 차지다. 우리가 주인이고 우리 것이나 마찬가지다. 설렘으로 잠을 설쳤다.

추모탑 있어 메모리봉이라 명명

아침에 눈을 뜨니 6시를 가리킨다. 큰 산은 아침 일찍 호수에 들어온다. 그걸 보고 싶어 카메라를 챙기고 호수에 다가갔다. 바람이 시샘을 하여 산은 산산조 각이 난 채 호수에 떠 있다. 그런데 웬 모기가 이렇게 극성인가. 쫓다가 손바닥 으로 잡아 본다. 한 마리 두 마리가 한꺼번에 잡힌다. 죽기 살기로 달려드는 모 기가 권력과 부를 향해 전력 질주하고 있는 사람들 같다.

둘째 날이 되었다. 지도에 나와 있는 제플리(Mt. Jeffely · 2,422m)산에 오르기 로 했다. 이날은 대장만이 베이스캠프에 남고 모든 대원이 옥수수 반 개와 행 동식으로 점심을 준비하고 눈으로 덮여 있는 동쪽 산을 향해 출발했다. 나는 카메라와 물통, 그리고 간단한 간식을 챙겨서 일행보다 먼저 산길에 들어섰다. 산길은 오를수록 산이 달려온다. 저만치에 와딩턴 정상이 철벽 같은 산정과 만 년 빙하를 거느린 채 그 위용을 자랑한다. 거대한 산군이다.

산 중턱에서 산닭을 만났다. 한 마리가 바위 위에 앉아 움직이지 않고 있다. 타미건(Ptarmigan, 뇌조)이라는 종류다. 여름에는 갈색이다가 겨울이 되면 온 털이 하얗게 변하는 예쁜 산닭이다. 가까이 가 보니 병아리가 있는 가족이다.

산길에 들어선 대원들.

계절마다 색을 달리하는 산닭(뇌조).

대원들은 처음 보는 캐나다 산닭들을 신기해했다. 이들은 어찌해 이 높은 산 속에 삶의 터전을 마련했나. 긴 겨울, 길길이 쌓인 눈 속에서 먹이는 어디에서 찾는단 말인가.

모두들 설산 걸을 준비를 단단히 하고 왔건만 나만 아이젠도 없이 눈길을 맞았다. 해발 2,000m라 하나 캐나다 북쪽의 산이다. 빙하도 비탈에 형성되어 있고, 작지만 크레바스도 있다. 다행히 눈 덮인 곳이 있어 그리로 오를 모양이다. 모두들 이중화로 갈아 신고 눈 위에 일렬로 늘어서서 능선을 향해 오르기 시작했다. 나는 눈길을 버리고 오른쪽 바위산으로 방향을 잡았으나 만만치 않다.

한참을 쉬고 나니 의욕이 다시 솟구쳤다. 경사가 있으나 눈길을 걸을 수 있을 것 같은 생각이 들어 앞서간 팀들의 발자국을 찾아 눈길로 들어섰다. 산꾼은 의지 하나로 산다. 그게 죽음과 연결될지라도 그 의지의 줄을 잡는 게 진정한 산꾼이 아니겠는가.

모두 모여서 점심을 먹으며 쉬고 있었다. 물이 떨어져 눈을 녹여서 마시는데, 해발 2,200m의 산정에 얼음 사이로 솟아나는 샘물이 있다. 얼음 녹은 물이라 달다. 하늘이 주는 생명수다. 거기서 모두들 물을 챙기고 정상을 향해 출발했다. 절벽을 오르는 코스가 있을 것 같은데 암벽 탈 장비를 준비하지 않았기에 그쪽은 포기할 수밖에 없다. 김 위원과 나는 정상이 바라보이는 건너편 봉우리, 처음에 내가 오르기로 했던 곳을 향해 눈 덮인 능선을 건너갔다.

2,213m의 정상에 오르니 빙 둘러 산들이 몰려 왔다. 잘 생긴 산들이다. 타이드멘(Tiedemann) 빙하가 환히 내려다보이고, 그 빙하가 또 다른 빙하로 연결되는 곳에 와딩턴이 자리하고 있다. 그 주변에 온통 크고 작은 크레바스가 널려 있는 게 내 망원경에 잡힌다.

그 자리에 의외로 돌무더기 탑이 하나 있었다. 그리고 동판도 있다. 네 사람의 이름이 적혀 있고, 이들이 1960년 7월 와딩턴 정상을 오르다가 브라보(Bravo) 빙하에서 생을 마감했다는 기록이다. 와딩턴과 브라보 빙하가 잘 보이는 곳에 돌들을 모아 탑을 쌓고 동판을 붙여놓았다. 산이 좋아서 산에 들어와 하나밖에 없는 목숨을 빙하에 묻은 이들을 추모하고 우리는 이 봉을 메모리

와딩턴 등반 중 브라보 빙하에서 목숨을 잃은 네 산악인의 추모비 옆에 선 필자(메모리봉).

(Memory)봉이라 이름했다. 사진을 여러 장 찍고 주변 경치를 만끽했다.

제플리 정상에 오른 대원들이 내려올 생각을 하지 않는다. 스스로 대견해 재잘거리고 있을 게 뻔했다. 해가 산쪽으로 많이 다가가 있다. 나 혼자 먼저 내려와 베이스캠프에 남아 있던 대장과 같이 밥을 지어놓고 기다렸다. 어둠이 스멀스멀 기어드는 산들을 바라보며 저녁밥을 맛있게 나누어 먹었다. 그리고 모두들 깊은 잠에 떨어졌다.

무전기에 대고 아무리 외쳐도 대답 없어

26일이 밝았다. 전날 힘든 산행을 했으니 오늘은 늦잠을 자기로 한 모양이다. 느지막이 아침을 지어먹고 오늘 산행을 논의하는데 분위기가 좀 이상했다. 빙하에 들어가 비박하자는 대장과 불가하다고 의견을 모은 세 분의 지도위원, 대원들도 빙하에서 비박할 마음이 없는 모양이다. 나는 산행코스 선정에 관여할 입장이 아니라 멀찌감치 떨어져서 지켜보고 있었다. 이럴 때 대장은 지도위원들의 의견을 받아들여 최종 결정을 내리고 선언하는 분이어야 될 터인데, 대원들과 마주앉아 빙하에 내려가 비박하자고 설득하고 있으니 꼭 노무현 대통령이 일선 검사들과 맞상대하며 "막 가자는 거냐?" 하고 일갈하던 모습 같다.

결국 오늘은 늦었으니 사전 정찰을 다녀오기로 결정한 모양이다. 바로 점심

와딩턴 산군을 마주한 네이봅 패스에 베이스캠프를 구축한 대한산악연맹 청소년 오지탐사대원들.

을 지어먹고 출발했다. 호수 두 개를 지나 빙하가 내려다보이는 언덕에 이르렀다. 서풍이 불어 산불 연기가 계곡에 들어서고 있었으나 거대한 빙하는 아랑곳하지 않고 계곡을 가득 메운 채 비스듬히 누워 있다. 내려가야 할 비탈이 무척 가파르다. 고사목이 듬성듬성 서 있는 사이로 파이어위드(Fireweed) 산꽃이 피어 있는데 길이 있을 리 없다. "여기는 내 길이 아니다."고 선언하고 사진을 몇 장 찍은 후 나는 돌아섰다. 대원들이 "장난이 아닌데, 장난이 아닌데……." 하며 주저하는데도 대장은 앞장서 내려가서 대원들에게 빨리 오라 몸짓하고 있다.

내려가는 길은 이렇게 쉽게 시작되었는데 올라올 때는 그렇게 힘든 길이 될 줄이야.

산중에서 혼자가 됐다. 평원을 건너는데 호수에서 내려오는 개울이 있고 맑은 물 웅덩이가 하나 있었다. 하늘의 선녀가 있다면 틀림없이 여기에 내려와서 목욕을 했을 터. 옷을 홀랑 벗고 웅덩이에 들어갔다. 선녀의 체취가 아직 남아 있는 것을 보면 선녀는 지금 나무 뒤에서 옷을 입고 있는지도 모르겠다. 감싸고 있는 누더기를 벗으면 이렇게도 시원한 것을. 목욕을 하고 나니 날아갈 것 같다.

주위를 살펴보니 빙하 쪽으로 내민 바위산이 하나 보인다. 100m는 족히 올라야 할 자리다. 시간이 많이 있으니 쉬면서 올라갔다. 내려가는 산비탈이 한눈에 들어오고 계곡의 빙하며 가장자리에 칼날 같은 언덕이 이어져 있는 것도 잘 보인다. 그 칼날 언덕 위에 길이 보이니 사람이나 짐승이 다닌 것이 분명하다. 일행은 지금쯤 고사목이 있는 곳을 지나 아래편 띠처럼 줄서 있는 상록수림 지대에 가 있을 것 같다. 거기 가장자리에 절벽이라도 버티고 있으면 안 되는데. 칼날 언덕 위에 사람이 보이면 오늘의 목표가 달성된 것이니 돌아 올라와야 할 것이다. 시간을 보니 오후 3시가 가깝다.

얼마나 지났을까, 어디서 소리치는 음성이 들리는데 산 아래가 아니고 산 중턱이다. 큰소리를 질러 서로의 위치만 확인했을 뿐 무슨 말인지 통 알아들을 수가 없다. 산은 스스로 산의 소리를 들려줄 뿐 사람의 소리는 전달해 주지 않는다. 대원 두 사람이 배낭을 두 개씩 메고 올라오는 게 망원경에 잡혔다. 가슴이 덜컥 내려앉는다.

직감적으로 사고가 났다고 생각했다. 누가 죽었는가? 그러면 단순한 문제가 아니다. 대원들의 리더인 재홍이와 준규가 기진맥진해 내게 와 전하는 소식은 대장이 다리를 다쳤단다. 이들은 베이스캠프에 비상식량과 마실 물, 다른 보급품들을 챙기러 간다고 했다. 내가 가지고 있던 무전기로 헬기 회사를 부르기 시작했다. 공군에 있을 때 항공관제 분야에 근무했었던 게 큰 도움이 됐다.

"May day, May day, This is Nabob Pass, Do you read me over~."

"White Saddle, White Saddle, This is Nabob Pass, Please come in!"

아무리 불러도 대답이 없다. 이 무전기는 아주 작은 포터블로 두 개의 채널이 있는데 하나는 공중에 떠 있는 헬기와 통화가 가능하고, 다른 하나는 기지와 통화할 수 있으나 높은 산에 올라야만 되는 것이라 했다.

베이스캠프로 돌아가는 재홍이편에 나도 여기서 비박할 테니 그 준비를 해오라 부탁했다. 물도 필요했고 저녁도 먹어야 하고 무엇보다 밤을 지낼 내복이 필요했다. 얼마를 기다렸을까. 두 대원은 땀을 뻘뻘 흘리며 보급품을 배달해주고 또 산비탈로 내려갔다. 그때 가져온 워키토키로 사고현장과 통화가 가능해졌다. 환자는 고통을 호소하고 있고 대원들은 들것을 만들어 환자를 운반하려고 한다는 것이다.

그때 잠시 헬기와 본사가 통화하는 게 내 무전기에 들어왔다. 긴급을 알리고 구조를 부탁했는데 내게 수신만 될 뿐 이쪽 전파가 제대로 연결되지 않았다. 산밑에서는 헬기가 오는 것으로 착각하고. 헬기가 숲 속에 있는 환자를 어떻게 실어 올릴지도 문제지만 우선 통화가 되지 않으니 그게 난감했다. 높은 곳에서 통화가 가능한 채널이라면 제플리산을 오르면 될 것 같은데, 그 산정은 아득한 저편에 있고 지금은 어림없는 높은 곳이다.

현장에서 온 소식으로는 들것을 만들어서 환자를 15m 이동하는 데 20분이 걸렸다 한다. 안 되겠다. 야영을 하는 수밖에 없다. 빙하가 아니라 산비탈에서 비박하게 생겼다. 그래서 여자대원들은 장 위원과 함께 철수하고, 남자대원들은 남아 환자와 같이 비박하기로 일단 정하고 나도 바위산에서 밤을 새기로 작정했다.

장하다, 태극용사들답다

비박 준비를 하고 있는데 환자를 데리고 올라간다는 연락이 온다. 배낭 멜빵을 길게 늘여 그 사이에 환자를 넣어서 업고 안전벨트에 자일을 연결해 세 사람이 앞에서 당기고 한 사람은 뒤에서 밀며 올라온다고 한다. 밤을 새더라도 베이스캠프에 도착하기로 작전이 수정됐다는 것이다. 그렇게 된 이상 나도 철수한다고 알리고 배낭을 챙겼다. 이미 날은 어두워지고 배도 고프다. 그러나 힘들여 환자를 옮기는 산비탈의 용사들과는 비교할 수 없다.

계속 통화를 유지하면서 먼저 베이스캠프로 돌아왔다. 그때쯤 산비탈을 거의 올라왔다는 전갈을 받는다. 첫 번째 호수를 지나면서 길을 찾기 어렵다고 연락이 와 여자대원들을 마중 보내고 나는 랜턴을 켜서 산 위로 올라가 베이스캠프의 위치를 알려주었다. 불빛의 무리가 보이기 시작하고 점점 가까이 오는데 대원들은 기가 살아 노래를 부르면서 온다. 드디어 해낸 것이다. 장한 대원들이다. 태극용사들답다.

환자의 다친 다리를 다시 손보고 천막에 눕힌 후 밤참을 먹고 모두들 힘든 하루를 마감했다. 시계가 새벽 2시를 가리키고 있었다. 천막에 누웠으나 잠이 오지 않는다. 환자는 시각을 지체하지 않고 후송해야 하는데 연락은 안 되고 또 환자를 남겨둔 채 산 속의 나머지 일정을 진행하는 것도 불안하다. 그런저런 생각에 뒤척이며 잠을 설치다 어느새 나도 깊은 잠에 빠져들었다.

아침에 일찍 일어났다. 텐트에서 나오니 밤새 굶은 모기떼가 또 달려든다. 서편으로 네이봅 피크에서 뻗어나온 바위산이 있었다. 150m쯤 족히 올라야 될 것 같다. 무전기만 챙기고 산정을 향해 바윗길로 들어섰다. 길이 막히면 돌고 급경사에서 네 발로 기면서 정상에 이르니 오전 7시 반이다. 8시쯤이면 헬기가 뜨기 시작하니 오전 10시까지 기다리면서 기지와 통화를 시도하리라 스스로 다짐하고 무전기를 켰다.

불러도 불러도 대답 없는 이름이다. 야단이다. 이러다가는 29일까지 환자를 산중에 두어야 할지 모르겠다. 발가락이 움직이는 것을 보아 엑스레이로 확인해 뼈를 다시 맞추고 간단히 붕대만 감으면 될 것 같은데 사흘이면 뼈가 어긋난 채로 서로 붙어 버릴 테니 큰일이 아닌가. 베이스캠프가 내려다보인다. 일어난 대원들이 모깃불을 피우고 아침 준비를 하는가 보다.

해는 중천에 뜨고 모기떼는 달려든다. 오전 8시가 지나니 헬기가 뜨는 모양이다. 기지와 헬기가 통화하는 게 잡힌다. 옳지, 이제야 되는가 보다.

"May day, May day, Any helicopter flying over the Wadington, Please come in."

내가 보낸 전파는 허공에서 메아리칠 뿐 응답이 없다. 오전 9시가 지나니 목도 마르고 배도 슬슬 고파온다. 9시 반이다. 내려가고 싶은 생각이 간절하다. 일어서려는데 그때 10시까지 견디기로 한 내 스스로와의 약속이 내 발목을 잡는다. 더 기다려 보

다리를 다친 대장을 태운 헬기가 이륙 준비를 하고 있다.

자. 헬기와 통화가 가능할지도 모르니까. 바위능선을 오가며 화이트 새들 (White Saddle, 기지 call sign)을 불러댔다. 그때 "누가 화이트 새들을 부르고 있느냐?"고 응답이 들어왔다. 아! 된다. 그 넓은 정상 딱 한 곳에서 전파가 정확하게 기지에 날아가 꽂혔던 것이다.

헬기가 바로 떠서 그 헬기는 산 위에 있는 나를 태우고 베이스캠프로 내려왔다. 따라온 간호사가 부목을 다시 하고 환자를 헬기에 태웠다. 그들이 가져온 새틀라이트(Satellite) 전화기로 밴쿠버에 있는 아내에게 병원 일을 부탁하고 서울의 대장 부인과도 통화를 했다.

대장이 다친 것은 불행 중 다행이라고 내 나름대로 결론을 내린다. 만약에 대원 중에 누가 다쳤다고 해 보자. 지도위원들과 대장에게 그 책임이 따라다니는 문제다. 그리고 내가 따라 나가서 환자와 같이 있어야 될 터. 전 일정에 차질이 날 수도 있다. 대장도 자신이 다친 게 훨씬 마음 편할 수도 있을 것이라 생각해 본다. 그리고 대장은 이번 사고로 탐사대에게 산중에서 사고가 났을 때 그 위

눈덮인 설산을 보무당당하게 걸어 오르는 대원들.

기를 극복하는 방법과 구조의 어려움을 몸소 보여준 본보기가 됐으니 이 또한 값진 일일 수도 있겠다.

대장은 나를 따로 불러 본인은 다쳐서 후송되나 전 일정이 차질 없이 진행되기를 특별히 부탁하는 것도 잊지 않았다. 헬기는 일시에 모든 근심과 걱정을 프로펠러에 감고 사뿐히 허공으로 사라졌다. 산 속은 다시 평온을 되찾았다. 대장의 문제는 일단 산 아래로 내려간 셈이다.

떠나오기 전날 밤 와딩턴 산 속의 달은 유난히 밝았다.

그날 밤 와딩턴의 달은 유난히 밝았다. 달은 멀리 있는 게 아니었다. 내가 어릴 적에는 초가지붕 처마 끝에 다가와 있었고, 산 속에서는 나뭇가지에 머물며 지금은 큰 산과 벗하고 있다.

밤이 깊다.

영겁 속에 잠시 존재하는 나는 누구인가

―겨울 Jasper 기차 여행

대륙횡단 열차가 로키 산 속으로 들어서고 있다.

　겨울이 오면 눈 속에 깊이 잠든 로키를 만나러 우리는 열차를 탄다. 겨울은 여름과 달라 로키행 도로에 변수가 많다. 눈이 많이 오면 길을 닫고 눈사태로 길이 막히기도 한다. 눈이 녹다가 갑자기 추워져 블랙 아이스(Black Ice)가 되면 아무리 운전을 조심해도 별수 없어진다. 대륙을 횡단하는 국도라 금방 소금을 뿌리고 제설작업도 하지만, 겨울 운전은 여간 피곤한 게 아니다.

　겨울 기차여행은 무척 낭만적이다. 요람처럼 흔들리는 침대에서 잠을 자고, 식당차에서 맛있는 식사를 서비스 받은 후 커피를 들고 전망칸에 올라 눈 덮인 산야를 바라보는 느긋함이 있다.

　겨울 로키는 눈에 묻혀 깊은 겨울잠을 자다가 산객들의 발걸음에 잠을 깨고 옷을 갈아입기 시작한다. 금방금방 다른 색깔로 몸단장을 바꾸는 것은 변덕이 아니다. 겨울 로키의 천성이다. 눈으로 덮인 겨울산은 해 비치는 방향이나 보는 각도에 따라 모양새가 다르고, 구름에 가려진 산그늘 또한 금방 다른 그림을 그려낸다.

　눈이 시리도록 아름다운 정상을 보라. 가슴이 아려온다. 그러다가 너울로 얼굴을 가리고 금방 구름 속으로 숨어들기도 한다. 꽃이 질 때 향기가 진하다 했던가. 지는 해를 받아 빛나는 정상은 한결 더 아름답다. 그러다가 스르르 잠옷으로 갈아입는다. 그들의 잠옷은 하나같이 회색이다. 그리고 조용히 밤산이 된다.

　로키의 북쪽 자스퍼를 지나는 캐나다 대륙횡단 기차는 밴쿠버에서 오후 늦게 출발한다. 겨울 해가 유난히 짧은 철이라 금방 어두워지고, 시내의 등불이 꽃으로 피어날 때 기차가 움직이기 시작한다. 자리를 잡아놓고 전망칸에 올라가 멀어지는 시내를 바라보다가 잠자리에 든다.

　흔들리는 기차에서 자는 둥 마는 둥 뒤척이다가 눈을 뜨면 이미 기차는 눈 속을 달리고 있다. 아침 식사시간을 알리는 방송을 듣고 식당차를 찾아가면 많은 사람들이 자리를 차지하고 앉아 있다. 왁자지껄 활기가 넘치고, 신선한 커피향이 식당차 안에 가득하다. 식사 중에는 이야기를 하지 않는 것이 우리 문화다. 그런데 서양인들은 식사 때가 되면 시끄러워진다.

구름으로 모습 감춘 랍슨산

　소담하게 눈으로 단장한 나무들과 이제 막 잠에서 깨어난 산들이 기지개 켜는 걸 바라보면서 아침을 든다. 그때쯤이면 로키산맥과 카리부(Kariboo)산맥 사이를 지나게 된다. 이쪽에도 산, 저쪽에도 산들이 늘어서 있다.

　커피를 한 잔 들고 전망칸으로 간다. 계단을 따라 지붕 위로 올라가게 되어 있고, 유리로 덮여 사방을 조망할 수 있는 곳이다. 이쯤에서 캐나다 로키에서 제일 높다는 랍슨산(3,954m)을 본다. 이 산은 연중 12~20일만 그 정상을 보여주는데 바로 오늘이 그 행운의 날이 될지도 모른다는 방송이 나오자 승객들이 출렁거리기 시작한다.

　모두들 카메라를 챙겨 들고 왼편으로 나타날 랍슨산을 기다린다. '혹시나가 역시나' 였다. 오늘도 정상을 구름으로 가리고 있다. 그래도 눈에 덮인 랍슨은 장엄하다. 랍슨산을 지나면서 산들이 가까이 온다. 먼동 틀 때에만 볼 수 있는 푸른 기운을 감은 산들이 그 자태를 뽐내고 있다. 긴 호수가 나타나는데 무스 호수(Moose Lake)다. 가끔 호수 위에 산짐승들이 서 있을 때도 있다. 오른편으로 호수를 끼고 가는데 왼편 산비탈에 엘크 떼가 모여 있는 게 보인다. 모두 숫

놈들이다. 폭풍 전야의 고요라 할까, 아직은 사이좋게 어울리고 있다. 잘 생긴 뿔들을 머리에 달고 있으며, 그 뿔을 나뭇가지에 문지르면서 다듬기도 한다.

그러나 좀 있으면 사나워지기 시작하고, 생사를 건 치열한 싸움철이 될 것이다. 그들은 암놈들이 모여 있는 공터에서 각투(角鬪)를 벌인다. 결국 하나가 져서 도망가고 싸움에서 이긴 최강자가 허공을 향해 소리를 지르면 암컷들이 그의 곁으로 모여든다. 결국 챔피언이 모든 암컷을 차지하는 것이다. 우수한 후손을 얻기 위한 자연의 법칙이다.

어떤 때는 싸우다가 뿔이 서로 엉키는 경우도 있다. 그러면 기진맥진하여 두마리 다 쓰러진다. 그때 사냥꾼이 먼저 보면 그들의 몫이 되는데, 야생동물 관리가 와서 확인해 주어야 된다. 깊은 산중이라면 곰들이 사람보다 먼저 차지하는 경우가 있다. 그런데 금방 늑대들이 피 냄새를 맡고 달려온다. 그러면 곰들과 먹이를 가운데 두고 물고 뜯는 싸움이 시작된다고 한다. 불곰 두 마리가 십여 마리의 늑대와 벌이는 싸움이 있었는데, 두어 시간이나 계속 됐다고 한다. 그 결과가 궁금했는데 무리지어 싸우는 명수인 늑대들이 이기고 먹이는 당연히 승자들의 몫이 되었단다. 그걸 내 비디오카메라에 담을 수 있다면 기가 막힌 명작이 될 것인데, 그런 순간을 만나는 게 어디 쉬운 일인가. 군침이 도는 이야기다.

창조의 질서에 순응한 뒤 자태 드러내는 산들

오전 11시가 지나서야 우리 일행은 자스퍼에 닿는다. 하늘은 맑고 생각보다 춥지 않다. 그렇게 겨울 로키를 만끽할 4박 5일 일정이 시작됐다. 자스퍼는 인구 4,500명의 소도시이지만 조용하고 평화롭다. 초기에는 모피 교역이 활발했으나 지금은 관광 도시이자 대륙 횡단 도로와 철로가 지나는 교통의 요충지이기도 하다. 자스퍼는 밴프와 달리 개발을 억제하고 있어서 훨씬 자연스럽고 신선하게 느껴진다.

이딧 카벨(3,363m)이 남쪽으로 솟아 있고, 피라밋산(2,762m)과 케이블카가 있는 휘슬러산(2,466m) 등이 도시의 배경을 이루고 있다. 밴쿠버 북쪽에 있는 휘슬러산은 2010년 동계 올림픽 개최지이자 세계적인 스키장이라 지금 한참 붐비고 활기에 차 있지만, 자스퍼의 휘슬러산은 케이블카도 멎었고 조용한 겨울산으로 남아 있다.

로키에 들어와 산과 친해지면서 저 산들도 살아 있을 것 같은 생각을 하게 된다. 로키의 깊은 산 속에서 조개의 화석을 볼 수 있으니 높은 산줄기가 아득한 옛날에는 바다 밑바닥이었다는 증거다. 그렇다면 산도 쉬지 않고 움직인다는 결론을 얻을 수 있다. 사람은 태어나 20년 자라고 또 40~50년 동안 살다가 훌쩍 떠나는 존재에 불과하지만, 산은 수억 년 오랜 세월, 참으로 오랜 세월 창조의 질서에 순응하면서 오늘에 이르러 우리 앞에 그 자태를 드러내고 있는 것이 분명하다.

눈 속에 묻힌 겨울 로키에서 우리는 개썰매를 탄다. 밤새 내린 눈이 꽃으로

자스퍼에서 바라본 로키의 산들.

피어나는 산길에서 개들이 끄는 썰매를 타고 있으면 우리는 금방 에스키모인이 된다. 간단한 교육을 받으면 직접 몰아 볼 수도 있다. "워~워" 하면 서고, "하이크, 하이크" 하면 달려간다. 갇혀 있었거나 매어 있던 개들이 썰매를 끌 때가 산야를 마음껏 달리는 시간일 터, 그들에겐 신나는 눈길이다.

눈 깊은 산길에서 개썰매를 타면 금방 에스키모가 된다.

깊은 산중에서 썰매를 세워둔 채 모닥불을 피우고 소시지를 구어 핫도그를 만들어 먹는 맛이 일품이다. 산야는 개들에게 있어서는 잊지 못할 마음의 고향일 것 같다. 우리가 두고온 고향을 그리워하듯 그들도 잠에서 산(山) 꿈을 꿀 것이다.

겨울철에는 로키의 모든 산길이 닫히니 높은 산정에 올라가 넓은 세상을 보려면 스노모빌을 탄다. 일명 스키두(Ski-doo)라고도 하는 기계 썰매는 두 사람을 태우고 경사진 산비탈을 거뜬히 올라간다. 잠시 교육을 받으면 누구나 운전할 수 있다. 처음에는 넓은 호수에서 마음껏 달리고 운전을 익힌 다음 산으로 오른다. 뒤에 앉아 꼭 껴안고 있는 아내의 체온이 전해 온다. 결혼 후 아내가 2시간 동안이나 나를 꼭 안아준 일은 처음인 것 같다. 아내에게 오랫동안 안기고 싶으면 스노모빌을 타면 된다.

다음으로는 겨울 로키를 관통해 보는 것이다. 이때는 기후를 잘 살펴야 한다. 갑자기 눈이 많이 오면 길이 닫히니 여행에 큰 차질이 생길 수도 있다. 금년에는 자스퍼에서 루이스 호수를 다녀왔다. 얼음으로 장식된 아다바스카 폭포를 시작으로 고드름과 눈에 덮인 겨울 로키의 가운데 토막을 보는 것이다.

영화 〈닥터 지바고〉를 촬영했던 콜롬비아 아이스필드에도 잠시 들른다. 거대한 빙원은 찾아오는 손님이 없어 조용하다. 눈이 쌓이고 구름에 덮여 산짐

눈물의 벽 빙폭, 아이스클라이밍하는 산꾼들이 늘 매달려 있다.

승들마저 외면한 빙하는 매년 줄어들기만 하는 빙하의 가장자리를 염려하고 있는지도 모른다.

　콜롬비아 아이스필드를 지나면 자스퍼와 밴프 국립공원의 경계가 되는 선웹타(Sunwapta · 2,035m) 패스다. 내리막길을 조심스레 내려서면 왼편으로 눈물의 벽이 거대한 빙벽이 되어 걸려 있다. 날씨가 좋으면 얼음벽에 꾼들이 붙어 있는 것을 볼 수 있다. 암벽이나 빙벽 타기는 완벽을 요구하는 스포츠다. 한 번의 실수는 바로 생명과 직결되는 것이다. 그 스릴이 꾼들을 유혹하는 것이겠지만.

　높은 산들이 구름에 가려 있다. 구름 위에 햇빛을 받아 반짝이는 정상이 있다. 보아도 보아도 질리지 않는 산정이다. 달리는 차창을 내리고 카메라를 갖다댄다. 이 신비스러운 자태를 카메라가 제대로 잡아낼 것 같지 않다.

겨울바람이 현란한 눈꽃들을 돌보는 겨울 호수

　"저 산 보라.", "이 산 보라." 하다가 버스는 루이스 호수 타운에 들어선다. 여기는 여름이면 우리 산우회원들이 찾아와서 산행하는 곳이라 낯설지 않은 동네다. 눈 쌓인 겨울철이니 이때는 〈닥터 지바고〉에 나오는 기차역 식당에서 점심을 먹어야 제 격일 것. 오래 전에 예약해 놓은 곳으로 찾아간다. 이 건물은 옛날의 모습을 그대로 간직하려고 애쓴 흔적이 역력하다. 벽과 창문은 그대로고 옛날의 몰스 부호 전신기까지 남아 있으나 지붕은 갈았다고 한다. 모두들 〈닥터 지바고〉 영화에 나오는 기차역이 떠오르지 않는 모양이다. 집에 가면 영화를 한 번 더 보겠다고 한다.

운전사까지 불러들여 별실에서 식사를 하는데 그 운전사가 또 산꾼이다. 산이 좋아 로키에 머물러 직장을 잡았다고 한다. 산행 이야기가 끝이 없다. 세계 10대 절경이라는 루이스 호수의 겨울은 어떤 모습일까. 오하라 호수 쪽에서 빅토리아 산을 넘어오는 겨울바람이 현란한 눈꽃들을 돌보는 겨울 호수다. 옥색 물빛을 자랑하던 호수는 얼음과 눈으로 덮여 있다.

매년 1월 중순이면 루이스 호수에서는 얼음조각전이 열린다. 마침 그날이 작품들이 완성된 날이라 완벽한 얼음 작품들을 볼 수 있었다. 호수 위에는 예년과 마찬가지로 얼음성(城)이 만들어져 사람들이 들락거렸다. 호수를 가로지르기로 했다. 이 호수는 길이 2.4km이고, 폭 500m, 깊이 90m나 된다. 해발 1,731m에 위치한다.

▲ 닥터 지바고를 촬영한 레이크루이스 타운의 열차역.
   루이스 호수를 가로지르는 관광객들, 세계 10대 절경으로 손꼽힌다.
   루이스 호수의 얼음조각 전시장.

개미떼가 줄을 이루듯 사람들도 호수 위에서 일렬로 서서 호수 끝까지 나들이를 했다. 호수 저편에 산들은 구름에 가려 있고, 큰 얼음기둥 하나가 산비탈에 걸려 있는 것 외에 별다른 경치는 없으나 모두들 호수를 가로지른다는 것에 상징적인 의미를 두는 듯했다.

눈이 뿌리기 시작했다. 눈이 많이 올 것이라는 예보에 서둘러 호수를 떠났다. 캐나다의 겨울 해는 무척 짧다. 로키라고 예외가 아니다. 산들은 일찍 화장을 지우고 잠자리에 들었다. 막 잠든 산들이 잠을 깰세라 미끄러운 산 속 길을 조심스럽게 달려 호텔로 돌아왔다.

자스퍼 파크 랏지는 별 네 개 반 등급의 최고 시설을 가진 호텔이다. 뜨끈하게 데워진 야외 수영장과 핫탑, 증기사우나에서 하루 여행의 피로를 풀고 산들을 바라보면서 우리도 편안히 잠들었다.

떠나오는 날 아침, 평생에 한 번은 꼭 보아야 한다는 말린 고드름 계곡을 들어간다. 아득한 옛날, 이 아름다운 계곡은 땅 속의 지하 동굴이었다고 한다. 동굴로 물이 흘러서 지하 조각을 만들었고 그 깊이를 더해 갔는데, 화산이 터지면서 산사태가 나 지표를 걷어내고 지금의 계곡으로 탈바꿈됐다는 것이다.

얼어붙은 호수에서 어른과 더불어 하키를 즐기는 어린이들. 어릴 때부터 하키를 한다.

자스퍼 파크 랏지의 야외 수영장.

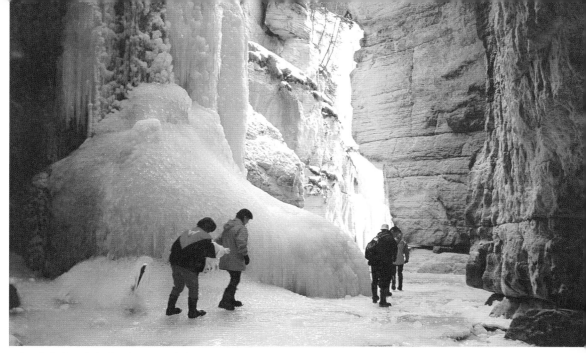
자스퍼에 있는 말린 계곡의 고드름 장관.

여름이면 물줄기가 거세게 흘러 위에서 내려다볼 수밖에 없다. 그러나 겨울이 되면 그 수원이 되는 메디신 호수가 말라 물이 계곡으로 들어오지 않는다. 12월이 되어 영하 30℃ 강추위가 일주일쯤 계속되면 바닥에 남아 있던 물들이 두껍게 얼어 사람들이 그 계곡 속으로 걸어 들어갈 수 있다. 산비탈에서 흘러내리는 물이 얼고 또 얼어 큰 얼음 기둥이 되어 있고, 아득한 옛날부터 물의 힘으로 깎인 바위가 지난 세월을 말해 주고 있다.

천문학으로 접근하면 영원성이라는 창조주의 섭리가 금방 가슴에 와 닿는다. 1초에 지구를 일곱 바퀴 반 돈다는 빛이 1년, 2년이 아니라 160억 년이나 걸리는 거리에 있는 별을 찾았다고 하는데, 그것도 끝이 아니라는 무한대, 거기에서 우리는 신의 영역을 본다. 로키에 가서 수십억 년 전의 화석을 대할 때 겸허해진다. 그 영겁의 세월 속에 잠시 존재하는 나는 누구인가 하는 질문을 스스로 해 보게 된다.

세계 최대 스키 리조트 휘슬러

—Whistler와 Blackcomb

운동 삼으로 둘러싸인 블랙콤 스키장 정상.
휘슬러 스키장과 마주보고 있다.

눈이 내리기 시작하면 깊은 산 나뭇가지마다 눈꽃이 피어난다. 산새들마저 떠난 겨울 산역에서 태고의 속삭임에 마음 열리고 길을 찾는 사슴들의 발걸음을 눈 위에서 읽는다. 산은 새 봄에 꽃 피울 산초들을 다독이며 땅 속 깊이 숨어든 다람쥐들을 보듬어 안고 겨울을 사색한다. 그 다람쥐들이 지르는 소리 때문에 이름을 바꾼 산이 있다. 바로 휘슬러(Whistler · 2,182m)이다.

산만 휘슬러가 아니라 마을도 휘슬러라 부르게 됐고, 세계적인 스키타운이 됐다. 산이 높고 아름다워 처음에는 런던(London)으로 불렸으나, 이 산에 사는 웨스턴 헤어리 마모트(Western Hairy Marmot)라는 땅굴다람쥐들이 요란하게 휘파람(Whistle)을 불어대는 바람에 그런 이름을 얻었다.

겨울이 되면 다람쥐들의 휘파람은 땅 속으로 잦아들고 엄청난 눈이 그 위를 덮는다. 휘슬러 산정을 오르면 바로 로키의 산들이 겹겹이 이어진다. 거기에도 좋은 고개가 있고 산길이 있다.

휘슬러의 역사는 1900년대 초로 거슬러 올라간다. 마이틀(Myrtle)과 알렉스(Alex)라는 처녀총각이 만나 사랑을 나누며 1910년 결혼하게 된다. 지금의 알타(Alta) 호수 북서쪽에 있는 10에이커의 땅을 그때 돈 700달러에 사서 방 4개짜리 낚시 민박(Fishing Lodge)을 지었던 것이 휘슬러의 시작이다. 그때의 랏지가 지금도 남아 있다.

이곳의 스키 역사는 오랜 세월이 지난 1960년에 와서야 시작되는데, 딕 페어허스트(Dick Fairhust)라는 사람이 8기통 포드 엔진으로 450피트의 로프 토(Rope Tow)를 운행한 것이 효시다. 1966년에 본격적인 스키장이 개설됐고, 1980년에 이르러 마주 보이는 블랙콤(Blackcomb · 2,440m)에 스키장이 하나 더 만들어져 명실공히 세계적인 스키타운이 된 것이다. 양쪽 산에는 12km나 되는 주행 코스가 있고, 짧은 코스도 많이 있다.

지금 B.C주는 2010년 동계 올림픽 준비에 여념이 없다. 길을 넓히는 일과 더 많은 스키 슬로프와 곤돌라, 숙박시설 건설에 박차를 가하고 있다.

밴쿠버 시내에서 휘슬러까지는 120km, 2시간쯤 걸린다. 가는 길에도 볼거리들이 많다. 시내를 벗어나면 섬으로 가는 페리 터미널이 있는 호슈베이로부터

휘슬러 스키장 리프트터미널, 사방으로 눈을 하얗게 인   블랙콤 정상, 오른쪽이 여름에도 스키를 타는 빙하다.
로키산맥의 산봉들이 펼쳐진다.

'바람의 여인' 이라는 뜻을 가진 스쿼미시까지 '바다에서 하늘로' 라는 별명을 가진 44km의 드라이브 코스가 있다. 공식적으로는 하이웨이 99에 속해 있는데, 한쪽은 산, 다른 쪽은 바다. 깎아지른 절벽 밑을 지나기도 하고 산 중턱에서 떨어지는 폭포도 본다.

휘슬러로 가는 길에 특별한 볼거리가 하나 있는데, 세계적인 암벽으로 알려진 스타와무스(Stawamus Chief)라는 화강암 바위산이다. 세계에서 두 번째로 크다는 암벽으로, 280개의 암벽코스가 있어서 세계의 암벽꾼들이 동경하는 바위산이다. 날씨 좋은 주말이면 아득한 바위에 클라이머들이 붙어 있는 것을 쉽게 볼 수 있다. 그 정상을 오르는 산길이 뒤편으로 나 있어 많은 산꾼들이 오른다.

인구 15,000명의 스쿼미시를 지나 바로 만나게 되는 브래큰데일(Brackendale)은 겨울철에 미국 국조(國鳥) 흰머리독수리 수천 마리가 모여들어 겨울을 난다. 연말연시면 많은 사람들이 이 독수리들을 보기 위해 몰린다.

용평스키장 20배의 세계적인 스키장

스쿼미시를 지나면 산 사이로 난 길을 따라가게 된다. 산에 이끌리고 눈경치에 취하면서 한 시간쯤 달리면 휘슬러에 닿는다. 휘슬러가 세계적인 스키타운이 된 것은 그 규모에 있다. 스키장 넓이가 7,071에이커로, 우리 계산으로 850만 평(약 28,614.9㎢)이나 된다. 용평스키장의 20배나 되니 한국에 있는 스키장을 다 합친 것보다 크다. 3개의 곤돌라를 포함하여 리프트가 33개로 매 시간

용평스키장의 20배 규모인 세계적인 스키리조트인 휘슬러,
그러나 낚시꾼을 위한 민박어 들어선 것이 시초다.

눈 덮인 휘슬러를 오르는 하이커들.

휘슬러 가는 길에 있는 스타와무스 바위산,
280개의 등반루트가 있는 대암벽이다.

60,000명의 스키어들을 실어 나를 수 있는 시설을 자랑한다.

9m가 넘는 연중 적설량에 200개나 되는 길고 짧은 슬로프가 있어 서로 만났다가 헤어지고 또 만나게 된다. 다양한 코스 외에도 정상에서부터 아래까지 초보자를 위한 안전한 슬로프가 계속 이어져 있어 어디서나 다 같이 함께 즐기게 되어 있다.

여름에 산우회원들과 함께 휘슬러에 올라 보았으나 겨울철은 어떤가 싶어 1월 16일 눈 쌓인 정상을 찾아가 보았다. 스키를 신지 않으면 정상까지 갈 수 없으니 부득불 먼지 쌓인 장비를 털어 차에 싣고 휘슬러로 달려갔다. 처음에는 곤돌라를 타고 올라가다 리프트를 여러 번 갈아타고 마지막으로 '제7 천국급행(The 7th Heaven Express)' 리프트를 타면 블랙콤 스키장 정상에 이른다. 2,284m까지 올라온 것이다. 바로 옆에 2,440m의 블랙콤이 있다.

남쪽은 바람이 세게 불어 눈들을 날려 버려 검은 바위를 드러내고 있고, 북쪽은 빙하지대로 한여름에도 스키를 탈 수 있다. 열린 경치가 장관이다. 이걸 어찌 내 카메라에 다 담을 수 있을까. 건너편에 휘슬러 스키장이 있고, 더 멀리로는 이 근처에서 가장 아름다운 블랙 터스크(Black Tusk) 검은 바위산이 보인다. 이리 보아도 산, 저리 보아도 눈에 덮인 산이다. 여기서 바라보면 지난주에 올라가려다 뜻을 이루지 못한 싱잉 패스(Singing Pass)도 바로 건너에 있다.

날씨가 그리 좋지 않았으나 사진을 여러 장 찍고

햄버거를 하나 사먹고 에너지를 축적한 후 내려올 준비를 한다. 그런데 아득하다. 큰일이다. 슬로프가 12km나 되니 나 같은 만년 초보자는 온종일 걸리는 거리다. 시계 바늘이 오후 2시를 가리키니 시간이 없다. 나에게 스키는 즐기는 것이 아니라 고역이다. 다리 힘으로 스키를 타니 온몸이 뒤틀리는 기분이다. 한시간을 내려오니 다행히 하행 리프트가 있다. 두 번 갈아타고서 겨우 하산하는 데 성공했다.

낮이 긴 여름날이면 우리 산행팀들은 휘슬러를 오른다. 정상이 2,182m이니 대단한 등정인 것 같으나 곤돌라를 타고 1,850m까지 오른 다음 산행을 하게 되니 하루에 다녀올 수 있다. 곤돌라에서 내리면 가슴이 열리면서도 숨이 막히는 경치 속에 이미 들어와 있다. 또 여기에는 북미에서 제일 크다는 식당이 있어 여름이면 관광객들로 붐빈다.

바위산 휘슬러를 오른다. 이른 여름철에는 눈이 그대로 있어 눈밭을 걸어야 한다. 2시간쯤이면 정상에 이른다. 산 속의 산. 나는 어디로 가고 산만이 거기 있다.

산이 말한다. 여기가 휘슬러 정상이라고. 360도 전방위가 산이다.

병 덕분에 누린 '천산만리(千山萬里)산행' 호사

우리는 왜 힘들게 산을 오르는가. 나는 힘든 산행 후에 만나는 그 정상이 있어 산에 오른다. 큰 산이든 작은 산이든 정상은 있게 마련이다. 그러나 그 정상까지 오르기에는 힘든 산이 있고 오르지 못하는 산도 있다. 이때에는 내가 최선을 다하는 것으로 정상을 대신하는 수밖에 없다.

나에게는 산길에서 특별히 정을 나누는 분이 있다. 유병옥 시인이다. 지난해에 고희를 맞아 산에서 얻은 주옥 같은 시를 모은 시집 『산은 산 따라 흘러도』가 문학마을사에서 상재(上梓)됐다. '내가 산에 가는 것은' 이라는 그분의 글이 신문에 발표된 바 있어 이 글을 독자들과 함께 나누고자 여기에 소개한다.

휘슬러를 산행하는 하이커들, 곤돌라를 타고 해발 1,850m 지점까지 오른 다음 2시간 정도 걸어서 오르면 정상에 닿는다.

"산이 멀리 바라보이는 바닷가에 나와 살아온 지도 스무 해가 넘었다. 해가 돋아 오르는 동녘의 산경들이 장엄하지만 1시간도 더 걸리는 드라이브와 산길이 어떻게 나 있는지조차 모르는 낯설음이 길을 막았다. 그러던 차에 산을 찾게 된 것은 심장병 진단을 받으면서다. 그런 지가 벌써 15년 전, 송이가 나는 가을철이라든가 탐석(探石)하러 가는 정도의 운동에 불과했다.

나의 본격적인 산행은 2월 어느 날 해발 1,000m가 훨씬 넘는 사이프러스산에서 시작됐다. 겨울 산경은 얼음 나무 숲. 햇살이 비쳐들면 유리 궁전 같은 산길이 눈부셨다. 산 높이를 더해 갈수록 많이도 숨 가빠 했었다. 한 발짝만 벗어나도 눈 속에 허벅지까지 빠지는 힘겨운 등산에 양말과 바지가 온통 젖어 버려 질퍽거리는 신을 신은 채 돌아왔다. 아무것도 모르고 등산길에 나선 것이 잘못이었지만, 그날 나는 산을 안고 내려왔다. 금요일부터 설레는 토요산행이 이때부터 시작됐다. 집에 와서 물 한 컵 마시고 잠에 떨어졌다.

다음날 일어났을 때의 가벼움이란―. 전날 겪었던 추위와 고초로 감기에 걸릴 줄 알았는데 거뜬한 것이 오히려 놀라웠다. 덕택에 천산(千山)을 밟아 보며 만리(萬里)를 걸었다. 병 때문에 누려 본 호사다. 내가 토요산행을 시작하자 주변 사람들은 극구 만류했다. 그 상태로 등산한다는 것은 무모한 모험일 뿐 아니라 오히려 건강이 위험하다는 것이다.

하지만 속 끓이며 집에 주저앉은 안정은 안정이 아니라고 생각했다. 생기 잃은 안정으로는 힘을 얻을 수 없지 않은가. 그래서 다음 토요일에도, 그 다음 토요일에도 산행을 이어갔다. 이때 도움을 준 분이 박 회장이다. 늘 내 곁에 머물러 내 발걸음에 맞추어 걸었으니, 곰을 사냥하는 그분은 얼마나 답답했을까. 고마움이 다시 인다.

산사람들이라고 다 그런 것은 아니라고 생각하나, 세상에서 진 빚을 산바람에 씻어 보내면 고달픈 마음에서 벗어나게 된다. 그 후련한 맛을 느껴 본 사람은 산이 무겁지 않다. 혼자 걷는 산길일수록 호젓한 고향의 품에 다가서는 듯한 포근함을 느끼게 된다. 마음에 빛이 도는 가벼움이다. 이런 느낌이 어디에서 오는 것인지 알 수 없지만, 그것은 산이 지니고 있는 신비다. 어쩌면 뛰어난 산경에 매료되어서 그런 것인지, 아니면 크게 자란 나무 숲이 베푸는 향연인지, 알 수 없는 힘을 느낀다.

산에 오르면 몸을 건강하게 단련할 수 있다는 운동론적인 등산가들도 있지만, 그보다도 더 중요한 것은 마음의 변화다. 명상 요법에서 말하듯 해로운 감정을 멀리 보내고 기쁜 마음을 끌어들이면 마음에 활력이 돈다고 하는데, 산길에 서면 명상을 따로 하지 않아도 세상 고달픔을 지워나가게 된다. 본디 제 마음이 돌아오는 것이다. '상한 마음이 아닌 제 마음', 그래야 살맛이 나고. 그래야 편안하고 기쁨이 되고 즐거움이 되는 것이 아니겠는가.

적당하게 등산을 하면서 제 마음을 찾을 때 건강은 회복되고 질병은 물러간다는 것을 알게 되기까지 많은 세월이 걸렸다. 주어진 수명을 다하기 위하여 나서는 산길에서 자유로워진 나를 만날 때 느끼는 평안. 산을 모르고 살아간다면 얼마나 답답했을까. 밴쿠버에 살면서 산을 모르고 살아온 세월이 아쉽다. 나에게서 떠나 보는 오름이 좋아 산에 가는 이도 있고, 산에 끌리어 가는 사람도 있고, 영적인 맑음을 찾아 오르는 이, 생기 있는 숨을 쉬러 가는 이도 있겠지만, 산에 오르다 보면 자연이 베푸는 보이지 않는 힘이 우리들의 영혼을 씻어준다는 것을 알게 된다.

산에 가는 기쁨은 부부가 함께할 때 더 효과적이다. 가정의 평화와 행복의 열쇠를 같이 쥐고 있기 때문이다. 아무리 등산이 좋은 일이어도 어느 한쪽이 찌푸리고 있다면 좋았던 마음을 얼마나 간직할 수 있겠는가. 그래서 산에 갈 때마다 부부가 꼭 같이 가야 한다. 그리하면 산에서 얻은 밝은 마음을 그 다음 산에 갈 때까지 조금이나마 간직할 수 있다. 그래야 건강도 지켜나갈 수 있는 것이라고 믿는다.

봄이 오기 전에 봄을 만나고, 가을이 오기 전에 가을을 만나고, 겨울이 오기도 전에 겨울을 본다는 것은 새로움이다. 1주일에 단 하루만이라도 새로운 날이 있다는 것은 얼마나 좋은가. 우리가 살아가는 세상에서 맛볼 수 없는 새로운 날이 산에 있다. 낯선 땅에 와서 낯설음에서 벗어나게 되면 힘이 도는 마음이 되어 온다는 것을 산새들의 울음으로 전해 듣는다. 마음 깊이 산을 고마워하는 사람들 사이에 서서 우리가 산다."

금단의 겨울 로키 그리며 오르는 밴쿠버 뒷산
—Dam Mountain

로키의 큰 산들은 겨울에 안식한다. 길길이 쌓인 눈을 덮어쓰고 깊은 겨울잠에 빠진다. 모진 산바람, 산새들 몰아내고 잘 생긴 큰 사슴들도 산 아래로 내려보낸다. 산은 아무도 접근하지 못하는 하늘산으로 남겨 미지의 세계에 머물게 한다. 물론 산길도 닫히고 법적으로 전면 통제된다. 가고 싶어도 갈 수 없는 곳으로 변하는 것이다.

산 스스로도 가까이 오면 안 된다고 경고한다. 그게 바로 눈사태다. 그 자연의 몸짓을 거역하면 안 된다. 지난 겨울 헬리스키하던 젊은이들이 눈사태에 묻히고 한 달 안에 두 번이나 7명씩 목숨을 잃었다. 그래도 서양인들은 도전정신이 강해 사고로 친구를 잃고 병원에 입원했던 사람도 퇴원해 다시 그 산을 찾아가기도 한다. 죽음을 두려워하지 않는 용감한 사람들이다. 그러나 자연에 순응하지 않으면 화를 입는 것이 자연의 이치다.

산중에 길을 내고 시끄럽게 다니며 산들의 겨울잠을 깨우니 산은 눈사태로 차를 덮치고 길을 막는다. 그래서 대포를 쏴서 인공적으로 눈사태를 만들어 사고를 미연에 방지하고 있다. 로키 가는 길옆에 포대 자리가 있는 것은 바로 그 때문이다.

푸른 초원과 호수, 그리고 하얀 산이 어우러진 밴쿠버 근교.

밴쿠버는 한겨울에도 노을에 물들면서 환상적인 분위기를 자아내는 로키의 아름다움을 만끽할 수 있는 곳이다.

로키 산행 열망에 7월을 기다리는 이들

1975년에 캐나다로 건너왔다. 낯선 땅에서 자리를 잡으며 정신없이 살다가 20여 년이라는 세월이 지나고 나서야 우연히 산을 만나게 됐다. 주말이면 산을 찾아가고 봄가을에는 산 속에 들어가 짐승들을 쫓아다니며 산과 친하게 됐다. 산이 좋아 산 속을 헤매다가 1997년 산행단체를 하나 만들었다. '밴쿠버한인 산우회' 라 이름하고 눈이 오나 비가 오나 매주 토요일 산행을 해 오고 있다.

그러면서 연례행사처럼 로키에 간다. 우리의 로키 산행은 암벽을 하는 것도 아니요, 며칠씩 산을 타면서 강행군을 하는 것도 아니다. 호스텔에 머물며 밥을 해 먹고 샌드위치를 만들어 당일 산행으로 3개 코스를 돌고 온다. 그곳은 겉 핥기만으로도 가슴이 열리는 곳인데, 큰 산에서 받은 산기운이란 대단하다. 때로는 울먹이게 하고 인생관을 새롭게 바꿔주기도 하는 큰 힘이 있다. 매년 로키 산행을 하지 않으면 일이 손에 잡히지 않는 이도 있어 늘 7월을 기다린다.

처음에 만든 산우회는 매주 토요일에 모이는데 베테랑들이 되어 새로 산을 시작하는 사람들과는 어울리기 어렵게 됐다. 그래서 최근에 하나 더 만든 것이 '수요산우회'다. 그들도 반 년쯤 지나니 모두들 몰라보게 좋아졌다. 그래서 금년 여름 로키를 가고 싶은 팀이 하나 더 생긴 것이다.

우리가 계획하는 하루 산행은 왕복 20km가 상한선이다. 금년에는 자스퍼 국립공원 옆에 있는 로키에서 제일 높은 랍슨산 뒤편으로 들어가려고 한다. 왕복 44km나 되니 하룻길로는 불가능해 헬리콥터를 타고 들어가 22km를 걸어 나올 계획이다.

밴쿠버 주변에도 좋은 산길이 많이 있다. 시내 중심가에서 30분만 드라이브하면 스키장이 3개나 된다. 일단 차나 케이블카로 해발 1,000m 정도 올라가면 스키장에서 시작하는 좋은 산길을 만난다. 산 아래는 꽃이 피기 시작하고 산 중턱에서는 비가 오지만, 산 위에는 눈이 내리는 별천지로 들어서는 것이다.

B.C주는 한반도의 4배가 넘는 땅에 인구는 고작 400만이다. 거의가 산으로 이루어져 있고, 밴쿠버는 위도 49도가 지나지만 따뜻한 바닷물의 영향으로 겨울이 춥지 않다. 비가 오지 않는다면 겨울에도 골프를 칠 수 있다. 세계에서 첫 번째 아니면 두 번째로 살기 좋다는 밴쿠버에 병풍처럼 둘러선 로키의 지맥들이 달려와 도시의 뒷산을 이루며 거기에 좋은 산길이 있다는 것은 축복 중의 큰 축복이다. 눈 쌓인 로키는 꿈 속에 두고 뒷산에 올라 눈길을 헤치며 그쪽을 바라보는 것만으로도 넉넉한 겨울산을 맛볼 수 있다.

산닭들 짝 찾아 울어대는 그라우스산

밴쿠버 시내에서 어디서나 쉽게 볼 수 있는 산이 그라우스산(Grouse Mountain · 1,250m)이다. 그라우스는 우리말로 '산닭'이다. 봄에 그 산길에 들면 산닭들의 짝 찾는 소리가 온 산에 울리는 걸 들을 수 있다. 이 산은 밤에 더욱 돋보인다. 스키장 야간 조명이 온 산을 밝히며 불야성을 이루는데, 그 불빛은 1년 내내 꺼지지 않는 것으로 유명하다. 이는 바다에서 항해하는 배들이나 어선들에게 등대 역할을 한다. 시내에서 보면 그 산은 여자가 누워 있는 모

그라우스 마운틴 스키장, 밴쿠버 시내를 내려다보며 스키를 즐기고 있다.

습이다.

이 산의 가슴께에 스키장 본부가 있다. 거기까지 해발 1,100m를 올라가는 스카이 라이드(Sky Ride)라는 케이블카가 있고, 본부 건물에는 좋은 식당이 있으며 영화관도 있다. 케이블카에서 내리면 시내를 굽어보게 되고 시내를 둘러싸고 있는 바다도 한눈에 들어온다. 여름철에도 관광객들이 붐빈다. 근년에 이르러 고아가 된 새끼 불곰 두 마리가 이사를 와 관광객들에게 선보인다. 여름이면 각종 행사와 대회도 연다.

케이블카 출발점에서 산 정상까지 오르는 산길이 두 코스 있는데, 그 중에서 그라우스 그라인드(Grouse Grind)라는 산길이 유명하다. 케이블카 옆으로 난 길을 따라 표고차 853m를 오른다. 전망도 없고 쉬는 곳도 없이 올라가기만 하는 가파른 길이다. 생각만 해도 가슴이 답답해지는 코스다. 대개 1시간 반에서 2시간 걸린다.

여기서 매년 등산대회를 한다. 데릭 레이드(Derrick Reid)라는 사람이 가진

27분 18초가 최단기록으로 가히 초인적이다. 언젠가 이 길에서 70이 가까운 노인을 한 번 만난 일이 있다. 그날 네 번째로 오른다고 했다. 입이 다물어지지 않는 대단한 노익장이다. 곰이라 할지라도 하루에 네 번씩이나 오를 것 같지 않은 산길이다. 2년 전 여기서 눈사태가 나 등산하던 사람들이 눈 속에 묻히고 눈이 녹은 후에야 시신을 찾았던 사고가 있었다. 그 후 이 길은 겨울에 닫는다.

길이 열려 있어도 우리는 여기를 우회한다. 케이블카를 타고 해발 1,100m를 오르는 것이다. 겨울철이라면 금방 눈세계에 들어간다. 본부 건물에 들어가 채비를 하고 스키장을 비켜가 그라우스산 왼쪽으로 들어서면 넓은 임도 같은 길이 열려 있다. 한편은 천길 낭떠러지요, 오른편을 고드름이 주렁주렁 달려 있는 바위절벽이다.

큰 나무 사이로 멀리 바다가 보이고 오솔길을 간다는 기대감에 걸음은 빨라진다. 산 밑에 이르면 무인 신고소가 있어 기록을 남긴다. 윗부분은 상자에 넣고 아랫부분을 간직했다가 산행이 끝나고 돌아나올 때 넣어 두면 무사히 산행을 마치고 나온 줄로 알게 된다.

댐산 정상에서 보이는 크라운산(1,503m).

댐산(1,371m) 정상을 오르는 하이커들.

산같이 변치 않고 호수처럼 맑은 삶 기대

나무는 두터운 눈옷을 입고 섰다. 아니다. 얼음옷이다. 아름드리 나무 사이로 난 눈길에 들어선다. 그 사이사이로 보이는 건너편 산 중턱이 뭉게구름에 휘감겨 한 폭의 그림을 펼쳐놓는다. 그 그림판은 조금씩 모습을 바꾸면서 꾼들의 시선을 끌고 간다. 눈산이 노하지 않게 조심조심 비탈길을 오른다. 중간 길에서 보는 안내판 기둥이 윗부분만 조금 내민 채 눈 속에 묻혀 있는 걸 보면 눈이 한 길 이상 쌓여 있다는 증거다.

시야가 열리고 한 능선이 오른쪽으로 내려간 것이 선더버드 능선(Thunderbird Ridge)일 터. 오늘의 목적지 댐산(Dam Mountain · 1,371m)이 가까워졌다. 여기에 더 가면 안 된다는 경고가 있어 방향을 왼편으로 잡아 마지막 피치를 올린다. 미끄러운 경사길을 오르는 일행들의 입김이 피어나는 걸 보면 모두들 힘든 게 분명하다. 이 근처에서 보게 되는 설경이 절정에 이른다. 상

눈에 덮인 아름드리 나무 사이로 이어지는 트레일.

눈과 안개 속에서 산을 오르는 하이커들.

고대가 햇빛을 받아 반짝이는 곳이 정상이다.

정상에 이르면 시야가 넓어진다. 여름철이라면 경치가 나무에 가리지만 눈이 많이 쌓여 있는 겨울에는 방해하지 않는다. 건너편에는 고트산(Goat Mountain · 1,401m)이 고요 속에 남아 있고, 왼편의 크라운산(Crown Mountain · 1,503m)이 구름 속에서 모습을 드러낸다. 하늘이 베푸는 설경이다. 정상에 선 자가 누리는 축복이다.

밴쿠버 근처 산에는 위스키잭이라는 새들이 산다. 참새보다는 훨씬 크고 회색에 검은 점이 있는 새다. 사냥꾼의 혼이 새가 되었다고 하는데, 사냥터에서 따라다니기도 하는 새다. 육식도 하고 채식도 한다. 그러나 가공한 식품을 주어서는 안 된다. 과일이나 곡식을 손바닥에 놓고 부르면 날아와 먹이를 받아간다. 또 다른 자연과 사람이 만나는 순간이다.

댐산은 왕복 2km가 채 안 되는 거리지만 눈 속이라 2시간 반 산행에 반나절이 지나간다. 본부 건물로 돌아와 점심을 먹는다. 여름철이라면 산길은 왕복

겨울 로키에 취해 있는 필자.

위스키 잭과 만나는 최 사장.

눈비탈에서 미끄럼을 타며 동심에 젖는다.

8km, 고트산까지 5시간쯤 산행을 연장할 수 있다. 단풍이 물들기 시작하면 이 산길에서 산딸기를 따먹는다. 가을을 잔뜩 몸 속에 담아 온다.

댐산에서 건너다보이는 크라운산은 보기보다 무척 힘든 곳이다. 단체로는 산행이 어렵고 소수 정예가 갈 수 있다. 건너다보이는 산이지만 계곡이 생각보다 무척 깊어 큰 산을 하나 내려가 또 수백 미터를 오르고 또 내리는 험한 바윗길로 연결된다. 미지의 산길이 있어 유혹하기에 들어섰다가 혼난 곳이기도 하다.

로키를 건너다보려고 눈산을 오르고 로키에 들어가기 위하여 눈산에서 힘을 기르는 산꾼들이 산 속에서 가쁜 숨을 몰아쉰다. 산은 말없이 많은 이야기를 한다. 그런 산의 소리를 들으러 산을 오른다. 산에 들어가면 그 의연함에 반하고 자연의 섭리에 매료된다. 산 아래 마을과는 전연 다른 새로운 느낌으로 가슴이 열리는 게 산이다. 산같이 변하지 않고 호수같이 맑은 삶을 살기를 욕심내 본다.

누구도 거역할 수 없는 자연의 힘
—Lake Garibaldi

산은 하루 종일 비를 맞고 속속들이 젖어들어도 춥다 하지 아니하고, 밤새 부는 바람에 시달려도 잠 못 잤다 불평하는 법이 없다. 천 년을 하루같이 세월을 셈하지 않고 자연의 대명사로 남아 있다. 그런데 변하고자 하는 것은 사람들이다. 편하고 맛있고 더 좋은 것을 찾아 헤매지만 오히려 자연과 멀어지면서 병에 가까이 가게 된다.

혈액암에 걸려 죽음 일보 전에 회복된 분을 만난 적이 있다. 그는 『Go Back To Eden』이라는 책을 읽고 그대로 실행에 옮겨 병을 고쳤다고 말했다. 그분을 만난 이후 나는 자연으로 돌아간다는 것에 더 관심을 갖게 됐다. 우리가 자연으로 돌아가는 가장 간단하고 쉬운 방법이 바로 산행이라고 생각한다. 그 자연에 도전하는 코스로, 서부 캐나다에는 서부 해안 트레일(West Coast Trail)이 있다.

B.C주에는 태평양 쪽 바다를 가로막고 있는 북미에서 제일 크다는 밴쿠버 아일랜드가 있는데, 남한의 4분의 3 크기지만 인구는 고작 70만 명이다. 그 섬의 태평양 쪽 해안을 따라 종단하는 75km 해안 코스가 있다(7일 소요). 일주일 산행에 필요한 짐을 지고 들어가서 쓰레기도 남김없이 지고 나와야 되는 이 트레일은 유럽의 젊은이들이 평생에 한 번 걸어 보기를 소원하는 곳이다.

눈에 덮인 가리발디 호수, 호수가 녹기 시작하는 곳에 산그림자가 들어와 앉았다.

땀 흘리며 고행하는 신선 위한 길

칠십을 바라보는 나이에 여기를 들어가 보고 싶어 벼르고 있는 중이다. 이 해안 코스는 다우림(多雨林) 지역의 원시림이 그대로 있고, 바다 쪽으로는 기암절벽이 어우러져 장관을 이룬다. 이 길은 본시 태평양 쪽을 항해하던 배들이 암초에 부딪쳐 파선되었을 때 선원들이 살아나올 수 있도록 만든 구명로였으나, 항해술이 발달한 지금에는 본래의 의미는 없어지고 산행인들이 동경하는 산길로 바뀌었다.

1차 훈련으로 짐을 지고 9km를 왕복하며 900m를 오르는 가리발디(Garibaldi) 호수를 다녀오기로 했다. 그런데 바로 옆에는 아름답기로 소문난 블랙 터스크(Black Tusk · 2,315m)라는 바위산이 있다. 이 산은 화산재로 이루어진 검은 바위산인데, 주위를 압도하는 큰 산으로 산경이 뛰어나다.

가리발디 호수 가는 길 중간의 전망대, 눈 덮인 탄탈라스 산군이 장관을 이루고 있다.

'밴쿠버한인산우회' 회장 내외분과 단출하게 올라가게 되었는데, 다행히 날씨가 좋았다. 가리발디 호수는 밴쿠버에서 휘슬러로 가는 길 중간에 있다. 별장 같은 집이 늘어선 웨스트 밴쿠버(West Vancouver)를 지나면 섬으로 가는 페리 선착장 호슈베이가 있다. 거기서부터는 '바다에서 하늘로'라고 이름 붙여진 아름다운 드라이브코스가 되어 한쪽은 바다요 한쪽은 산을 끼고 가게 된다. 그 드라이브 코스가 끝나는 곳이 스쿼미시다.

여기서 30km 되는 지점에 가리발디(Garibaldi) 공원 안내판이 있고 그 안내판을 따라 2.5km 들어가면 주차장을 만난다. 산자락에 걸려 있는 빙하가 호수 가장자리까지 내려와 있을 것이고 배틀십 아일랜드(Battleship Island)라는 예쁜 섬이 호수에 떠 있을 것이며 그 섬에 들어가는 징검다리도 그대로 있을 터이다.

길이 완만하게 꺾이면서 숲 속을 따라 계속 오르는 지루한 산길이 이어진다. 오른쪽 계곡을 울리는 우렁찬 물소리가 산길에 와 닿는다. 이는 물소리가 아니다. 거대한 바리톤이다. 커졌다 작아졌다, 산 속 무대에서 바리톤의 노랫소리를 듣는다. 그 바리톤은 왼편 계곡의 소프라노를 만나 베이스로 바뀌면서 화음을 이루어 이중창이 된다. 바람에 흔들리는 나뭇잎 소리는 알토임이 분명하다. 가끔 새들의 지저귐이 솔로로 섞이면서 우리의 귀를 맑게 하고 "북 북…" 산닭이 짝을 부르는 깃 치는 소리는 4분의 6박자의 큰북소리가 된다. 갑자기 "딱딱 딱따닥" 딱따구리의 테너가 산 계곡을 울릴 때 산중 교향악은 절정에 이른다. 거기에 맞추어 가냘픈 줄에 매달려 흔들어대는 거미의 춤사위를 본다. 광대거미의 재롱이다.

그렇게 우리는 산 속에서 신선이 되어갔다. 땀을 뻘뻘 흘리며 고행하는 신선들이다. 그러다가 홀로가 된다. 합창은 모두 사라지고 무대 위에 혼자 남는다. 산길에서 혼자는 철저한 혼자다. 진정 나 자신과 만나는 때다. 아내가 옆에 있어도 그는 좋은 나의 길동무일 뿐 내 산길을 대신해 주지는 않는다. 내 길은 나 스스로 가야 하는 것이다.

겨울 동안에 쓰러진 나무들이 길을 막고 있어 타고 넘는다. 고개를 숙이고 겸손히 승복해야 할 때도 있고, 우회해서 피해 가기도 한다. 그렇게 오르는 산길이 6km나 된다. 그때부터 쉬워지게 되어 있다. 그런데 갑자기 복병을 만난다. 눈길이다. 6월에 눈이라니. 눈길 걸을 준비를 하지 못했다. 난감하기도 하지만 무엇보다도 푸른 물빛에 잠긴 빙하를 보아야 하는데, 눈에 덮여 있을 것이라니. 그래도 가 보아야 한다. 얼음과 눈에 덮인 호수지만 가 보아야 한다.

흰 옷 입은 채 조용히 세월 기다리는 호수

거기서 길이 갈라진다. 왼쪽 길을 택하면 멀지 않은 곳에 테일러 캠프장 (Taylor Campground)이 있고, 3km 거리에 블랙 터스크(Black Tusk) 평원을 만난다. 그 삼거리에서 오른쪽으로 볼거리가 하나 있는데, 거대한 산사태가 나고 있는 배리어(Barrier)라는 계곡이다. 1만 2천 년 전 화산이 폭발하면서 용암이 흘러 눈 덮인 계곡으로 들어와 굳어졌으며, 세월이 지나면서 내려앉아 계곡을

1만 2천년 전 화산 폭발로 이루어진 배리어댐 계곡.

막았다고 한다. 그래서 물이 고인 것이 가리발디 호수다.

1855년에 이르러 산사태를 일으키면서 5천만 톤이나 되는 토사가 계곡을 휩쓸었고, 지금도 계속해서 아득한 골짜기로 사태가 나고 있는 것을 볼 수 있다. 아무도 거역할 수 없는 자연의 힘이다. 여기를 지나는 계곡의 테너들도 숨을 죽인 채 조용 조용히 깊은 계곡의 돌무더기를 빠져나갈 뿐이다.

거기서부터 눈길이 시작됐다. 비교적 평탄한 길이지만 눈길이 발목을 잡는다. 허벅지까지 빠지는 허공에서는 안간힘을 쓰며 발을 뺀다. 조그마한 배리어 호수(Barrier Lake), 좀 더 큰 레서 가리발디 호수(Lesser Garibaldi Lake)를 지나 9km에 드디어 해발 1,500m에 위치하는 가리발디 호수에 이른다.

가리발디는 1860년 영국 선장인 조지 리차드(George Richard)가 탐사선을 이끌고 왔다가 해발 2,678m의 잘 생긴 산을 보았고, 19세기 이탈리아의 전쟁 영

가리발디 호수로 가는 길, '바다에서 하늘로' 라는 아름다운 드라이브 코스가 산 밑으로 나 있다.

깊은 계곡으로 계속해서 산사태가 나고 있다.

배리어 근처에서 바라보이는 캐나다 로키.

눈에 덮인 가리발디 호수를 빠져나온다.
산자락과 맞닿는 곳부터 서서히 녹아내리고 있다.

여름철 배틀십 아일랜드에서 나오는 하이커들.

웅인 귀세페 가리발디(Guiseppe Garibaldi)의 이름을 따서 지었다고 한다. 이 산은 1907년에 달톤(A.T. Dalton)이 이끄는 6명의 등산팀이 초등했고, 1928년에 주립공원으로 지정됐으며, 99번 하이웨이가 1965년에 완공되면서 많은 사람들이 쉽게 찾을 수 있는 공원으로 오늘에 이르렀다.

잠잠하던 호수물이 소리하며 계곡으로 들어서는 곳에서 입구가 시작된다. 호수는 흰 옷을 입은 채 조용히 세월을 기다리고 있는 중이다. 비탈길을 따라 호수 가까이 내려선다. 겨울산은 겨울호수를 여름에 내어주기 싫은지 얼음과 눈으로 덮고 있다. 그래도 다가오는 계절에는 어쩔 도리가 없는 모양이다. 남쪽 해 비치는 곳에 얼음을 녹이기 시작한다. 그리고는 제일 먼저 그 속에 산이 들어와 앉아 있는 것이다.

눈 위에서 점심을 먹고 서둘러 하산한다. 해는 서산에 걸리고 눈길에 지친 우리는 산 굽이굽이를 돌며 주차장이 나타나기를 살핀다. 드디어 주차장에 이르고 냇가로 내려가 살을 에는 듯한 계곡물에 발을 담그며 산행으로 쌓인 하루의 피로를 풀었다.

알몸 드러내기 수줍어하는 처녀산 베이커
—Coleman Glacier

베이커산의 스카이라인 트레일(Skyline Trail)을 따르는 트레커들

산은 바보인가. 나무들이 잎을 떨쳐내고 앙상한 가지 바람에 흔들리면 죽은 줄로 아는지 소복으로 단장하고 겨울을 난다. 칼날 같은 바람 산 따라가고, 춤추던 눈보라 계곡 속에 숨어도 산은 상관하지 아니하고 거들떠보지도 않는다. 작은 나무들 자라 거목이 되고 또 노목이 되어 쓰러지는 세월이 가도, 산은 눈 쌓이는 겨울이 지나면 한 해가 간다는 것을 계산하는 법이 없다.

겨울산은 늘 혼자다. 상큼한 꽃 냄새, 곱던 단풍잎 눈(雪)으로 덮고 산새마저 잊어 버린 산역은 가슴 속까지 파고드는 찬바람 뿐, 찾는 이 없어 겨울산은 외롭다. 바람을 토해내고 구름과 숨바꼭질하다가 꽃바람 부는 날이 오면 긴 겨울을 참았던 눈물로 쏟아내고 마침내 소복을 벗는다.

로키는 겨울이면 두툼한 눈코트를 입는다. 가끔 눈사태가 나서 길이 막히고 눈보라로 길이 닫히기도 한다. 그러면 우리는 기차를 타고 눈 속 산

깊은 눈에 덮인 겨울 로키.

길을 달려 자스퍼로 가 겨울 로키를 만난다.

자스퍼는 자스퍼 국립공원의 중심으로서 랍슨 주립공원과 함께 로키의 북쪽에 위치한다. 로키의 거대한 산줄기는 남하하여 밴프를 지나 마지막으로 워러턴 호수 국립공원을 거쳐 미국으로 내려가기까지 수많은 가지를 뻗으며 태평양 쪽을 향해 달려와 밴쿠버 뒷산에서 걸음을 멈추고 주저앉는다.

미국 땅이지만 밴쿠버에서 1시간 30분 거리

로키와 그를 두른 산군은 가히 남한 면적을 능가한다. 그 가지 끝에 열매가 열리듯 자리잡고 있는 것이 베이커산(Mt Baker · 3,285m)이다. 이 산은 미국에 있지만 밴쿠버 사람들에겐 캐나다 산이나 다름없다. 산정에 새 날이 시작되고 아침노을이 하늘에서 불타면 우리 집 안방까지 들어와 온 방 안을 붉게 물들이며 단잠을 깨운다.

또 해 지고 어둠이 찾아드는 여름밤, 뒤뜰에 벗들이 모여 와인 한 잔 하노라면 산정에 떠오른 달이 와인잔에 들어와 잠기니 우리는 달빛 어린 산에 취하고 와인에도 취한다. 내가 사는 동네에서 한 시간 반이면 국경을 넘어 그 산 밑에 다다를 수 있다.

이 베이커산에도 좋은 스키장이 있고 아름다운 트레일도 있어 많은 캐나다인들이 즐겨 찾는다. 미국 쪽으로 산행할 경우 캐나다와 다른 점이 있다. 주차료를 내야 되고, 12명 이상이 한데 어울려 다니지 못하게 한다. 정해진 트레일을 벗어날 경우 티켓을 받고 벌금도 물게 된다.

또 한 가지는 미국 비자를 반드시 준비해야 된다. 그 외에도 유의해야 할 것이 있는데 날씨가 좋아야 된다는 것이다. 구름이 낀다던가, 비라도 뿌리면 좋은 경치를 보지 못하고 오게 된다.

베이커산은 높이 3,285m로서 만년설을 늘 이고 있다. 정상을 중심으로 돌아가면서 10개 빙하가 형성되어 있는데, 그중 산행팀이 접근할 수 있는 유일한 빙

필자의 뒤뜰에서 바라다본 베이커산.

하는 서북쪽 비탈에 형성되어 있는 콜맨 빙하(Coleman Glacier)다. 이 빙하는 활동이 활발한 빙하다.

로키에 있는 콜롬비아 아이스필드와 비교한다면 크기는 작으나 경관은 뛰어나게 더 아름답다. 언덕에 올라 바로 내려다보는 위치에까지 접근할 수 있고, 또 언덕을 내려가면 빙하 가장자리에까지 가 볼 수도 있다.

그러나 그 아름다움에 반해 발을 들여놓으면 크레바스에 빠져 헤어나지 못하는 수도 생긴다. 작년에 젊은 사람 셋이 크레바스에 갇혀 겨우 한 사람만 구조되고 두 사람은 생명을 잃기도 했다.

전설에 의하면 이 베이커산과 레이니어(Rainier)산은 사랑하는 연인이었다고 한다. 지금도 서로를 기다리면서 세월을 보내는 중이다. 초야를 치르지 못했던가, 한 날 한 시에 같이 옷을 벗는 일이 없다. 그래서 늘 베이커는 구름 속에 모습을 감추고 있는지도 모른다.

특히 베이커는 여성이라 그 예쁜 몸매를 잘 드러내지 않는다. 그래서 밴쿠버에 있는 우리 산행클럽은 베이커에 갈 경우 대강 날짜를 잡아놓고 기다리다가 아침에 일어나서 날씨가 맑아 산정이 다 드러나면 후다닥 전화해 모일 수 있는 사람들만 다녀오기도 한다.

늦가을에도 눈사태 위험

밴쿠버에서 1번 국도를 따라 동쪽으로 나서면 아름다운 교량인 포트맨교(Portman Bridge)를 지나 30분 거리에 아보츠포드(Abbotsford)를 만난다. 시내를 보자마자 92번 출구(Exit 92)로 나가서 남쪽으로 방향을 잡으면 수마스(Sumas) 국경 검문소를 통과하게 된다. 911 사태 이후 검문이 강화되더니 최근 추가 테러경고로 더욱 철저하게 검문하고 있다.

또 한국인이라면 월경 사건이 잦은 관계로 더 자세히 본다. 미국 비자가 있어도 처음 입국하게 되면 사무실에 들어가 수속을 한다. 수속비(US $6)도 내야 하고 동승객도 사무실에 같이 들어가야 된다.

콜맨 빙하로 들어서기 전 무명폭포를 지나는 일행들.

살아 있는 듯 끊임없이 변화하는 콜맨 빙하.

국경을 통과하면 미국 땅이다. 조그마한 동네를 지나 베이커산 안내판을 따라 좌회전해 547번 도로를 탄다. 20분쯤 가다가 542번 도로를 만나고 그 길을 따라 20분을 더 가면 그레시어(Glacier)라는 동네에 이른다. 여기서 여러 산길을 선택하게 되어 있다.

일단 관광안내소(Glacier Public Service Center)에 들러 산길 정보도 얻고 지도를 받으며 주차권(US $5)도 산다. 여기서 1마일(1.6km) 더 가서 글레이서 크릭 로드(Glacier Creek Rd)를 따라 우회전해 13km 산길을 오르면 고도 1,112m에 위치한 주차장에 이른다.

여기서 왕복 10km, 고도차 600m를 오르는 헬리오트로프 능선 트레일(Heliotrope Ridge Trail)이 시작된다. 처음에 산길로 들어서서 외나무다리를 건너면 우거진 아름드리나무 사이로 길이 나 있다. 골짜기에서 폭포를 만나고 개울을 건넌다. 물이 많이 불어 있으면 목적지에 가기 어려운 경우도 있다.

지난 11월 말에는 개울물이 많지 않았지만 바위 사이에 얼음이 얼어 있어서 엉금엉금 기다시피 개울을 건넜다. 눈이 많이 쌓인 겨울철이라면 차라리 산길이 없으니 짐작으로 눈 속에 길을 내면서 빙하로 접근하기도 하나 눈이 쌓인 비탈길을 여러 사람이 건너가는 일은 아슬아슬하다.

지난해에는 산에서 굴러 내려온 눈덩어리가 우리 회원에게 부딪힌 일이 있었고 눈사태가 날까 봐 마음 졸인 일도 있다. 그러나 눈밭에 새 길을 내면서 빙하로 접근하는 겨울 산행 맛이 특별한 곳이다. 큰 산기슭에 뿌리를 내리고 선 나무들, 가끔 들리는 물소리가 기분을 상쾌하게 하고 빙하를 본다는 기대감에 걸음을 재촉하게 한다.

얼음장 밑으로 흐르는 개울물 소리가 들린다.

얼마나 얼음에 갇혔던가. 어서 가자. 어서가. 앞서 가라, 뒤에 설게.
간다, 간다. 강을 따라 넓은 곳 바다로 가자. 앞서 가라, 뒤에 설게.
추워지면 또 붙잡힌다. 어서 어서 내려가자. 앞서 가라, 뒤에 설게.

콜맨 빙하 상의 눈 덮인 너덜지대에서 조심스럽게 걷는 트레커들.

마지막 산길을 힘겹게 오르면 베이커 산정이 햇빛을 받아 반짝이고 빙하가 보이기 시작한다. 바위산 하나가 자리를 차지하고 앉아 있는 마지막 비탈길에 이른다. 오르막길에 눈이 쌓여 있어 발목을 잡고, 물 흐르는 소리가 얼음 아래서 울리니 허공일시 분명하다. 꺼져 내려앉지 않을까 두드려 보면서 조심조심 건너간다.

산을 훑고 내려오는 바람이 차서 빙하가 가깝다고 일러준다. 산길에서 마지막은 언제나 힘들다. 저만치서 강 회장 내외분이 힘겹게 오르고 있는 것이 보인다. 드디어 언덕에 올라 빙하를 본다. 칼날 같은 얼음 조각이 찬란한 빙하다.

빙하에 이르면 힘들었던 산길은 어디로 가고 거대한 빙하만 남는다. 흔히들 만년빙하라고 한다. 만 년이 아니다. 이 산이 태어나고부터 있었던 빙하니 누가 그 나이를 계산해 낼 수 있겠는가.

얼음 강 하나가 산 중턱에 갇혀 있다. 큰 산 정상에서 비스듬히 내려온 빙하 곡선이 중턱에 이르러 크레바스를 이루며 갈라져 장관을 연출한다. 벌어진 얼음 사이로 속살이 보인다. 왜 그 색깔이 푸른빛인가. 한(恨)이 서린 색이다. 수억 년을 한 자리에 갇혀 생긴 한인가. 아니면 이 산에서 목숨을 잃은 산꾼들의 한이 여기에 맺혀 있는가.

빙하도 겨울이면 소복을 입는다.

3. 멀고 먼 안나푸르나

세계의 지붕을 가다
네팔의 종교와 불교사원
안나푸르나의 초입에서
우편배달부도 오지 않을 듯한 산간오지 힐리
고산증과 싸우며 이른 고라파니
첫 햇살 받은 안나푸르나를 안다
드디어 해냈다!
삼다(三多) 삼무(三無)의 나라
모자 벗고 웃으며 인사하는 풍습의 유래
코끼리 타고 만나는 코뿔소
히말라야의 속살을 보고픈 기대를 안고

곤드렁에서 바라다본 안나푸르나 남봉.

세계의 지붕을 가다

밴쿠버에서 산우회를 시작하여 수년 동안 근역의 크고 작은 산들을 두루 답사하였다. 또 로키산 높은 등성이도 올라가 보았으니 다음은 네팔에 가보고 싶은 욕심이 간절하였다. 그러나 쉽게 가지는 곳이 아니었다. 그러던 차 애들이 주선하여 아내의 회갑잔치 대신으로 네팔행이 결정되었고 꿈에서나 그리던 소원을 이루게 됐다.

처음에는 서울의 네팔 트레킹 팀에 합류하려 했으나, 이왕이면 우리 회원들끼리 가는 게 좋겠다 하여 산우회 행사로 진행하기에 이르렀다.

네팔에 간다고 제안했을 때에는 많은 회원이 관심을 보였으나 최종 여덟 사람이 팀을 이루게 되었고 세계의 지붕, 히말라야의 한 봉우리를 가 보는 기회가 만들어졌다.

말로만 듣던 네팔, 그날을 기다리는 기대와 긴장 속에 차근차근 준비를 했다. 밴쿠버를 떠나 서울을 거쳐 싱가폴에서 1박 하고 아침에 바로 네팔의 수도 카트만두까지 연결되는 노선이 있어 싱가폴 항공을 골랐다. 7박 8일의 현지 여행경비보다 비행기 요금이 더 비쌌다.

11월 15일, 드디어 지구를 반 바퀴 도는 저편, 미지의 땅으로 떠나는 날이다. 이제 짐을 들고 비행장에 가기만 하면 된다. 서울에 가 있던 회원들은 공항에서 만나 합류하게 될 것이고 히말라야의 거대한 산들이 있는 네팔에 가면 그동안 막연히 그리기만 하던 산을 만난다는 믿음이 마음 속에 자리하고 있었다.

좀 일찍 서둘러 10시 30분쯤 공항에 도착하여 탑승 수속을 하는데 뜻밖의 큰 문제가 생겼다. 여행사에서 받아 가지고 온 비행기표 하나가 없는 것이다. 내 것은 있는데 아내 것이 보이지 않는다.

네팔의 산간 마을.

야단났다. 표를 산 게 분명하고 자리까지 예약되어 있으니 어찌 되겠지. 그러나 그게 아니다. 표가 있어야만 한단다. 여행사에 연락하니 비행기표를 분명 주었으니 찾아보란다. 배웅 나온 딸애가 급히 집으로 달려갔다. 비행장에서 우리 집까지는 30분 거리인데 12시까지 비행기를 타야 하니 시간이 빠듯하다. 게다가 집에 비행기표가 있다는 보장도 없다.

딸애가 집에 도착할 즈음에 집으로 전화를 계속 해댔다. 집에서 비행기표를 찾지 못하면 여행사 사장이 다른 비행기표를 급히 만들어 비행장으로 뛰어와야 하기에, 손에 진땀이 났다. 건물 밖에 나가 기다리는데 가슴이 조이는 듯하다. 허둥지둥 하다 보니 벌써 11시 40분이다.

못 가는 것은 아닐까. 여행사 사장이 비행기표를 만들어 와도 이미 늦었고 오직 한 가지 희망은 딸애가 비행기표를 찾아 뛰어오는 길밖에 없다. 수백 명을 태운 비행기가 우리 두 사람 때문에 연발할 리도 만무다. 그때 여행사와 연결된 전화에서 딸애가 표를 찾아 비행장으로 온다는 전갈을 받았다. 아, 가는구나. 그것도 잠시다. 시간 안에 와야 된다. 길이 막힌다든가 급히 오느라 차 사고라도 난다면 비행기를 타지 못한다. 발을 동동 굴렀다. 마지막 마감 시간 1분을 남기고 딸애의 차가 출국장으로 들어와 급정거를 하는데 손에 비행기표를 들고 있었다.

'우리는 두려워할지니 그의 안식에 들어갈 약속이 남아 있을지라도 너희 중에 혹 미치지 못할 자가 있을까 함이라.' 는 성구가 머리를 스쳐 지나갔다.

네팔의 종교와 불교사원

우리가 가 본 안나푸르나는 거대한 히말라야 산군의 한 봉우리다. 히말라야는 7,000m를 넘는 산이 250개, 8,000m를 넘는 산만도 14개나 우뚝 솟아 있다.

안나푸르나는 히말라야의 최고봉인 에베레스트를 주축으로 네팔에 솟아 있는 8,000m급 산 9개 중 하나이며, 1950년 프랑스 등반대에게 처음 그 정상을 내준 곳이다. 네팔은 북쪽으로 중국과 티벳, 동쪽의 부탄과 서남쪽의 인도에 둘러싸여 있는 작은 산간 나라다.

밴쿠버에서 출발, 서울에서 먼저 가 있던 회원들과 합류하여 싱가폴에 내려 1박 하고 다음날 오후 네팔의 수도 카트만두에 도착하였다. 비행기가 카트만두에 가까워지니 멀리 창 밖으로 흰 눈으로 단장한 산들이 아득히 보인다. 저들이 세계의 지붕 히말라야인가! 가슴에 파도가 인다.

우리가 탄 육중한 비행기는 드디어 네팔의 수도 카트만두에 사뿐히 발을 딛는다. 줄을 서서 차례를 기다리며 입국 수속을 하는데 입국비가 미화로 $30이고 두 번째로 입국하는 사람은 $50이란다. 아무리 생각해도 상식에 안 맞는다. 짐을 찾는데 한국말을 하는 네팔 여행사 안내인이 나타났다. 얼마나 신기하고 반가운지 모두 안도의 웃음을 띤다. 후덥덥하던 싱가폴의 기후와는 달리 상쾌하다. 그러나 시골 역사 같은 국제공항 건물을 나서는 순간 싱가폴과는 전연 다른 모습이다.

'비원' 이라는 한국식당에서 점심식사를 마치고 호텔에 체크인을 한 후 시내를 관광하게 되었다. 거대한 사원들에 엄청나게 많은 신들이 있는데 살아 있는 여신도 있었다. 2층 난간에서 잠깐씩 얼굴을 보여주었다. 어릴 때 여신으로 정해져 장성하여 초경을 하면 새 어린 여신에게 그 자리를 물려주고 평생을 남자를 모르는 채 살아야 한단다. 사진촬영은 금지되어 있었다.

매년 소를 잡아 피를 뿌려야 하는 악신.　　　　순금으로 만든 소가 있는 사원.

화장을 준비하고 있다.

수도하는 라마승.

원숭이 사원.

또 한 곳에는 이마에 칠을 하고 평생을 머리를 깎지 않은 종교인도 있는데 사진을 찍으려 들면 손부터 내민다. 성스러운 나무가 시내 한복판에 있어 처녀가 시집가기 전날 이 나무와 먼저 결혼을 하는 풍습이 있다. 그리고 다음날 결혼식을 하는데 살다가 그 신랑이 먼저 죽더라도 평생 혼자 살아야 된다고 한다. 나무 서방이 아직 살아 있기 때문이다. 아이고, 남자들의 이기와 횡포라니!

그 다음에 불교 사원에 들렀다. 네팔은 불교와 힌두교가 주를 이루는데 불교가 힌두교에서 나온 한 종파라 하여 두 종교 간에 화목하게 지낸다. 우리나라의 기독교는 사랑이 제일이라고 외치나 교파 간의 갈등과 벽이 높아 늘 앙앙대는 걸 보면 이들 종교의 마음씀이 훨씬 넓지 않나 싶다.

한 사원은 '원숭이 사원'이라고 불리는데 이름 그대로 많은 원숭이들이 살고 있었다. 천년의 전통과 역사를 가졌으며 시내를 내려다보는 높은 산 위에 위치하고 있다. 예쁜 목 조각으로 사원을 지었고 돌로 된 장식들과 정교한 주물들 사이로 많은 원숭이들이 넘나든다. 우리나라의 사원은 조각이 크고 아름다운 색이 특색이나, 네팔의 사원들은 색깔이 요란하지 않고 조각이 작으며 섬세한 것이 달랐다. 입구에서부터 잡상인들이 따라붙는다. 상인들이 득실거리고 장사꾼들이 부처님을 모신 건물 처마 앞까지 차지하여 지저분하기 그지없다. 이건 세계적인 문화유산인데 어쩌다 이 지경이 되었는가. 한탄이 절로 나온다. 예수님께서는 성전에서 돈 바꾸고 비둘기 파는 사람들을 채찍으로 내쫓았는데 여기 이들은 누가 몰아낼까.

안나푸르나의 초입에서

　카트만두에서 네팔의 첫날밤을 지내고 산에 가기 위해 또 비행기를 탔다. 네팔의 국내선 비행기는 프로펠러 쌍발기이다. 2차 대전 때 쓰던 군용기를 개조한 것인가 싶은데 이륙도 하지 못할 것 같다. 그러나 어쩌는 도리가 없다. 그래도 현지 여행사에서 좌석을 모두 오른쪽으로 잡아주어서 흰 눈 덮인 산들이 늘어서서 우리를 반기는 듯한 장관을 볼 수 있었다. 모두들 흥분하기 시작했다.
　다행히 화창한 날씨 속에 낡은 쌍발기는 포카라 공항에 안착하였다. 기다리던 미니버스 지붕에 짐을 묶고 산을 향해 달리기 시작했다. 좁은 길을 아슬아슬하게 달린다. 멀리 우리가 오를 안나푸르나가 숨바꼭질하듯 잠깐씩 모습을 보여주곤 했다.

포카라에서 짐을 싣고 있다.

나야 풀에서 산행을 시작한다.

산이다. 산이 다가온다.

굽이굽이 고갯길을 넘는다. 한 시간 반을 달려서 길옆에 우리를 내려놓았다. 안나푸르나를 가는 초입 나야 풀(Naya Pul)이다. 여기서부터는 내 두 발이 유일한 교통수단이다. 산행에 필요한 물과 최소한의 짐을 배낭에 넣고 나머지는 포터들에게 맡겼다. 나는 카메라 두 개에 삼각대를 보태었는데 나중에는 그것마저 셀파가 날라다 주었다.

조그마한 집들이 다닥다닥 붙은 동리를 지나 다리 하나를 건너니 입산료를 받는 비레탄티(Birethanti)다. 그 동리에 들어서니 먼저 와서 기다리던 요리팀이 고산병을 예방한다는 토속차와 커피를 내온다. 점심상을 차리는 손길들이 분주하다. 여자분들은 하루아침에 황후가 되고 남자분들은 황제 대접을 받는다.

우리 여덟 사람을 위하여 3박 4일간 우리를 위해 수고한 이들의 면면은 이러하다. '너빈' 이라는 가이드. 잘생긴 총각이다. 영어도 조금 하고 한국말도 조금 한다. 말하자면 총대장이다. 그의 눈길 하나에 포터들은 절절 맨다. 셀파 세 사람. 그 다음은 요리팀이다. 우리 음식을 잘 만드는데 요리장 한 사람에 일곱 명의 도우미가 따른다. 티 담당과 조리와 음식 재료 담당이 따로 있고 심지어 조리도구와 연료 운반 담당도 있다. 그들은 우리가 음식을 다 먹을 때까지 식사를 하지 않고 기다리며 지극정성으로 시중을 든다. 그리고 포터 여섯 사람은 현지 고용 단순 노동자이다. 식사도 별도로 하고 잠자리도 따로 해결한다. 네

산길에 염소 떼들을 몰고 내려오고 있다.

오르는 돌계단길에 나귀 떼들이 짐을 나르고 있다.

팔의 11월, 우리가 통과한 산간 지방은—곳에 따라 다르지만—낮에는 더워서 바지 아랫도리를 끊어 반바지를 만들 정도이나 밤에는 집안에서 슬리핑백 두 개를 겹쳐 덮고 자도 한기를 느낄 만큼 기온이 내려간다. 그런데 포터들은 노숙을 하는 것이었다. 민망하고 안쓰러웠다.

포터 여섯 사람이 우리 여덟 사람의 짐을 져 나르는 수송부대다. 현지인들에게 나누어 준다고 준비한 옷가지 담은 큰 가방이 세 개나 된다. 게다가 오랫동안 집 떠나 있는 거라 챙긴 게 적지 않은데 그 많은 짐을 져준다. 비록 돈으로 지불을 하긴 하지만 그 고마움을 어찌 말로 다 표현할 수 있겠는가.

절렁절렁 노새 부대가 가파른 돌계단을 미끄러지며 온다. 온통 땀에 절어 제 몸피를 덮는 짐꾸러미를 지고 오는 노새들의 눈망울이 순하다. 전생에 무슨 업보로 이 산중에 태어나 고단한 삶을 살아가나. 가슴이 찡해 온다.

점심을 먹고 나서 잠시 쉬었다 길을 떠났다. 길옆에는 이름 모를 꽃들이 피어 있고 양쪽으로는 가파른 산 계곡이며 맑은 물이 흐르는 개울을 끼고 오르는 길이다. 숨이 차기 시작한다. 다리도 풀린다. 벌써 힘이 들어 며칠간의 산행을 해낼 것 같지 않다. 온갖 잡념이 일어 나 스스로와 싸우고 있는데 첫날밤을 지낼 힐리(Hille)에 닿았다.

우편배달부도 오지 않을 듯한 산간오지 힐리

힐리의 산간 마을.

힐리에 도착해서 랏지(Lodge)라고 씌어 있는 여인숙에서 자게 되었다. 신기
하게도 수도가 있었다. 꼭지를 틀면 차고 맑은 물이 나오는데 화장실에서도 바
켓스에 물을 받아 쓴다. 자세히 살펴보니 높은 산에서부터 플라스틱 파이프를
통해 물이 흐르는데 그 자체 수압으로 수도가 된 셈이다. 정수한 물이 아니라

서 배탈을 일으킬 수 있으니 주의하라 한다. 마실 물을 팔기도 하는데 살 때는 밀봉되어 있는지 꼭 확인해야 한다. 끼니 때마다 물을 끓여서 두 병쯤 준비하면 별 문제가 없었다.

저녁식사 후에 우리가 가지고 온 옷들을 나누어 주려고 가방 하나를 풀어놓으니 들마루만한 식탁에 가득하다. 가이드가 우리 포터들이 가난한 사람들이니 먼저 하나씩 갖게 하자고 제의하였다. 처음에는 쭈뼛쭈뼛하더니 몸에 맞는 옷 하나씩 걸치고는 순진한 웃음을 웃고 나간다. 동리 사람들이 들어오니 북새통이 되었다. 동리 이장인지 나이 많은 영감님이 명단을 가지고 호명을 하면서 옷들을 나누는데 쉽지 않다. 한 가방의 옷이 금방 동이 나고 사람들이 몰려와 하나를 더 열었다. 요사이 옷이란 떨어져서 못 입는 게 아니라 유행이 지나 안 입는 옷이니 깨끗하고 좋은 것들이라 들고 나가며 싱글벙글한다.

산간의 밤은 일찍 온다. 할 일이 없으니 럭시라는 토속주를 맛볼 차례다. 럭시를 구해서 오징어를 안주 삼아 마신다. 우리나라의 막걸리와 소주의 중간 도수쯤이랄까. 일찍 잠자리에 든다. 침실은 2층에 있는데 난간이 있고 방이 다닥다닥 붙어 있다. 희미하지만 전기가 있어서 다행이다. 방은 일인용 침대가 두 개, 천정은 나뭇가지로 엮은 것이고 벽도 아주 얇은 합판이라 옆방에서 소곤대는 소리, 코고는 소리도 들린다. 맨끝에는 물이 나오는 공동 화장실이 있다. 한잠 자고 눈을 떠 보니 2시. 건너편 침대에서 자는 아내에게 "배고픈데." 하고 소곤거리니 옆방에서 킥킥 하고 웃는 소리가 나더니 천정에서 빵 한 개가 툭 떨어진다. 옆방에서 넘겨준 빵을 먹고 나니 잠이 깬다. 바깥 계단으로 나가 앉아 하늘을 쳐다보았다.

맑은 하늘에 별들이 유난히 밝다.

짐을 날라주는 포터들.

별 하나가 맑은 하늘에 금을 긋는다. 내 지난 일들도 별 따라 흐른다. 나는 어쩌다 여기에 와 있는가. 경북 봉화 산골에서 태어나 가난과 고난, 보람과 기다림의 긴 세월을 보내고 복 받은 땅, 캐나다에 와 살면서 이런 멋진 여행도 할 수 있음이 너무도 감사하다.

식사 준비를 하는 취사팀들.

잠자리로 돌아와 뒤척거리는데 먼동이 튼다. 식사를 준비하는 팀들이 분주히 움직이는 소리가 들린다. 카메라를 들고 언덕을 지나 논두렁을 걸어갔다. 아침 첫 햇살에 비친 산간 마을을 카메라에 담기 위해서다. 아득한 골짜기 건너 저 높은 곳에 조그마한 집들을 짓고 사는 사람들은 무엇을 하며 살아갈까? TV, 라디오가 없고 신문도 올 리 없으니 바깥세상 소식은 무엇으로 알며 저 아득한 산꼭대기에 우편배달부는 오는가. 그런 것들이 필요 없는지도 모른다. 그저 자연의 일부분으로 태어나 살다가 사라지는 것이니 바깥 세상일에 무슨 큰 뜻이 있으랴. 세상 돌아가는 일을 왜 알아야 하는가. 가난이 무엇이며 행복이라는 게 무엇인가. 산은 언제나 그대로 있고 사람은 잠시 서성이다 가는 것을……

호피 코트 하나에 온 나라가 들썩거리고 온갖 술수로 머리를 굴리며 살아가는 우리를 본다면 당신네들은 무슨 짓들을 하며 사는 사람들이냐고 비웃을 것이 분명하다.

고산증과 싸우며 이른 고라파니

북어국으로 아침을 맛있게 먹은 우리는 또 산을 향해서 올라갔다. 오늘은 2,874m의 고라파니(Ghorapani)가 목표다. 계속 오르는 힘든 산길이다.

모양이 조금씩 다른 사람들이 오르내린다. 가이드에게 물으니 몽고 쪽에서 온 사람과 동쪽에서 온 셀파족이라고 일러준다. 높은 산간지역으로 격리되어 오랜 세월을 살아와 36개의 종족에 100개의 다른 방언이 있다는 것이다. 산 저쪽 티벳 몽고리안들은 우리 풍습과 비슷하단다. 사람이 죽으면 3일장을 하고 카레보다는 수제비를 먹는 것 등. 인도계 아리안족은 전연 다른 생활양식이라고 일러준다. 사람이 죽으면 체온이 식기 전에 화장(火葬)을 하고 유산과 부모 돌보기는 막내 몫이란다.

오전 10시쯤 오른쪽 산 사이로 눈을 이고 있는 안나푸르나 남봉 꼭대기가 조금 보였다. 아! 가까워지는구나. 힘을 내야지. 어렵게 올라가는 아내를 보고 하산하던 이들이 올라가기 힘들다고 두 번씩이나 말리더란다. 내가 보아도 좀 걱정스럽다. 얼굴색이 창백하고 머리가 아프다고 한다. 고산증인가? 혼신의 힘을 다하여 오르는데 안타깝다. 쉬며 쉬며 오른다. 가이드 말이 어떤 사람은 고산증 때문에 바구니에 담겨 내려간 적도 있고 또는 가다가 못가 중도에 내려가기도 하는데 당신네들은 계획대로 산행을 다할 거냐고 묻는다. "물론." 단호하게 대답했다. 우리가 누구인가. '밴쿠버산우회' 회원들이 아닌가. 그러나 한 사람이라도 문제가 생기면 산행 전체를 수정해야 하니 큰일이다. 드디어 점심시간이다. 배는 크게 고프지 않으나 편하게 쉴 수 있어서 좋다.

네팔 젊은 여자가 점심 준비를 하고 있다. 부엌은 어떻게 생겼는가? 요리는 어떻게 하는가? 궁금해서 들여다본다. 어럽쇼, 닭고기 카레다. 그 냄새가 좋아 맛을 좀 보자 하였더니 들어오란다. 부엌에 두 처녀가 반기면서 흙바닥에 자리

로라파니 오르는 길, 어린이가 지팡이를 사라고 한다.

를 내어준다. 넓은 알미늄 접시에 밥과 카레를 주는데 스푼을 곁들였다. 그들
처럼 맨손으로 밥을 먹고 싶어 손가락으로 밥을 부시고 카레를 섞어 먹어 보는
데 잘 안 된다. 입으로 들어가는 것보다 흘리는 게 더 많다. 세 여자가 우스워
죽겠단다. 그러면서 요령을 가르쳐 준다. 검지(둘째)손가락으로 엄지손가락을
감싸고 오목한 곳에 밥을 담은 후 입에 갖다대고 엄지손가락을 들어 올리면 입
으로 들어갔다. 그러면서 엄지손가락이 스푼이라고 한다.

$1을 쥐어주었다. 안 받겠다고 하지만 평생 처음 손가락으로 밥 먹는 교육을
받았으니 대가를 지불해야 될 것이다. 점심을 맛있게 먹고 식곤증이 생긴 우리
는 난로에 불을 피우고 둘러앉아 잠시 오수. 땔나무 값으로 또 $1을 주었다. 그
리고 같이 기념사진을 한 장 찍었다. 다시 오른다.

땀을 많이 흘리니 연거푸 물을 마신다. 나는 배낭은 물론이고 카메라까지 셸
파에게 맡긴 지 오래 되었다. 길옆에 상점들이 있어 쉬어간다. 전망이 좋은 데

서는 그냥 쉬기 미안해 모두들 티(Tea)를 한 잔씩 사서 마신다. 굽이굽이마다 새로운 경치가 우리들의 넋을 빼놓기에 충분하였다. 힘들게 올라가는데 큰 집들이 있는 마을이 보인다. 오늘의 목표지점 고라파니란다. 아무데나 들어가서 눕고 싶은데 마지막 고개 하나가 또 가로막는다.

랏지에 도착하니 우리 짐은 이미 도착해 있고 가이드가 방 열쇠를 건네주었다. 이 동리는 사람들이 많이 들락거리니 문단속을 잘 하란다. 차려주는 저녁을 먹는 둥 마는 둥하고 침대에 녹아떨어진다. 한잠 늘어지게 자고나니 촛불 같던 전기불은 꺼져 있고 창을 내다보니 산이다. 어제는 구름에 가려 있었는데 밤새 옷을 벗었다. 아! 별빛에 모습을 드러낸 안나푸르나, 큰 산이 거기 있었다.

푼힐에서(다울라기리가 건너다보인다).

첫 햇살 받은 안나푸르나를 안다

한밤중에 잠이 깨어 화장실에 가는데 목조건물이라 삐그덕 소리가 요란하다. 그 소리에 잠이 깨었는지 강 사장이 문을 나서면서 "좋은 아침입니다." 한다. 4시에 일어나 이번 트레킹의 하이라이트인 푼힐(Poon Hill · 3,210m)에서 해맞이 하는 날인데 2시부터 법석을 떠는 바람에 새벽잠을 다 날린다. 고르파니에서 오늘 목적지 관드렁(Ghandrung)까지 무려 8시간이 걸리는 길이라 아무래도 아내에게 무리일 듯싶어 푼힐을 포기하기로 했다가 분주하게 준비하는 회원들을 보고 마음이 동해서 따라 나서게 되었다.

셀파 한 사람이 아내 곁에 서고 카메라 두 개와 삼각대를 가져가야 되는 나에게도 한 사람이 붙는다. 캄캄한 밤에 뱀처럼 구불구불 전지 불빛 행렬이 장관이다. 해 뜨기 전에 350m를 올라가야 한다. 가파른 길이다. 거기서 아침 해를 받아 빛나는 산 사진을 찍어야 한다. 숨이 차오른다. 주저앉아 숨을 돌리고 나서 또 오른다.

힘들어 하산하는 사람들이 더러 보인다. 드디어 정상이다. 새벽의 산정은 서리가 내려 있고 찬바람이 불어 춥다. 건너편의 새벽산은 묵묵히 아침 해 맞을 준비를 하며 어둠 속에서 모습을 드러내고 있다. 이미 여러 사람들이 전망대의 좋은 자리를 차지하고 있고 따끈한 티(Tea)를 끓여 파는 장사꾼도 한몫을 하고 있다. 나는 사람들을 피해 언덕을 조금 내려가 자리를 잡았다. 이제 해가 떠올라 저 산정을 비추기를 기다리면 되는 것이다. 그때에 아내가 정상에 올라왔다는 전갈을 받는다. 와, 무사히 올라와 주었구나.

드디어 먼동이 터 온다. 해 뜨는 것을 보고 싶지만 그보다는 첫 햇살을 받아 모습을 드러내는 산이 나에게는 더 중요하다. 정상으로부터 해가 비치기 시작하는 게 내 카메라에 들어온다. 거대한 산자락이 내 카메라 필름에 담기는 순간이다.

아! 멀고 먼 안나푸르나여, 너를 지척에서 본다. 아무 소리도 들리지 않는다. 나와 산만이 거기 있었다. 시시각각으로 변하는 산을 본다. 해가 뜨니 구름이 피어올라 산을 덮는다. 거대한 공연이 끝나고 무대가 닫히고 있는 것이다. 넋을 잃고 있는데 가이드가 옆에 와 있다. 모두 모여 기념사진을 찍고 내려온다. 반쯤 내려오면서 바라보니 산은 이미 구름에 덮이고 정상만 조금 보일 뿐이다.

안나푸르나는 그 최고봉이 8,091m이고 5개의 봉우리가 병풍처럼 펼쳐져 있다. 우리가 가까이 본 산은 안나푸르나의 남봉(7,219m)인데 왼쪽 조금 떨어져서 다울라기리(8,167m), 오른쪽에 날카로운 정상을 가진 초오유(8,201m)가 있다. 아침을 먹고 먼 길 떠날 준비에 분주하다. 짐들을 먼저 보내고 길을 떠난다.

오늘은 아내의 컨디션이 괜찮아 보인다. 얼굴색도 정상으로 돌아와 있고. 내리막길인데도 큰 산을 넘는 깔딱고개를 만나 또 죽을 맛을 본다. 내려가는 길이 쉽지 않다. 다리가 몹시 후들거린다. 네팔의 국화인 로드 덴드롬이 산골짜기를 메우고 있는 우림지역이다.

천길 절벽이 머리 위로 금방 무너질 듯 아슬아슬한 벼랑길을 지난다. 맑은 개울물이 소리 지르는 산골짜기를 벗어나니 점심을 준비하는 팀들이 보인다. 아, 또 쉬는구나. 수제비다. 잠시 휴식을 취한 후에 또 부지런히 걸어 산에서 마지막 밤을 지낼 관드렁에 이르렀다.

우리를 도와주었던 팀들에게 쫑파티를 해 주기로 했다. 마당에 불을 피우고 럭시를 사 오고 토종닭을 잡으라고 하였더니 럭시 두 병만을 달랑 들고 온다. 강 사장이 맥주 두 박스를 보태어 근사한 야외 파티가 되었다. 너빈 대장이 노래도 부르고 춤도 추어 흥을 돋우는 바람에 아주 즐거운 산중 파티를 가졌다.

드디어 해냈다!

　산행 끝날, 아침에 일찍 일어나 수려한 안나푸르나 남봉의 북쪽 면을 마주한다.

　망원경으로 건너다보았다. 이 골짜기를 지나 저 등성이를 타면 올라갈 것도 같다. 그러나 저 산정을 오르려면 오랜 시간 고소 적응도 해야 하고 영하 40도의 살인적인 추위와 시속 100Km가 넘는 강풍과 싸워야 될지도 모른다. 올라가

손으로 밥 먹는 방법을 가르쳐 준 여인과.

지 못할 나무라고 바라보지도 못할까 삼각대를 세우고 마음껏 카메라에 담는다. 날씨가 하도 좋아 밖에서 아침을 먹자 하였더니 금방 테이블을 날라와 상을 차리고 산을 바라보면서 아침식사를 기분 좋게 끝냈다.

산을 뒤로 하고 내려오는 아주 긴 하루다. 돌아다보고 또 보며 언덕길을 내려왔다. 추수한 곡식을 소가 밟아서 타작하는 게 아주 원시적이다. 추수한 곡식을 어떻게 하나 궁금하였는데 물이 흔한 지역이라 물레방아가 있었다. 흐르는 물로 돌리는 맷돌이다. 우리와 달리 위짝은 가만히 있고 아래짝이 돌아간다. 곡식은 위에서 조금씩 내려오게 되어 있어 저절로 가루가 되어 맷돌 주위로 나온다. 어린이들은 우리를 보면 스윗(Sweet)이라고 한다. 주머니에 사탕을 넣고 다니다가 하나씩 쥐어주면 아주 좋아했다.

긴 행렬이 올라오고 있었다. 일본에서 온 그룹이 있고 영국에서 온 그룹도 있다. 우리가 내려온 길로 아득히 올라가는 길이 그들 앞에 놓여 있다. 벌써 힘들어하는 게 보인다. 저 노인은 푼힐까지 가지 못할 것 같다. 그러나 아내처럼 쉬엄쉬엄 올라 해 뜨는 산정을 볼 수 있기를 빌어준다.

나라는 크지 않으나 선하고 부지런히 사는 국민이 있고 마음의 안식처인 종교가 있다. 또 거대한 산군이 이 나라의 큰 재원이다. 큰 산을 등정하려면 4~5만 불씩 지불해야 하고 에베레스트는 더 큰 돈을 내야 된단다.

전쟁을 해서 땅을 빼앗던 시절, 여기의 산들이 오늘에 와서 큰 재산이 된다는 걸 알았더라면 전쟁을 해도 여러 번 하였을 것이다. 천혜의 관광자원을 가지고 있는데 국민은 왜 잘 살지 못할까? 결국은 정치이다. 오랜 세습 왕정이 경제를 침체시키고 왕의 측근들만 부를 누리고 온갖 특혜와 이권을 가지며 국민들은 가난에 허덕이게 만들었다고 생각해 본다. 비슷한 이웃 나라 파키스탄에서 군사 쿠데타가 일어나 변화를 가져오는데 관심을 가지고 있었다. 그러나 네팔은 안 된단다. 왕의 처남이 국방장관으로 군대를 장악하고 있기 때문이다.

계속되는 내리막길에 지친 우리는 골짜기를 흐르는 맑은 물에 발을 담그고 피로를 푼다. 또 부지런히 걸어 내려온다. 흔들다리를 만나는데 어디서 본 듯하다. 아, 4일 전에 건넜던 바로 그 다리다. 터케드헝가(Tirkhedhunga)라는

3,133m의 산을 한 바퀴 돌아 드디어 비레탄티(Birethanti)로 돌아왔다. 드디어 해냈다.

모두들 상기된다. 어렵게 산행을 하고 나면 그 희열이 배가 되는 법, 우리가 치른 3박 4일 산행이 어디 보통 산행이던가.

나야 풀(Naya Pul)에는 이미 차가 와 대기해 있고 카트만두에서 정들었던 덴디가 그 선한 웃음으로 우리를 반갑게 맞이한다. 임무 교대다. 현지 포터와 일부 요리팀, 너빈 대장과 셀파들과 작별인사를 나눈다.

낡은 밴스 버스를 타고 다시 포카라로 돌아온다. 오랜만에 호텔에서 목욕을 하고 민속춤을 감상하며 저녁을 먹었다. 긴 하루 일정을 마치고 드는 잠자리의 감미로움이란…….

삼다(三多) 삼무(三無)의 나라

　우리나라 제주도가 삼다(三多) 삼무(三無)이듯이 네팔에도 삼다 삼무가 있는 듯싶다.

　먼저 산다(山多)이다. 나라가 거의 산지이다. 해발 300m까지 평지이고 3,000m까지가 산간지역이며 그 이상은 히말라야인데 4,000m까지 사람이 산다고 한다. 눈을 이고 있지 않은 산이라 해도 엄청나게 크고 높다. 그 산비탈에 다닥다닥 계단식 경작을 하고 있다. 어쩌다 이런 험한 산에 와서 정착하며 살

네팔의 농촌 마을.

아가게 되었는가. 山, 山, 山이다. 온 나라가 山이라 해도 되겠다.

다음은 많은 신들이다. 신다(神多)이다. 시바신의 고향이 히말라야이고 살아 있는 여신에게 절을 하며 집채만한 순금으로 만든 소가 거룩한 신이 되어 있고 가까이 가서 사진도 찍지 못하게 한다. 여러 종류의 신이 있고 그에 대한 설화도 수없이 많다. 마치 온 국민이 신을 위하여 사는 것같이 보일 정도다.

마지막으로 사다(寺多)이다. 경치가 좋은 곳에는 어디든 사원이 있다. 어떤 사원은 어마어마한 산꼭대기에 지어놓아서 케이블카를 타고 올라가 참배해야 하는 곳도 있다. 또 사원은 큰 부자이다. 나라에 재해가 났을 때 국가에 예산이 없어 구제를 하지 못하는 경우가 생기면 사원에서 재원을 낸다고 한다. 이곳 사원들은 천 년의 역사를 가진, 세계적인 문화유산이다. 국민들은 아침에 일찍 일어나 몸을 깨끗이 하고 사원에 가 예배를 드린다. 그 표시로 이마에 붉은 칠을 한 후에야 하루의 일과를 시작한다.

삼무(三無)는 무엇일까. 첫째 바다가 없다. 바다가 없으니 바다 생선도 없다. 운송 수단이 발달되어 있지 않고 냉동시설도 없으니 바다 생선을 구경할 수 없다. 관광객을 위하여 민속춤을 보여주는 야외 식당에서 식사를 하는데 스테이크에 올려진 그레이비 소스가 무척 짰다. 음식이 왜 이리 짜냐고 물었더니 안내자 말이 이 나라에는 바다가 없어 예로부터 소금이 귀했다고 한다. 그래서 부자는 음식을 짜게 하여 부를 뽐냈단다. 그런 습관이 아직도 남아 있다는 것이다. 호수가 바다를 대신하고 있다. 히말라야의 관문인 포카라에 큰 호수가 있는데 이것이 유일한 큰물이라고 한다.

다음으로는 전쟁을 한 일이 없다. 침략을 받은 적도 침략을 한 일도 없다. 전쟁을 모르고 살아온 평화로운 민족이다. 하기야 험한 산비탈 뿐인데 누가 그걸 차지하려고 싸움을 했겠는가. 그 대신에 높은 산을 오르내리며 기른 강인한 체력과 용맹성을 인정받아 외국에 용병으로 나가 있는 젊은이들이 많이 있다고 한다. 결과적으로 전쟁은 다른 나라에 가서 하는 셈이다. 외국에 용병으로 나간 사람이 많이 있는 동리는 부자 동리이다.

삼무(三無)의 마지막은 가진 게 없다. 척박한 산비탈에 계단식 경작으로 피를

재배하여 주식으로 한다. 고기도 못 먹는데 작은 체구 어디에서 그런 힘이 나는지 우리 여덟 사람의 짐과 침낭들을 여섯 사람이 다 져 날랐다. 나는 물병만 들고도 허덕거리는데 무거운 짐을 담은 광주리를 이마에 걸친 끈 하나로 지탱하고 험한 산길을 넘나드는 것을 보면 신기하다. 하루 일당이 우리 돈 $1 정도이다.

그러나 가진 게 없어도 평화롭고 순박하고 친절하다. 처음 보는 사람에게도 두 손을 모으고 "나마스데."(안녕하세요)라고 인사를 건넨다. 그들은 가진 것은 없으나 행복하고 정이 많은 사람들이다.

모자 벗고 웃으며 인사하는 풍습의 유래

9세기 경 티벳에 몽고족이 살던 지방을 통치한 고약한 왕이 하나 있었는데 그 이름이 낭 다르메라고 했다. 이 왕은 이빨이 검고 코뿔소 같은 뿔이 머리에 있는데 여자를 몹시 좋아했다는 것이다. 그래서 그 나라에 있는 처녀들을 왕궁으로 잡아 들여 하룻밤을 자고는 그 고약한 모습이 소문날까 두려워 죽여 버리곤 했다. 그러니 자연히 처녀들이 귀해서 총각들은 장가가기가 무척 어렵게 되었다 한다.

신하들은 처녀를 구하러 온 나라를 헤매며 돌아다니는 게 일과가 되었다. 어느 날 산골 마을에 세 모녀가 사는 집에 그들이 왔다. 장성한 큰 딸을 왕궁으로 데려 가기로 했다. 사정을 모르는 어머니는 좋은 옷을 준비하고 자기의 젖을 짜서 미수 가루에 버무려 떡을 만들어 주면서 왕궁에 가서 왕과 나누어 먹으라고 하였다. 이 딸이 어찌나 예쁜지 데려가는 신하들이 안타까이 생각하여 왕과 하룻밤을 지내고 나면 죽게 된다고 귀띔을 해 주었다. 영리한 이 처녀는 살아 남기 위하여 온갖 지혜를 다 짜내게 된다.

여러 날 걸려 왕궁에 도착한 처녀는 예쁘게 단장한 후 드디어 왕을 만나게 되었다. 이 처녀를 처음 본 왕은 그만 그 미모에 혹하여 정신을 잃어 버릴 지경이다. 왕이 처녀가 들고 있는 바구니를 보고 "그게 무엇이냐?"고 물으니 "이것은 어머님이 왕과 같이 먹으라고 만들어 준 떡입니다." 하여 같이 나누어 먹었다.

밤이 되어 왕이 처녀를 침실로 안고 가 처녀의 옷을 벗기니 처녀가 "오라버니, 이러면 안 됩니다." 하였다. 왕이 깜짝 놀라 "오라버니라니 그게 무슨 소리냐?" 묻자 "한 어머니의 젖으로 만든 떡을 같이 나누어 먹었으니 우리는 남매가 된 것입니다."고 했다. 그 말을 들은 왕은 '어머니' 란 말에 어릴 때 어머니를 잃고 정에 굶주리던 일이 떠올라 그만 설움이 북받쳐 울음을 터뜨렸다.

네팔 청년이 피리를 불고 있다.

　왕은 동생이 된 이 예쁜 처녀를 죽이지 못하고 고향으로 돌려 보내며 왕궁에서 일어난 일을 절대로 말하면 안 된다고 다짐하였다. 왕궁에 들어간 처녀들은 하나도 집으로 돌아오는 일이 없었기에 딸을 다시 보게 된 어머니는 얼마나 반가웠을까. 어머니가 왕궁에서 무슨 일이 있었는지 아무리 물어 보아도 처녀는 말을 할 수가 없는 것이다. 큰 비밀을 가슴에 홀로 간직한 처녀는 이 말을 하고 싶어 병이 날 지경이 된다.

　어느 날 양떼를 몰고 가다가 지진이 나서 땅이 갈라진 곳을 만났다. 처녀는 더 이상 참을 수가 없어 "우리 낭 다르메 왕은 이빨이 검고 머리에 뿔이 나 있다."고 그 자리에 대고 외쳤다. 이듬해 그 자리에서 예쁜 대나무 하나가 자라났는데 양치기 총각이 그걸 끊어 와서 피리를 만들었다. 피리를 부는데 "우리 낭 다르메 왕은 이빨이 검고 머리에 뿔이 있다."는 소리를 내는 것이었다. 자연히 왕의 본색이 드러났고 왕이 처녀들을 데려다가 죽였다는 소문도 돌게 되었다. 그러자 장가 못간 노총각들이 들고 일어나 왕궁으로 쳐들어가 왕과 왕족을 모조리 죽여 버렸다. 그 일이 있은 후 아직 남아 있을지도 모르는 괴물을 찾아내기에 이른다. 만나는 사람들은 서로 이빨을 드러내며 모자를 벗고 머리를 보이면서 인사를 하는데 "다시데데."라고 한다. 이 말은 "머리를 보세요." 이다. 나는 이빨이 희고 머리에 뿔이 없다는 뜻이다.

　우리나라를 위시하여 중국, 일본 등에서 사람을 만났을 때 모자를 벗고 웃으면서 인사하는 풍습이 이 티벳에 살던 몽고족으로부터 처음 시작되었다고 한다.

코끼리 타고 만나는 코뿔소

가이다(Gaida) 국립공원 캠프로 이동하기 위해 하이웨이를 달린다. 30Km 속도로 5시간쯤을 매연과 싸우며 가다가 군데군데에 멈춰 서서 통행세를 내야 했다.

리어카 한 대가 겨우 지나다닐 만한 나무다리를 건너니 풀이 무성한 평원이다. 공원 지프를 타고 숙소로 가는 길옆은 닭들이 홰 울음을 치는 평화로운 농촌이다. 옛날에 이슬람교도가 인도를 침략했을 때 왕후들이 집에서 일하던 하인들만을 데리고 피난 와서 살던 곳이란다. 귀부인들은 남자라고는 하인밖에 없으니 그들과 잠자리를 같이하면서 사는데 하인 신랑에게 밥상을 차려서는 발로 밀어주었다고 한다. 지금도 그 풍습이 남아 있다는 것이다.

아담하고 풍치 있는 캠프에 닿으니 철조망이 둘러졌고 감시인이 문을 지키고

코끼리와 함께.

있다가 거수경례를 한다. 중앙에 근사한 식당 건물이 있고 바(Bar)가 강변에 있다. 숙소는 샤워시설이 있는 단독 건물로서 촛불로 조명을 삼아 운치가 있었다. 얼마 전까지 살인적인 말라리아 모기가 극성을 부려 UNESCO에서 살충제를 뿌려서 박멸했는데 말라리아 모기는 없어졌지만 그 때문에 자연 생태계가 많이 파괴되었다고 한다.

도착하는 날 오후, 코끼리를 타는 사파리 일정과 코끼리에 관한 설명회가 있다고 하기에 가 보았다. 코끼리는 인도코끼리와 아프리카코끼리가 있다. 인도코끼리가 순하여 길들이기가 쉽고 몸무게가 2톤인데 자기 무게만큼 짐을 싣거나 끌 수 있다고 한다. 코끼리는 넓은 귀 뒤의 신경이 가장 예민하여 발가락으로 귀 뒤를 건드려서 부린다. 사람이 탈 때는 귀를 잡고 구부린 코에 발을 올리고 서면 그 큰 코로 사람을 들어 등에 올린다. 내려올 땐 거구를 구부리며 앉아야 되는데 무척 힘들어 보인다.

사파리 시간이 되어 지정한 장소에 가니 코끼리 여러 마리가 안장을 등에 얹은 채 여행객들을 기다리고 있다. 승강장이 높게 만들어져 있어 계단을 올라가면 코끼리가 와서 서는데 건너가서 앉게 되어 있었다. 코끼리 한 마리의 등에 운전수와 여행객 네 사람이 탄다. 뒤뚱뒤뚱 움직인다. 떠들면 안 된다. 사람 소리에 동물들이 도망가기 때문이다. 벌판을 지나고 강을 건너 숲 속으로 들어서는데 짐승들이 다니던 길이 여기저기 나 있다. 높은 나무에는 원숭이들이 뛰어다니고 우거진 숲 사이로 사슴 비슷한 동물이 무리지어 앉아 있다가 어슬렁어슬렁 걸어간다. 처음 보는 짐승들도 있어 야생동물들이 평화롭게 살고 있는 보호지역이다. 밀림지역을 지나니 평원이 나타났다.

와! 코뿔소다. 코뿔소들은 평원에서 살고 있었다. 얼굴 생긴 것은 볼품없으나 앞이마에 돋아난 뿔이 멋있으며 어깨와 엉덩이에 갑옷을 두른 듯 겹쳐진 살가죽이 신기하였다. 관광객을 태운 코끼리들이 둥글게 둘러싸 코뿔소를 가두어 두고 구경을 하였다. 코뿔소 역시 인도코뿔소와 아프리카코뿔소가 있는데 아프리카코뿔소는 뿔이 두 개이고 인도산은 하나이다. 인도코뿔소의 뿔이 약효가 더 좋다고 하여 한때 남획을 하여 지금은 전 세계적으로 보호하고 있는 동

코끼리 타고 만나는 코뿔소.

물이기도 하다. 실제로 중국의 우황청심환에는 이 코뿔소 가루 5%가 들어가야 제대로 된 청심환인데 청심환 상자에 그렇게 썼다가 미국의 제재를 받는 바람에 지금은 사라졌다. 어쨌든 세계적으로 귀해진 약재임이 분명하다.

'어디가 허파일까? 앞다리의 뒤편 어깨 아래, 저쯤이 되겠지.'

사냥꾼의 끼가 발동해 빈손으로 방아쇠 당기는 시늉을 해 본다.

히말라야의 속살을 보고픈 기대를 안고

사파리 관광을 하고 돌아오니 저녁이 준비되어 있다. 우리 여덟 사람과 가이
드 덴디가 둘러앉은 오붓한 테이블이다. 곁들여 맥주 한 잔. 국립공원답게 식
당 음식은 정갈하고 맛이 있었다.

저녁식사 후에는 민속무용을 보러 식당 옆에 있는 야외 공연장으로 갔다. 이
미 주위에는 빙 둘러 불을 밝히었고 시간이 되니 울긋불긋 고유 의상을 입은
젊은이들이 맨발로 뛰면서 빠른 템포의 리듬으로 춤을 춘다. 20명쯤 될까. 나

산을 바라보며 아침을 먹는다.

마을 경치, 어디나 산비탈에 계단경작을 하는 게 이채롭다.

무막대기를 들고 서로 부딪치면서 춤을 추는데 자세히 보니 민속무용이란 게 창 쓰기, 칼 쓰기, 태껸의 기본기다. 이웃 부족들과 싸움을 하기 위한 준비운동이 민속무용이라는 이름으로 발전해 온 것 같다. 우리나라의 민속음악은 창(唱)이다. 혼신의 힘을 짜내어 지르는 소리다. 이탈리아도 노래가 발달되었다. 농사를 지으며 살았던 나라들은 겨울에 할 일이 없으니 가요 쪽으로 발전하였을 것이고, 미국과 캐나다는 사냥을 하는 나라라 사냥을 하면서 떠들 수는 없으니 자연히 민요가 발전할 수 있는 여지가 없었으리라고 추측해 본다.

맑은 공기, 숲 속에 싸인 아담한 숙소에서 편안하게 쉬고 온갖 새들이 지저귀는 새벽에 기분 좋게 일어났다. 새벽에 숲길을 걸으며 새를 관찰하는 팀과 카누를 타고 강을 따라 내려가는 팀으로 나누어 구경을 했다. 강에서는 물가에서 밤을 지낸 새들을 볼 수 있었고 숲 속을 걸은 팀들은 본토인들이 자연에서 찾은 약이 되는 풀이라던가 자연에 의지하며 살던 지혜를 배울 수 있었다. "자연으로 돌아가라."는 룻소의 외침을 듣는 듯하다.

이번에 네팔에 간 목적은 큰 산을 만나는 것이었지만 그곳 별다른 삶의 모습을 보는 것도 큰 몫을 차지하고 있었다. 높은 산기슭에 다닥다닥 계단식 경작을 하며 사는 고산족의 생활이 하나의 미스터리로 여겨졌다. 종이가 없어 벽을 고운 황토로 바른다. 바닥도 흙이다. 옷을 입은 채로 자고 일어난다. 방 하나에 부엌과 침실이 있는, 요새 젊은이들이 즐기는 원룸 시스템이다. 구석구석 신기하기 짝이 없다.

이번 안나푸르나 트레킹의 하이라이트는 어두운 밤길을 더듬어 3,210m의 푼힐에 올라 아득히 먼 곳에서 달려온 첫 햇빛을 받아 잠을 깨는 장대한 산을 본 것이다. 그리고 나서는 그 산을 끼고 돌며 그 다른 얼굴들을 보고 온 것이 전부다.

첫 햇살을 받는 안나푸르나.

카트만두 시내 노점상들.

염소 떼를 몰고 가는 노인.

나이아가라를 볼 때와 같은 느낌이다. 거대한 물줄기가 곤두박질하는 폭포. 처음 볼 때에는 와! 하고 큰 감격이 한 번 온다. 흥분되어 카메라를 들이대고 사진을 찍는다. 그 후 한 폭포를 두고 다른 위치에서 각기 다른 얼굴을 보다가 돌아온다. 이번이 꼭 그랬다.

수박꼭지만 만지다가 돌아온 것 같아 아쉬웠다. 마지막 밤을 지낸 간드룽에서 북쪽 계곡을 타고 올라가 마카푸챠(Machhapuchhare)를 지나 4,095m의 안나푸르나 등반 베이스캠프까지 간다면 좋은 경치를 만날 수 있을 터인데. 그러나 그건 설산을 오르는 전문가들이나 할 수 있는 일. 우리 같은 일반 트레커는 2,800m가 공식적인 한계이다. 히말라야에서 1년을 헤맨다 해도 그 십분의 일이나 볼 수 있을까.

너무 컸다. 아쉽지만 도리가 없다. 내 남은 생애에서 좋은 카메라를 장만하고 히말라야의 속살을 한 번 들여다볼 수 있는 기회가 있을까. 막연한 기대를 안고 돌아올 수밖에 없었다.

4. 늘산의 그늘

산에 바쳐진 삶 · Allison
산을 닮은 사나이 · 김해영

산에 바쳐진 삶
(PC's a man devoted to mountains)

—By Allison Appelbe

박병준 씨에게 산은 그의 전부이다.

그의 웹사이트 주소 www.nlsan.com의 '늘산'은 '언제나 산'이란 뜻을 담고 있다. 은퇴한 산업 기계공은 지난 10년 이상 아내 박금자 씨와 함께 광역 밴쿠버(Lower mainland)에 위치한 산들과 서부 캐나다 산의 풍경들을 다른 한국인들에게 소개하는 데에 힘을 기울이고 있다.

1997년에 'Vancouver Korean Hikers Clup(밴쿠버한인산우회)'를 창설한 이후, 그는 가끔 여행을 가느라 밴쿠버를 비우는 때를 제외하곤 매주 산행을 해왔다.

"1년에 52번이죠."라고 활기 넘치게 말했다.

15년 전까지 박병준 씨는 밴쿠버에 있는 제재소에서 일하고 있었다.

"65살까지 일하면 돈은 더 벌 수 있었겠죠. 하지만 그렇게 되면 내 인생은 다 사라지겠구나 싶어 58살에 그만뒀습니다. 그리고 나서 어느 한의사가 쓴 『누우면 죽고 걸으면 산다』라는 책을 두 번 읽고 등산 클럽을 만들기로 결심했습니다."

THE VANCOUVER SUN, MONDAY, MARCH 6, 2006

BODY & HEALTH

PC's a man devoted to mountains

...yong Chun Pak loves to introduce ...ther Koreans to the West's peaks

BY ALISON APPELBE
SPECIAL TO THE VANCOUVER SUN

...untains mean everything to ...g Chun Pak.

...s website address — ...nlsan.com — translates as ...ys the mountain."

...more than a decade, the ...d industrial machinist, with ...elp of his wife Kay, has ...ted himself to introducing ...llow Koreans in the Lower ...land and in his native coun...the mountain landscapes of ...ern Canada.

...April, the Paks will return to ... Korea to oversee the pub...on of the 14th edition of their ...n-language *Tour Guide to ...iful Western Canada.*

...il then, Pyong Chun (or PC, ...s also known) will continue ... Korean-speaking hikers ...d along the alpine trails of ...western B.C. Apart from travel, he hasn't missed a Saturday hike since he founded the Vancouver Korean Hikers in 1997.

"Fifty-two times a year," he says exuberantly.

Fifteen years ago, Pak was working at a Vancouver sawmill. "I thought that if I work until I'm 65, I'll have more money," he says in his Surrey home with a fine view of Mount Baker. "But I'll wonder where has my life gone. So I quit at 58."

He then read a book by a Chinese herbal medicine practitioner. "He said, 'If you lie down you die; if you stand up you live.' I read the book twice, and decided to start a hiking club." Pak placed notices in grocery stores and small ads in Korean publications.

Seventy-six people showed up for that first hike to Buntzen Lake in Port Moody. Today, the Saturday hikers are fast-moving veterans.

Since Pak began his hiking group, Korean hiking groups have multiplied in the Lower Mainland. "Mountains have a special meaning for Koreans,' explains Kim. "Do you know [the Chinese Confucian scholar] Gong Ja? He says that good people love the mountains and the rivers. And it's not just about nature or the environment. It's not about knowledge. It's about how to live as a right person."

Pak and his wife Kay came to Canada in 1975 with two small children. "We knew nothing," Kay recalls. "To Koreans, in those days, Canada was just a glacier and Eskimos. We just came. PC had a little English. I didn't speak any at all."

Since their children have grown, the couple has taken dozens of road and rail trips, hiked for days with backpacks, climbed peaks and camped in mountains. They've kayaked, and rafted the Fraser (terrifying for Kay, who doesn't swim.)

They've helicoptered to B.C.'s Mount Assiniboine, and returned again and again to Lake O'Hara near Lake Louise. They've spent several nights at the Abbot Pass Hut, built at almost 3,000 metres for rock climbers. "We came down in a blizzard," Pak says happily.

With Kay's participation, he has written about these places in their glossy, full-colour Korean-language guide. All the information is first hand; all the photos taken by

Pak went on to start a Wednesday group that, too, is still going strong. Then last month he began to take novices, mostly Korean men over 60, out on Mondays. For the first outing, along a short stretch of the Baden Powell Trail that rises out of Deep Cove in North Vancouver, Pak attracted 30 hikers—including, he says amusedly, three ministers from the strong Korean Christian community.

Hae Young Kim is a youthful 50-year-old who hikes when she can get away from her Vancouver picture-framing business. She met Pak when she joined the Vancouver Korean Literary Association, of which Pak is the president.

Pak writes descriptive and philosophical essays, mostly related to mountains. "He writes beautiful sentences. I think they come from his heart," she says.

"After meeting him, I found his tour guide in my bookcase. I knew his book before I met him. Every Korean who plans to visit Canada knows it."

A tour group of Korean hikers (above) led by P.C. Pak, relax on the Devil's Thumb Trail near Lake Louise, Alta. Below, members of the Vancouver Korean Hikers group descend a snow-covered Hollyburn Mountain Trail in West Vancouver.

PYONG CHUN PAK/SPECIAL TO THE SUN

Pak with a modest Canon.

The guide also features hotels and hostels, restaurants, information centres, time zones and holiday dates — assembled by Kay. It's updated annually. This year 30,000 copies will be published.

For the less intrepid, they include destinations like the Queen Charlotte Islands and Sunshine Coast. Also the Gulf Islands, Okanagan and Vancouver and Victoria areas. Visits to Quebec and Niagara Falls, popular with Asian visitors, are also described.

They finance the entire project themselves. In the early days, Kay sold advertising almost full-time. It was a tough go. Then, when the Korean economy collapsed in 1997, "it was like a blocked mountain road," she says. Today, the limited ad sales she's able to do — she recently had a coronary angioplasty — just cover publication costs.

In the summer, the Paks take small groups on extended trips to favourite climbs. Running through a series of his slides in his living room, Pak comes to an image of his charges crawling up a 2,728-metre rock spike in B.C.'s Bugaboo Mountains known as the East Post Spire. "Ohhhh . . ." he intones with joy.

Another slide shows a line of hikers zigzagging down a snow-packed Hollyburn Mountain Trail. "All Korean," he says, rolling back on the couch in laughter.

He has also had 24 articles on Western Canadian mountain des-

PYONG CHUN PAK/SPECIAL TO THE SUN

tinations, all with photos, published in Korea's premiere mountain magazine, *San Chosen.* Never one to boast, he acknowledges this may have given him a small profile in Korea.

Fragments about Pak emerge in other conversations: Several years spent in Saigon during the Vietnam War, working as a machinist for an American contractor. It was an idyllic country despite the war, he says. Reports of a gifted guitarist who wrote a love song while in Vietnam that was later published in Korea.

Of her husband, Kay says dryly: "He's too popular with the women."

Jung Boo Kim, who owns Ya Ya's Oyster Bar in Horseshoe Bay, leads the Vancouver Korean Hikers' Wednesday hike. He and his wife have travelled with the Paks

to the Lake Louise area for the past seven summers. This year they'll go to the Bugaboos.

"PC wants to share his pleasure with everybody," he says. "Last year he went to the Bugaboos. He didn't need to go back. But he wants to show us the beautiful views. He's like that."

While Kay, 66, won't climb the East Post Spire this year, her husband is still going strong. "In 70 years old, but I feel like 50," he says. "A little short of breath sometimes. But very healthy. I'm surprised myself."

"He wants to hike to the last," Kay says.

"I want to die in the mountains," Pak adds with a big smile. "Don't bring me down. I'll stay up there among the rocks."

Alison Appelbe is a Vancouver freelance writer.

그가 베이커산 경치가 잘 보이는 써리의 집안에서 얘기했다.

첫 하이킹 코스는 스텐리 공원이었는데, 50명이 모였다. 현재, '토요산행' 은 발이 무척 빠른 베테랑 그룹으로 성장하였다. 그래서 2002년 '수요산행' 그룹을 시작했고, 거기에도 많은 사람들이 모이고 있다. 지난달부터 초보자들, 특히 60세가 넘은 연장자들을 위해 매주 월요일 등산을 안내하고 있다. 첫 등산은 노스 밴쿠버 린 캐년에서 시작했다. 이때, 30명의 하이커들이 참여를 했는데, 한인 크리스찬 공동체에 큰 영향을 끼치고 있는 3명의 성직자들도 포함되었다고 한다.

김해영 씨는 밴쿠버에 있는 화랑 비즈니스에서 틈을 낼 수 있게 되자 등산을 시작했다고 했다. 박병준 씨는 주로 산과 연관되는 서술적이고 철학적인 에세이를 쓰고 있다.

"그분의 마음에서 우러나오는 소리를 그분만의 독특한 문체로 글을 쓰시지요."

김해영 씨가 이렇게 말했다.

"박병준 씨를 만나고 나서 제 책장에서 '아름다운 서부 캐나다' 를 발견했어요. 그분을 직접 만나기 전에 먼저 책을 통해서 만난 셈이지요. 캐나다를 방문하는 한국인의 손에는 다 그 책이 들려 있지요."

"한국사람들에게 산은 특별한 의미가 있습니다. 중국학자인 공자께선 어진 사람은 산을 사랑하고 지혜로운 사람은 물을 사랑한다고 말씀하셨죠. 산이 그저 자연이나 환경으로서가 아니라 인생을 바르게 사는 인간의 도리를 깨우쳐주는 존재로 생각합니다."

박병준 씨와 그의 아내 박금자 씨는 1975년에 아직 어렸던 두 아이들과 캐나다에 이민 왔다.

"우린 캐나다에 대해 아무것도 몰랐어요." 박금자 씨가 생각에 잠겨 말했다.

"한국사람들에게 캐나다는 그냥 빙하와 에스키모로 가득찬 나라였죠. 우리가 처음 이곳에 왔을 때 남편은 영어로 약간 말할 수 있었고 전 전혀 못했어요."

아이들이 더 커서 분가를 한 후, 이들 부부는 수십 번이나 도보나 기차 여행을 하고, 배낭을 메고 며칠간 등산을 하고, 산에서 캠핑 등을 했다.

이들 부부는 B.C주의 아시니보인산(Mount Assiniboine)에 헬리콥터를 이용해 가 보고, 루이스 호수 근처에 있는 오하라 호수(Lake O' Hara)를 몇 번이고 방문했다. 게다가 그들은 3,000미터나 되는 애봇 패스 헛(Abbot Pass Hut)에서 며칠을 지내기도 했다.

"심한 눈보라가 쳤지요."라고 박병준 씨는 자랑스럽게 말했다.

박병준 씨는 아내와 함께 직접 가 본 이 장소들에 대해서 한국어로 관광 안내 기사들을 손수 쓰고 있다. 이 책 속에 있는 정보 모두 그가 발로 뛰어 모았고, 사진도 모두 그의 캐논 카메라로 찍은 것들이다.

가이드 책엔 아내인 박금자 씨가 정리한 호텔, 숙박소, 음식점, 정보센터, 시간대 그리고 휴일까지 적혀 있다. 그리고 매년 업데이트된다. 올해엔 30,000부의 관광가이드가 출판될 예정이다.

퀸 샬롯트 아일랜드(Queen Charlotte Islands)나 선샤인 코스트(Sunshine Coast), 걸프 아일랜드(Gulf Island), 오카나간(Okanagan), 밴쿠버, 그리고 빅토리아 같은 곳의 볼 만한 여행지도 책에 실려 있다. 퀘벡과 나이아가라 폭포같이 동양 관광객들이 좋아하는 곳도 자세히 설명이 되어 있다.

이 모든 활동 자금은 그들 스스로 조달한다. 그 전에 박금자 씨는 거의 풀타임으로 광고업을 어렵지만 해냈다. 박금자 씨는 한국 경제가 1997년에 IMF로 어려웠을 때 마치 앞에 태산이 막힌 듯했다고 설명했다. 오늘날 사업은 그냥 출판을 커버할 만큼으로 제한을 해야만 했다.

매년 여름, 이들 부부는 소수의 그룹과 함께 며칠이 걸리는 산행을 나선다. 그가 찍은 슬라이드는 그의 동료들이 2,728미터나 되는 B.C주의 버가부 산맥(Mount Bugaboo)에 위치한 이스트 포스트 스파이어(East Post Spire)의 바위산을 기어오르는 장면을 보여주고 있다.

박병준 씨는 서부 캐나다 산들을 산행한 수필과 사진을 한국의 산악 잡지인 '산'(조선일보사 간)에 보내어 24회 게재하기도 했다.

박병준 씨와의 대화 중에서 단편적으로 다른 주제가 나오기도 했다. 베트남 전쟁 시 사이공에서 지낸 몇 해, 기계공으로서 미국 계약자 밑에서 일한 것 등등도 얘기되었다. 아무리 전쟁중이었지만 소박하고도 아름다운 나라였다고 회상했다. 한국에 있는 아내를 그리워하며 그가 만든 노래도 있다.

호슈베이에 위치한 'Ya Ya's Oyster Bar'의 주인인 김정부 씨는 '수요산행'의 리더를 맡고 있다. 그와 그의 부인은 박병준 씨 부부와 함께 지난 7년 동안 여름에 루이스 호수 근처를 계속 여행해 왔다. 올해는 버가부 산에 갈 예정이다.

"PC는 그의 기쁨을 모두와 함께 나눠주고 싶어합니다. 작년에 버가부에 갔으니 이번에 다시 갈 필요가 없는데 아름다운 풍경을 우리에게 보여주고 싶은 거지요. PC는 그런 사람이에요."

66세가 된 박금자 씨가 지난 해 이스트 포스트 스파이어를 타지 못했던 데 반해—관상동맥 형성술을 최근에 했다—남편인 박병준 씨는 아직도 기운이 넘쳐보인다.

"전, 올해 70살이 됩니다. 하지만 아직도 50살처럼 느껴지네요. 숨이 좀 차는 것 같지만 전 정말 건강체질이에요. 제 자신도 놀랄 정도로."라고 말했다.

"그 사람은 마지막까지 등산을 하고 싶은 거예요." 라고 박금자 씨가 힘을 주어 말했다.

"전 죽으면 산에서 죽고 싶어요." 박병준 씨가 미소 지으며 말했다.

"절대로 절 산 밑으로 데려가지 말아요. 산의 품에 안겨, 바위틈새에 영원히 머물고 싶으니까요."

—〈Vancouver Sun〉 2006년 3월 6일 게재, 번역본.

산을 닮은 사나이

—김해영

로키산은 참으로 다양한 얼굴을 가지고 있다. 웅장하여 위압감을 주는가 하면 구름 모자를 머리에 이고서 살짝 윙크하는 애교도 부린다. 매일 로키의 새로운 얼굴을 보여주려 동분서주하는 리더는 늘산 박병준 산행대장.

그의 트레이드마크는 카우보이 모자. 비도 맞고 눈도 맞아 세월의 이끼가 낀 그의 모자가 나타나면 산꾼은 긴장한다. 오늘은 또 어떤 험난한 코스로 끌고 가 한계를 시험당할까.

늘산 대장은 새벽 5시면 어김없이 기상. 트레일 정보와 날씨를 먼저 확인한다. 산행에 필요한 로프와 간식거리를 다 챙긴 뒤에야 일어난 대원들은 시댁에서 늦잠 잔 새댁처럼 민망해진다. 미리 답사해 둔 장정에 들어서면 곳

곳에 비경이 펼쳐진다. 정다운 숲길을 거닐며 동심에 젖어 보기도 하고, 거친 돌팍길을 지날 땐 한숨을 쉬며 대장을 원망하기도 한다. 키만큼 큰 배낭에 무거운 사진기까지 짊어진 대장은 숨 가쁜 굽이마다 "아이구, 죽겠다."를 연발해 초보자의 무거운 발걸음을 덜어준다. 한 발자국 재겨 디딜 수 없는 가파른 낭떠러지에선 로프를 붙잡고 건너게 해 고소공포증을 다스려 준다. 중도에 힘이 부친 대원은 그의 "20분 후면 천국을 볼 수 있는데." 하는 빤한 거짓말에 기운을 얻어 천신만고 끝에 정상에 오르게 된다.

58세 되던 1995년, 그는 이른 은퇴를 했다. 그리고 기계공으로서의 삶을 접고 산악인이 되었다. 밴쿠버 근교의 산골짜기와 봉우리들을 주유하며 그는 건강과 활력을 얻었다. 산은 그에게 신의 창조의 신비를 보여주고 그는 자연을 통하여 신에게 경배한다. 그의 산처럼 크고 웅장한 목소리는 곰의 숨결을 방불케 한다. 생각한 대로 말하고, 말한 대로 즉시 행동하는 그이기에 그의 말은 힘이 있다. 그의 눈은 생명의 기쁨으로 빛나고 그의 심장은 삶에 대한 감동으로 설렌다. 그의 자연사랑은 넘쳐 인간사랑으로 흐른다. 자신의 시간과 품을 들여 산을 찾는 이 누구에게든 산자락을 펼쳐 보인다. 그는 품 넓은 산을 닮았다.

그리고 생명과 신에의 외경을 그는 산행수필로 피력하고 있다. 〈훌쩍 날아야 사는데〉라는 수필에서 일상에 얽매어 사는 우리를 이렇게 조명한다. '사람은 누구나 불어났다 오그라들었다 하는 주머니를 하나씩

가지고 있는데 이 주머니 관리를 잘 해야 한다. 느슨하게 풀어놓으면 넣는 대로 늘어나서 넣어도 더 넣어도 차지 않게 된다. 이 주머니를 바짝 조여놓는다면 지금 가진 데서 꽉 차게 된다.'고. 또 〈혼자 산길을 간다〉에서는 '하느님이 천지를 창조하실 때에 땅과 바다를 먼저 만드셨다고 한다. 땅이 풀과 나무를 키워내면 짐승들은 거기서 먹이를 찾고 그 속에서 안식한다. 그 자연과 동물들이 사람을 위하여 존재한다는 생각을 할 때에 우리는 무엇이며 무엇 때문에 여기 있는가 하는 의문을 가져 본다. 결국 우리 인간들만이 창조주를 생각하고 그가 지으신 자연을 찬양하는 게 아닐까.'

이 여름 그는 세계 오지탐험에 나선 14명의 대학생 산악인들을 만난다. 20여 일 동안 그들과 함께 B.C주의 미답지를 개척하고 인디언 문화를 체험할 것이다. 또한 36Km에 달하는 늦카 트레일에 들어가 신비의 비경을 조우하게 된다. 험한 암벽을 타고 때로는 카누를 저어 원시문명으로 귀환하기도 하면서 꿈나무들에게 웅장한 대자연의 교향악을 들려주게 된다. 그는 창공을 향해 웅지를 펴는 젊은이들에게 힘찬 날개를 달아주고 있다. 그리고 그 날개에 그의 포부와 미래도 함께 실어 보내리라.

그에게서는 까마득하게 잊혀가는 고향의 풀내음이 풍긴다. 이름 없는 풀꽃 하나에도 감탄하는 그는 시인의 감성을 지니고 있고 67세의 나이에도 그는 소년의 호기심을 간직하고 있다. 또한 이 시대에 사라져 가는 의병대장의 박진감 넘치는 지휘력을 보게 된다. 곰을 만나면 마주 포효하고 산닭을 겨누다가도 훌쩍 날아가는 걸 후련해하는 그는 묵직한 산이다.

— 〈참 소중한 당신〉 2004년 12월호 게재.

로키 산행 정보 전화

공원 관리사무소

Kananaskis Country Office(Canmore) (403) 678—5508
Parks Canada Regional Office(Calgary) (403) 292—4401
B.C Park, Kootenay Office   (250) 347—9615
Waterton Lake National Park   (403) 859—2224

Information Centers

Kananaskies Lake Visitor Centre   (403) 591—6322
Banff Information   (403) 762—1550
Lake Louise Visitor Centre   (403) 522—3833
Yoho National Park   (250) 343—6783
Jasper National Park   (780) 852—6176
Mount Robson Visitor Centre   (250) 566—4325

Travel Alberta & Tourism B.C

Travel Alberta (Summer)   1—800 661—8888
Tourism B.C.   1—800 663—6000

Reservation (예약)

Alpine Club of Canada Huts   (403) 678—3200
Lake O' hara Bus & Campground   (250) 343—6433

Helicopter Companies

Alpine Helicopters   (403) 678—4802
Canadian Helicopters Golden   (250) 344—5311
Yellowhead Helicopters, Valemont (250) 566—4401

Emergency (긴급전화)

캐나다 전체 911

RCMP (경찰)

Banff (403) 762—2226
Lake Louise   (403) 522—3811
Jasper (780) 852—4848
Valemont   (250) 566—4466

Park Ranger Or Warden Office (Emergency Only)

Kananaskis Country   (403) 591—7767
Banff & Lake Louise   (403) 762—4506
Sunwapta & Jasper   (780) 852—6155